KB171122

오만한
사장님의
치료법

오만한
사장님의
치료법

채랑비 장편소설

고즈넉이엔티 GOZKNOCK ENT

오만한
사장님의
치료법

초판 1쇄 발행 2018년 4월 30일

지은이 채랑비
펴낸이 배선아
펴낸곳 (주)고즈넉이엔티

출판등록 2017년 3월 13일 제2017-000022호
주소 서울시 강서구 공항대로 649 제성빌딩 303호
대표전화 02-6269-8166 **팩스** 02-6166-9199
이메일 gozknock@naver.com

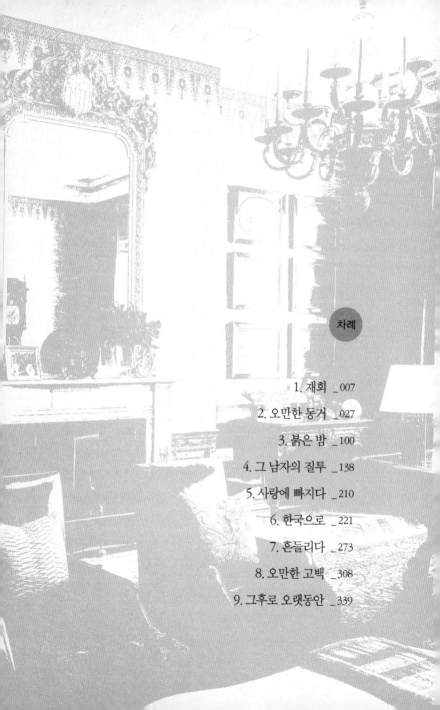

차례

01
재회

스페인 코르도바.

아직 6월이었지만 내리쬐는 뜨거운 햇볕에 나현은 연신 손부채를 부치고 있었다.

더워도 너무 더워.

물을 한 병 사 먹은 지 얼마 되지도 않았는데, 벌써 모든 수분이 땀으로 빠져나갔는지 다시 목이 칼칼하게 느껴졌다. 시원하게 물이 솟아나오는 분수대를 보며, 자신도 모르게 침을 꿀꺽 삼켰다.

그리고 저만치 앞에 눈길을 끄는 남자가 있었다. 오렌지색 긴 머리를 묶은 건장한 사내. 큰 키와 단단한 몸이 시선을 끌었다. 지나는 여성들이 하나같이 그를 힐끔거리며 곁눈질했다. 스페인 사람인가?

그러나 남자가 고개를 돌린 순간, 나현은 숨을 들이켰다. 잘생겼다. 하얀 피부에 붉은 입술, 쌍꺼풀 없는 얇고 긴 눈. 그는 누가 뭐래도 아시아인이었다.

오렌지색으로 염색한 머리카락을 보니 한국 사람은 아닌 것 같았다. 어디선가 본 얼굴이었다. 분명 어디서 봤는데. 연예인일지도 몰라.

이름이 입안에서 맴돌았지만, 결국 그가 누군지는 기억해내지 못했다. 잘생긴 것도 잘생긴 것이었지만, 어딘지 반짝반짝 빛이 났다. 하도 목이 마르고 해서 헛것이 보이는 건지도 몰랐다. 하여튼 한국인은 아닌 듯했다. 저런 머리 스타일은 흔하지 않으니까.

한쪽을 가만 응시하던 그의 눈길이 나현 쪽으로 향했다. 그의 매끈한 옆얼굴을 즐기고 있던 나현은 서둘러 고개를 돌렸다.

스페인 남부, 안달루시아의 지방도시 코르도바는 아직 아시아 관광객들에게 많이 알려진 관광지는 아니었다. 최근 몇 번 방송을 타서 가끔 중년의 패키지 관광객들이 버스에서 주르륵 내려 휘리릭 한두 시간 만에 둘러보고 가는 게 전부인 작은 도시.

나현이 배낭여행지로 이곳을 선택해서 오게 된 이유는 바로 그 점 때문이었다. 일주일의 짧은 휴가, 동남아 등지에서 편안하게 지낼 수도 있었지만, 한국인이 없는 전혀 색다른 이국의 나라에서 하루라도 즐기고 싶었다. 여기라면 오롯이 이방인으로 지낼 수 있었다.

저 연예인처럼 보이는 남자도 혼자 온 듯 보였다. 남자가 혼자, 이런 낯선 곳에 온다는 것은 쓸데없는 관심이 싫어서일 것이다. 나만의 완전한 휴식을 즐기러 온 자신처럼, 그만의 즐길 자유도 지켜주고 싶어 일부러 외면하려 할 때였다.

그의 시선이 나현 옆에 있는 분수에 닿았다. 콸콸 흘러넘치는 분수를 보며, 그의 목젖이 살짝 움직였다.

저 사람도 목이 마르구나.

이름도 모를 남자에게 동질감을 느껴, 나현은 살짝 웃었다. 그녀가 미소를 짓는 순간, 그와 눈이 마주쳤다.

두근.

약간 갈색 빛을 띠는 눈동자가 자신을 바라본다. 그럴 리야 없겠지만, 그 깊은 눈길은 영혼까지 꿰뚫어보는 듯한 느낌이었다. 햇살이 뜨거워 조금 전까지만 해도 땀을 흘리고 있었는데, 그와 눈빛이 마주친 순간 온몸이 서늘하게 식었다.

서둘러 몸을 돌려 걸음을 재촉했다. 그의 시선에서 얼른 벗어나고 싶었다. 시선이 교차된 순간, 가슴이 일렁이며 두근거리는 느낌이 싫었다.

***

그날 저녁.

해가 지고 골목 곳곳에 불이 켜지자, 햇살 아래 한적하기만 했던 작은 도시는 활기를 되찾았다. 사람들이 거리로 쏟아져 나왔다. 일 년에 한 번 있는 축제 날이라 관광객들로 넘쳐났다.

정신없이 인파에 휩쓸린 채로 걷던 나현은 순간 가방 한쪽이 열려 있는 게 보였다.

"어?"

뭐지?

얼른 고개를 들어 사방을 둘러보자, 5m 정도 떨어진 곳에 어떤 남자가 자신의 주황색 지갑을 들고 도망가는 게 보였다.

"소매치기!"

소리를 지르며 빽빽한 사람들 틈을 비집고 그를 쫓아 달려갔다.

소매치기가 작은 골목으로 들어가는 것을 보고 그 골목으로 몸을 던지듯 뛰어가던 나현은 안쪽에서 나오던 한 남자와 부딪쳤다.

"꺅!"

"Are you okay?"

스페인어가 아닌 영어로 자신에게 묻는 남자.

놀란 눈으로 그를 올려다보았다. 낮에 분수 앞에서 본 그 남자였다. 서둘러 골목 안을 기웃거리듯 봤지만, 소매치기는 이미 없었다. 소매치기라고 해야 하는데, 당황하고 놀라 소매치기가 영어로 무엇인지 생각이 나지 않았다.

"소, 소매… 소매치기…."

너무 놀라 말이 나오지 않았다. 더욱 놀라운 건 그 다음이었다. 상대방이 유창한 한국어로 그녀에게 물었다.

"소매치기 당했어요?"

한국인이었구나. 묘한 안도감에 고개를 끄덕이자, 남자가 부드럽게 말했다.

"쫓아가지 마세요. 요즘 그런 식으로 여자를 유인해서 허튼 짓하는 사람이 많다고 하니까."

그리고 남자는 침착하게 무엇을 잃어버렸는지 살폈다. 그녀의 가방을 열어 안의 내용물을 확인시켰다.

"지갑만 없어졌어요…."

다행히 현금만 보관하던 지갑만 가져갔다. 여권이나 신용카드는 호텔 금고에 넣어두길 잘했다. 손에 들고 있던 핸드폰도 무사했다.

"그럼 그냥 잊고 지나가요."

그의 충고에도 나현은 아쉬운 듯 소매치기가 사라진 골목 끝을 흘깃거렸다. 그러자 남자가 다시 말했다.

"얼마 잃어버렸나요?"

"네?"

"지갑에 얼마나 있었냐는 말입니다."

"300유로 정도요."

한화로 45만 원 정도 되는 돈이었다. 엄청나게 큰 액수는 아니었지만, 배낭 여행객인 나현에게는 적지 않은 돈이었다.

남자가 갑자기 뒷주머니에서 지갑을 꺼냈다. 안에서 지폐 세 장을 꺼내더니 그녀에게 내밀었다.

"자, 300유로."

얼떨결에 나현이 그 지폐를 받아 들자, 그가 한쪽 입술을 끌어올리며 미소를 지었다.

"됐죠?"

"아니요, 됐습니다. 이건…."

이 남자 뭐지? 왜 갑자기 이름도 모르는 나에게 돈을 주지?

나현은 혼란스러워 엉겁결에 받은 지폐를 그에게 내밀었다. 그러나 그는 어깨를 으쓱하더니 입을 열었다.

"받아둬요. 모처럼 여행 왔는데 기분 망치지 말고."

그리고 그가 지갑을 주머니에 다시 넣고 제 앞머리를 쓸어 올리며 말했다.

"맥주나 한잔 하러 갑시다. 기분도 전환할 겸."

자연스럽지 않아야 하는데 너무도 자연스럽게 몰아가는 상황이 이해가 되지 않던 나현은 눈을 깜빡였다. 그가 상황파악이 되지 않아 당혹해하는 나현의 손목을 잡아 이끌었다.

당당하고 오만한 남자. 위협적일 만큼 매력적인 외모. 여기가 서울이었다면 절대 쫓아가지 않았을 것이다. 하지만 이곳은 서울이 아니었다. 늘 코르셋에 꽉 낀 것처럼 답답하게 살아왔던 나현에게, 이국의 도시에서 만난 남자는 너무나 매력적이었다.

소매치기를 당했다는 사실을 떠올릴 새도 없이 남자의 손에 이끌려 작은 도시를 누비듯 돌아다녔다. 길가의 카페에서 1유로짜리 커피를 나눠 마시기도 했고, 거리의 악사가 들려주는 노래를 들었다. 노을이 지는 마을을 성벽 위에서 바라보며, 처음으로 입맞춤을 했다. 그날 밤, 그녀가 자신의 작은 호텔방으로 갈 곳 없는 그를 초대하는 것은 너무나도 자연스런 수순이었다.

처음 만나는 남자와 이렇게 홀리듯 밤을 보내는 것은 나현에게 가장 어울리지 않는 짓이었다. 그녀의 인생은 공부가 전부였다. 자신이 봐도 답답할 정도로 꽉 막힌 삶을 살아왔다. 그런 그녀가 처음으로 일탈을 감행했다.

하지만 후회는 없었다.

"당신은 참 아름다워, 그거 알아?"

그가 속삭이는 아름다운 말들이 가식이라 해도, 진실이라 믿고 싶을 정도로 달콤했다. 창문을 열어 오렌지 꽃향기가 흘러 들어오는 작은 호텔방에서 그의 단단한 어깨에 얼굴을 문지르다 보면, 절대 후회할 일은 없을 것만 같았다.

그랬는데….

6개월이 지난 후, 나현은 그때의 자신이 너무도 원망스러웠다. 어째서 정체도 제대로 모르는 남자와 대책 없이 자버린 것일까. 왜 잠시나마 그를 좋아하고, 사랑한 것일까. 왜 홀려버린 걸까.

그녀가 지금 떨리는 다리에 힘을 바짝 주고 서 있는 곳은 3년째 근무하는 회사 진솔제약의 12층, 사장실 앞이었다. 3년 동안 근무하면서 단 한 번도 올 필요가 없었던 곳. 그곳에서 6개월 전 자신의 경솔했던 선택을 하염없이 후회하고 있었다.

"아, 함나현 씨. 사장님께서 기다리고 계십니다."

완벽한 모델 체형에 아름다운 정장이 몸을 휘감고 있는 흠 잡을 곳 없는 외모의 비서가 아름다운 미소를 지으며 또각또각 사장실 앞으로 걸어가 문을 열어줬다. 나현은 그녀의 뒤를 쫓아갔다.

"들어가시죠."

살얼음 바닥을 딛듯 조심스레 한 발짝 안으로 들어갔다. 그녀가 안으로 들어서자마자, 등 뒤의 문이 탁 닫혔다. 이제 도망 갈 수도 없다. 자연스레 심박수가 빨라지는 것을 느낄 수 있었다. 발을 모으고, 주먹을 쥐고, 숙였던 고개를 용기 내어 들었다. 순간, 창을 통해 들어오는 강렬한 햇빛 때문에 인상을 찌푸렸다. 밝고 환한 햇살 가운데, 한 남자가 서 있었다. 쏟아지는 빛 때문에 정확한 이목구비가 보이진 않았다. 하지만, 어디선가 많이 본 실루엣이었다.

스페인 코르도바. 아침의 햇살 아래 뜨거운 키스를 나누던 남자. 그때도 스페인의 뜨거운 햇빛 때문에 순간적으로 그의 얼굴이 보이지 않았다. 그러나 망설이지 않고 나현의 손은 그의 몸을 탐했었다. 매끈한 가슴팍, 단단한 배 그리고….

서서히 햇빛에 익숙해지며 그의 얼굴이 눈에 들어왔다. 상상은 했지만, 정말 현실이 될 줄은 몰랐다.

햇살 속에 떠오른 그는 너무도 익숙한 사람이었다. 진이한.

대한민국 대표 재벌 진솔그룹의 후계자. 그리고 우연히 그녀와 스페인에서 3일간 뜨거운 밤낮을 보냈던 남자. 그가 그녀를 발견하고 한 발짝씩 가까워졌다. 나현은 너무 긴장한 나머지 숨을 제대로 쉴 수가 없었다. 나현을 똑바로 쳐다보며 다가오는 그의 입가에 묘한 미소가 달렸다. 손이 덜덜 떨려왔지만, 그 앞에서 긴장한 모습을 보여주기 싫었다.

"안녕하십니까. 개발 3팀 함… 나현입니다."

부서와 이름을 밝히는 그녀를, 이한이 눈을 가늘게 뜨고 노려봤다.

"우리가 자기소개 해야 하는 사이던가요? 함나현 씨."

묘한 뉘앙스를 풍기는 말에 억지로 미소를 꾸미려던 나현의 표정이 딱딱하게 굳었다. 그의 말처럼 그와 나현은 구면이었다. 하지만 6개월 전, 단 3일 만을 스치듯 만난 사이였다. 그가 자신을 기억하지 못하길 바랐다. 몰라보길 바랐다. 그러나 그런 작은 희

망은 그의 한마디에 산산이 부서지고 말았다.

"저, 저…."

뭐라 말을 해야 하지? 잘 지내셨냐고? 그렇게 물어봐야 할까? 아니면 완전히 모르는 척할까?

그래, 못할 건 뭐가 있담.

"저를 아세요?"

혼신을 다한 천연덕스러운 연기에 이한이 결국 실소를 터뜨렸다.

"장난치는 겁니까?"

이 모든 것이 장난이었음 하는 건 나예요.

울고 싶은 마음이었지만, 나현은 고개를 저었다.

"아니요."

"함나현 씨, 날 봐봐."

그의 얼굴을 빤히 쳐다보았다. 오똑한 콧날에 얇게 찢어진 쌍꺼풀 없는 눈, 그의 혀가 촉촉한 입술을 살짝 핥았다.

잊을 리 없었다. 그와 3일 동안 얼마나 농후한 시간을 보냈는가. 그의 얇은 눈꺼풀에 얼마나 많은 입맞춤을 하고, 그의 붉은 혀와 자신의 혀가 얽히며 얼마나 뜨거운 밤을 지냈는가.

나현은 시선을 떨어뜨렸다. 불보다도 뜨거운 그 시선 아래서 제대로 변명을 할 자신이 없었다. 그가 자신의 숨결이 닿을 만큼 가까이 다가왔다. 그의 매끈하고 긴 손가락이 나현의 턱을 쓸었다. 얼굴에서부터 등을 통해 발끝까지, 찌르르한 전기가 그녀의 몸을 퍼져나갔다.

"정말 앙큼한 여자야. 사람을 그렇게 흔들어놓고 멀리멀리 도망가다니."

이한이 나현의 귀에 나긋나긋 속삭였다.

"저, 전…."

혼신의 힘을 다해 나현이 입을 열었다.

"무슨 이야기를 하시는지 모르겠습니다."

흔들리는 나현의 표정을 보고, 이한이 작게 한숨을 쉬었다.

"끝까지 모르는 척하시겠다?"

이한이 쿡쿡거리며 웃었다.

"내가 정말 못 찾을 줄 알았어?"

아니, 당신이 날 찾지 않을 줄 알았지. 내가 뭐라고 당신이 날 찾
겠어. 이국의 땅에서 고작 3일간 밀애를 즐겼을 뿐이다. 서로가 살
아온 수십 년이라는 시간 속에서 털끝 같은 시간이었다. 게다가
그는 대단한 남자고, 나현은 그저 그런 회사원일 뿐이었다. 아무
리 그 시간이 달콤했다고 할지언정, 나현이 이한을 운명의 사람으
로 느낀 것처럼 이한 역시 그녀를 운명의 여자로 느꼈다 할지언
정, 순간의 착각이고 잠시의 망설임이었다. 사는 세계가 다른데,
당신이 뭐가 부족해서 나 같은 여자를 찾겠어. 다 끝난 일인걸.

그가 그녀에게서 멀어져 책상 쪽으로 성큼 걸어갔다. 사무적으
로 파일을 집어 들었다. 하얀 손가락 위에 얹혀진 파일을 넘길 때,
그녀의 이력서 사진이 얼핏 보였다.

"당신이 그날 아침 사라졌을 때, 내가 빈 침대를 보고 얼마나 황
당해 했는지 알아? 이름 세 글자 말고는 아무 정보도 없는데. 내가
참 많이 고생했다고."

피곤하다는 듯 일부러 책상에 기대어 앉았다. 긴 다리를 꼬아 그녀를 바라보고 있었다.

"우리 계열사에 다닌다고 했을 때, 얼마나 놀랐는지."

이한의 말에 나현은 웃음이 터질 뻔했다. 스페인에서 만나 잠깐의 사랑을 나눈 남자가, 사실은 자신이 다니는 회사의 오너 아들이란 사실을 알게 됐을 때 황망해했던 순간이 떠올랐다. 하지만 지금 어이없이 웃고 있을 때가 아니었다. 왜 이한은 여기 있을까.

그가 그룹 오너의 아들이란 것은 알고 있었지만, 나현이 다니는 회사, 진솔제약이라는 회사랑은 큰 인연이 없었다. 그녀의 어리둥절한 표정이 재밌다는 듯, 그가 살짝 이마 위로 흘러내린 머리를 쓸어 올리며 웃었다.

"당신도 정식 소개를 했으니, 나도 그럼 해볼까?"

침을 꿀꺽 삼켰다. 마치, 최후의 심판을 기다리는 죄인 같은 느낌이었다.

"진이한입니다. 내일, 진솔제약의 사장에 취임합니다."

그의 위협적인 미소에 나현은 주먹을 꽉 쥐었다. 왜 난 스페인에서 이 남자의 매력에 무너져버린 걸까. 왜 하필이면, 세상에 그 많고 많은 사람들 중에 내가 다니는 회사의 사장과 자버린 것일까. 그러나 아무리 후회해도 늦어버렸다. 이미 지나간 일은 되돌릴 수가 없었다. 그의 손이 그녀의 턱에 닿았다. 눈을 돌려버린 그녀의 턱을 쥐고 올려 시선을 맞췄다.

"날 여기까지 오게 하다니, 대단한 여자야. 앞으로 기대되는군. 개발 3팀의 함나현 씨."

한 발짝 물러나 턱에 닿아 있던 그의 손길로부터 슬며시 떨어졌다. 그가 자신에게 무엇을 한 것도 아닌데, 다리가 덜덜 떨렸다.

"왜 저한테…."

그녀의 맥락 없는 질문에 이한이 고개를 살짝 기울였다. 단정하게 올린 앞머리가 슥 앞으로 흘러내렸다.

"왜냐고 묻고 싶은 건 내 쪽이지."

이한이 혼잣말을 하듯 중얼거렸다. 흘러내린 머리카락을 쓸어 올리며 그녀를 쳐다보았다. 아니, 노려보았다.

"그날 어떤 일이 있었는지 알아?"

이한의 그 말에 반년 전 일이 마치 어제 일처럼 생생하게 떠올랐다.

***

나현이 사라진 날, 그날은 그와 같이 보낸 3일째 되는 날 아침이었다. 피로가 잔뜩 쌓이게 마련인 여행자답지 않게 새벽 5시 전에 눈이 떠졌다. 멍하니 숙소의 회벽을 바라보다 시선을 돌렸다. 손끝으로 그의 다부진 어깨를 쓸었다. 약간 몸을 튼 채 자던 그가 간지러운지 고개를 살짝 흔들었다. 오렌지 빛의 구불거리는 머리카락이 물결쳤다. 깨지 않도록 그의 뺨에 살짝 키스하고, 조심스럽게 침대를 빠져나왔다. 살금살금, 까치발로 침실을 빠져 나와 거실로 나왔다.

거실 창문을 열자 코르도바의 시원한 새벽 공기가 방안으로 훅

들어왔다. 간밤의 농후했던 정사 때문에 땀에 젖어 있던 나현의 머리가 바람에 점점 말라갔다. 그녀가 빌린 작은 아파트는 며칠 간 작은 쉼터가 돼주었다. 만난 지 고작 3일밖에 안 됐지만 오래 된 연인처럼 때로는 뜨겁게, 때로는 아늑하게 시간을 보냈다. 내 일 모레 한국에 돌아가지만, 그와 계속 만날 예정이었다. 단순히 여행지에서의 불장난으로 끝내기엔 그와 보낸 시간의 밀도가 너 무 높았다.

그때, 바닥에 놓여 있던 그의 핸드폰이 울렸다.

소리가 크게 울려 엉겁결에 핸드폰을 집어 들었다. 전화를 받지 않은 상태로 핸드폰을 계속 들고 있었으나, 상대방은 끈질기게 계 속 전화를 걸어왔다. 곤히 자는 그를 깨울까 봐 거절 버튼을 누른 다는 것이 그만, 통화 버튼을 눌러버렸다.

서둘러 바꿔주겠다고 말하려던 찰나, 나현의 귀에 어떤 남자의 목소리가 먼저 치고 들어왔다.

[지부장님, 휴가 중에 죄송합니다! 한성호입니다.]

지부장? 나현이 서둘러 속삭였다.

"죄송한데 지금 전화를 못 받으시는데…"

나현의 말에 상대방이 의아한 듯 되물었다.

[진이한 지부장님 전화… 맞죠?]

그때까지만 해도 나현은 그의 이름을 몰랐다. 그는 자신을 소개 할 때 '진'이라고 소개했다. 미국에 사는 회사원이고, 모두들 자신 을 '진'이라고 부른다고, 그녀에게도 그렇게 부르라고 했다.

그의 진짜 이름을 들은 것은 처음이었다.

"어…."

뭐라고 대답해야 할지 몰라 나현은 망설였다. 애초에 남의 전화
는 받지 말았어야 했다. 그냥 끊었어야 하는 건데….

"지금 전화를 받으실 수 없으니 다시 전화 주세요."

그녀의 말에 상대방이 망설이다 결국 알겠다며 전화를 끊었다.
전화를 끊고 그의 핸드폰을 원래 있던 자리로 되돌려 놨다.

진이한 지부장?

어디서 많이 들어본 이름이었다.

어디서 들었지? 분명 어디서 많이 들어봤는데. 진이한, 진이한,
진이한….

고개를 갸웃거리던 나현의 머리에 순간, 그가 누군지 떠올랐다.
진솔그룹의 황태자. 우리나라 가장 큰 재벌그룹 중의 하나인 진
솔그룹은 자동차, 전자, 통신 등 손을 대지 않은 사업이 없을 정도
로 많은 계열사를 가진 곳이다. 그 진솔그룹을 황제처럼 군림하듯
경영하고 있는 사람이 진계환 회장이었고, 그 회장의 첫째 아들이
바로 진이한이었다.

설, 설마… 아닐… 거야.

진이한은 그냥 놀고먹는 재벌 3세도 아니었다. 서른 살이란 어
린 나이에 진솔전자의 미국 지부장이 되면서 논란을 일으켰고, 고
작 4년 만에 스마트폰 미국 시장 점유율을 5위에서 2위까지 끌어
올린 능력자로 인정받으면서 파란을 일으켰다. 경제에는 통 관심
이 없는 나현조차 알 정도로 그의 유명세는 대단했다.

그런 남자가 왜….

자신의 핸드폰을 켜서 서둘러 '진이한'을 검색했다. 정보는 나오지만, 프로필에 사진이 없었다. 기사를 검색하다가 재미교포 신문에 난 사진을 찾았다. '진솔전자가 후원하는 참전용사들의 밤'이라는 기사에 축사를 읽는 진이한 지부장의 얼굴이 실려 있었다. 손이 덜덜 떨렸다. 사진 속의 남자는 지금 침대 위에 누워 있는 남자와 같은 얼굴이었다. 사진 속에서는 아주 단정한 검은 머리였다. 나현의 입술을 거칠게 탐닉했던 저 남자는 강렬한 오렌지 색 머리. 그 정도 차이일 뿐, 같은 사람이라는 것은 의심할 여지가 없었다.

　재벌 3세라니…. 속에서 쓴물이 올라왔다. 거기다가 하필이면, 나현이 다니는 진솔제약 모그룹의 자식이라니.

　나현은 자리에서 벌떡 일어섰다. 그가 돈 한 푼 없는 백수였다면 차라리 신경 쓰지 않았을 것이다. 그가 의사든, 변호사든, 회사원이든, 어떤 직업을 가진 사람이든 상관없었다. 하지만, 재벌만큼은 싫었다.

　더 생각할 것도 없었다. 그가 깨기 전에 챙길 수 있는 짐, 여권과 핸드폰 그리고 사진기와 흩어진 옷가지들만 가방에 대충 넣고 방을 빠져나왔다. 그리고 열차를 타고 마드리드로 향했다.

　오늘 이 순간, 그를 대면하기 전에는 모든 것을 다 잊었다고 생각했다.

***

　"아침에 일어나니 아파트 방은 난리가 나 있고, 당신은 사라지고 없었지."

이한이 이를 악물었다. 화가 났는지, 그의 이마에는 핏줄이 섰다.

"난 당신이 납치라도 당한 줄 알았어."

처음 만남이 소매치기 사고였으니, 상상을 비약하면 그렇게 생각할 수도 있었을 것이다.

"경찰에 신고하고, 대사관을 들었다 놨지. 코르도바 시내에 사람들을 풀어서 당신을 찾았어. 휴가를 연장해 일주일이나 더 그 지방을 헤맸지, 근데 이게 웬걸? 서울에서 당신이 한국으로 멀쩡히 입국했다는 연락이 왔어."

그가 주먹을 쥐었다.

"그렇게 떠나야 했던 이유가 뭐지?"

한마디 메모라도 적어놓고 나갈 걸…. 그가 그렇게 걱정한 줄은 몰랐다.

죄책감에 나현은 그에게서 슬며시 눈을 돌렸다. 아무 말도 할 수 없었다. 한참이나 침묵의 시간이 지나가고 나서야 겨우 나현이 입을 열었다.

"그럴 줄은… 그렇게 걱정할 줄은 몰랐어요."

이한이 차갑게 웃었다.

"왜 그랬는지 묻잖아."

나현은 고개를 숙이고 아무 말도 하지 않았다.

"변명할 필요조차 없다는 건가?"

필요가 없는 것이 아니라, 할 재간이 없었다. 당신 때문은 아니라고, 어떻게 말하겠는가. 가진 자가 싫다고, 모든 것을 두 손에 가지고 태어난 자들이 싫다고, 당신이 잘못한 것은 아니지만 당신이 그렇기에 그냥 그게 싫다고 말하면 그는 어떤 표정을 지을까.

대답이 없자, 그가 이를 악물었다.

"아무 말도 안 하겠다, 이거군."

그의 말투에는 무거운 한숨이 섞여 있었다. 나현도 답답했다. 뭐라고 말하고 싶지만….

"뭐라고 해야 할지… 모르겠어요."

그녀의 말에 이한이 웃었다.

"걱정 마. 생각 날 때까지 시간을 주지."

그리고 그는 뒤로 물러나 책상 위에 있던 서류를 그녀에게 건넸다.

"다음 주 월요일부터 연구팀 말고 기획 팀으로 출근하도록."

"기획팀이요?"

처음 듣는 말이었다.

"그래, 기획팀. 사장 직속 부서지. 원 없이 내 얼굴을 볼 수 있으니, 변명이 떠오르면 그때 하도록 해."

하도 어이가 없어서, 황당해서 실없는 웃음이 나왔다. 그녀가 툭, 뱉어내듯 웃음을 터뜨리자 이한은 그녀를 이상하다는 듯 쳐다보았다.

"왜 웃지?"

웃지 않고는 견딜 수가 없었다. 모든 것이 지금 현실에서 벌어지고 있는 일이라고 믿기 힘들었다.

진솔제약은 현재 위기상황에 봉착해 있었다. 모그룹인 진솔그룹의 다른 계열사들은 승승장구 중이었다. 흑자는 물론, 주가도 끝을 모르고 올랐다. 하지만 진솔제약만큼은 예외였다. 지금까지 진솔제약의 사장은 그룹의 방계가 취미처럼 맡고 있었다. 전문적이지 못한 방만한 경영에, 지난 5년간 적자를 벗어난 적이 없었다.

그런 회사의 몰락에 쐐기를 박은 것은 얼마 전 있었던 계약해지였다. 5년간 개발한 면역조절제 '시스테람'이 일본 제약회사와 체결한 계약이 6개월 전, 지지부진한 임상실험 결과를 토대로 해지되었다. 그것 하나로 5000억의 손해가 예상되었다. 그래서 지난 주 진솔제약의 사장이 물러났고, 새로 사장이 온다는 것은 알고 있었다.

그 사람이 이한일 줄이야. 그것만으로도 충분히 당황스럽기만 한데, 그를 매일 만나며 일을 해야 한다는 것은 비극에 가까웠다.

"막상 회사에 와보니 회사 상황이 엉망진창이더군. 회사를 살리기 위해 기획팀이라는 사장 전속 부서를 만들 거야."

이한의 말을 떠올렸다.

"왜 저죠?"

나현은 연구원으로 회사에 입사했다. 그 후 3년간 연구만 해왔다. 지금 회사에서 가장 큰 문제가 되고 있는 면역조절제 시스테람의 임상실험 케이스 담당자가 바로 그녀였다. 약에 대해서는 잘 알았지만, 회사와 관련된 기획이나 경영지원에 관해서는 아무것도 몰랐다.

"당신은 시스테람을 살리고 싶지 않나? 파일을 보니 입사 후 계속 시스테람 개발에만 참여했던데."

대수롭지 않게 묻는 질문에 나현은 입술을 깨물었다. 살리고 싶다. 아니, 살려야만 했다. 진솔제약에 들어온 것은 시스테람때문이었다. 진솔제약에 들어가기 위해 어마어마한 시간과 공을 들였다. 들어가고 나서도 오직 약 개발에만 집중했다. 시스테람이 엎어진다면 모든 것이 무의미해진다.

"시스테람을 살리기 위해서 시스테람을 잘 아는 사람이 필요해."

의문이 다 해소되지는 않았다. 물론 시스테람에 대해서는 완벽히 잘 알고 있었다. 하지만 그녀는 개발 중간에 들어온 사원이었다. 개발 3팀 팀장이나 직위가 더 높은 직원들 중에는 개발의 기획부터 참여한 사람들이 많았다. 의문 가득한 표정을 짓고 있는 나현에게 이한이 미소 지었다.

"그 중에서도 당신을 선택한 건, 내 개인적인 욕심이지."

그가 다시 성큼성큼 다가왔다. 머리 위에 닿은 그의 손길에, 나현이 몸을 조금 움츠렸다. 머리카락을 문지르던 그의 손가락이 천천히 그녀의 이마, 뺨, 입술로 흘러내렸다. 전율과 함께 소름이 돋았다.

왜 이러는 거지.

그의 작은 터치에 머리끝부터 발끝까지 찌릿, 하고 전기가 흘렀다. 그와 닿은 지 6개월이나 지났는데, 처음 키스했던 그때처럼 온몸이 저려왔다. 그의 머리가 천천히 내려와 그녀의 입술 근처까지 왔다. 얼마나 가까운지, 그녀의 시야 속에는 오직 그의 얼굴만 가득 찼다. 그의 숨결에서 달콤한 향이 났다. 나현은 자신도 모르게 그에게 다가가려 했다. 입술이 벌어지고 본능적으로 나현은 그의 다음 행동을 기다렸다. 그는 그런 그녀를 내려다보며 입술을 비틀었다. 그의 붉게 달아오른 입술이 열리고 천천히 그가 속삭였다.

"과연 이번에도 도망갈 수 있을까?"

02
오만한 동거

흔들리는 버스 안.

버스가 일정한 간격으로 흔들릴 때마다 나현의 몸도 자연스레 흔들렸다. 버스 안은 퇴근하는 사람들로 복잡했지만, 나현의 마음은 버스가 아닌 회사에 가 있었다.

회사를 그만둬야 할까?

그녀가 속한, 아니 속했던 팀은 개발 3팀이었다. 개발 3팀은 면역조절제 시스테람을 개발하고 실험하는 연구팀이었는데, 시스테람의 계약이 엎어지면서 팀이 없어진다는 소문까지 퍼지며 분위기가 흉흉했다. 초기 임상시험에서는 결과가 좋아 다들 큰 기대를 모았는데, 어쩌다 보니 일이 이렇게 되어버렸다.

나현이 기획팀으로 자리를 옮기게 되었다는 소식에 개발팀 사람들은 다들 부러움의 한숨을 내쉬었다.

"부럽다, 나현 씨."

개발 3팀은 해체되어 사라질지도 모르지만, 기획팀은 달랐다. 사장 직속 부서이니 오히려 더 안정적일 것이라며 부러워하는 동료들의 말에 나현은 그저 웃을 수밖에 없었다.

안정적인 고문이다 이건. 나현은 매일매일 이한을 만나며 회사 생활을 할 자신이 없었다.

버스가 정류장에 도착했다. 사람들 사이를 비집고 나와 겨우 버스에서 내렸다.

왕복 세 시간, 힘들긴 하지만 지금까지는 보람이 있었는데….

버스에서 내려 터덜터덜 집으로 가는 걸음이 그 어느 때보다 무거웠다. 현관문을 열고 신발을 아무렇게나 벗어 던졌다.

현관문이 열리는 소리에 코가 빠져라 기다리고 있었을 동생 유현이 그녀를 반겼다.

"언니 왔어?"

"응, 아얏!"

하루 종일 피곤이 쌓여 맨발로 바닥을 딛자 욱신거리며 아파왔다. 나현이 낸 작은 비명소리에 유현이 심각한 얼굴로 그녀의 안색을 살폈다.

"어디 아픈 거 아냐?"

"아니야, 그냥 너무 걸어 다녔는지 발이 좀 피곤해서."

"회사에서 무슨 일 있었던 건 아니지?"

"무슨 일은."

동생의 걱정에 아무 일도 아니라는 듯, 나현이 웃어보였다. 다른 사람은 몰라도 유현만큼은 걱정시키고 싶지 않았다. 자신이 보태지 않아도 걱정할 일이 태산인 인생이었다.

나현과 유현, 그녀들은 한날한시에 태어났다. 5분 먼저 태어난 나현이 언니 그리고 5분 늦게 태어난 유현이 동생이 되었다. 이란성쌍둥이라 성격도, 외모도 전혀 다르지만, 둘은 서로에게 자매인 동시에 친구다.

성격도 좋고 외모도 예뻐서 하고 싶은 게 많은 유현에 반해 나현이 가장 좋아하는 것은 공부였다. 넉넉지 못하게 자랐기 때문에 이 시궁창을 탈출하는 유일한 길은 공부밖에 없다고 늘 생각했다.

"또 공부해? 그러다가 공부벌레 되겠다."

유현은 과자를 먹으며 책상 앞에서 공부하는 나현을 보고 놀리기 일쑤였다.

중학생 때까지만 해도 그런 농담을 주고받는 평범한 자매였다.

중학교 3학년 겨울, 주말이면 늘 친구들과 바깥에 나가 놀고 평일 밤에는 늦게까지 텔레비전을 끼고 살던 유현이 자주 앓기 시작했다.

"피곤해, 언니."

밤만 되면 머리에서 열이 펄펄 끓어 넘쳤고, 이유 없이 피곤해하며 자리에서 일어나지를 못했다. 처음 병원에 갔을 때는 감기라고 했는데, 한 달이 넘어도, 두 달이 넘어도 증상이 나아질 줄 몰랐다. 온갖 병원을 다 돌아다녔지만, 정확한 원인도 모른 채 반년을 끙끙 앓았다.

일 때문에 집에 없는 엄마를 대신해 늘 나현이 유현을 데리고 병원을 다녔다. 병원에서 돌아오는 버스 안에서 유현이 멍하니 중얼거렸다.

"언니, 나 결국 죽는 걸까?"

늘 싱그러운 장미 같던 어린 청춘, 유현은 그렇게 병에 곪아갔다. 문을 열면 늘 깔깔대던 동생의 목소리 대신, 앓는 소리만 들릴 뿐이었다. 아프기 시작한 지 반년이 지나고, 열 번째로 찾아간 병원에서 유현의 병명을 앓아냈다.

루푸스. 정식 병명은 전신성 홍반성 낭창.

유현의 면역체계가 어떠한 이유에서인지 밖에서 들어오는 나쁜 물질이 아닌, 그녀 자신을 공격하고 있었다. 그래서 온몸이 아프고, 열이 나고, 손발이 퉁퉁 부어올랐던 게 그 독한 병 때문이었다.

병명을 알아도 나아질 것은 없었다. 루푸스는 완치가 불가능했다. 증상을 경감시키는 것조차 쉽지 않았다.

유현을 안심시키고 방에 들어온 나현이 침대 위에다 핸드백을 툭 던졌다.

기획팀에 들어가야 할 미래가 두려웠다. 이한과 매일 얼굴을 마주 봐야 하는 것도, 해본 적 없는 기획일을 하게 되는 것도 무서웠다. 하지만 기획팀에 들어가지 않으면 회사를 그만둬야 했다. 상대는 회사의 사장, 나현은 고작 일반 사원이었다. 그의 말에 반기를 드는 일은 있을 수 없었다.

회사를 그만두면, 당장 유현에게 들어가는 엄청난 병원비도 문제였다. 그러나 그보다 더 나현을 괴롭히는 것은 그녀가 개발하던 면역조절제 시스템이었다.

개발 목적이 장기이식 환자들의 면역을 조절해, 장기이식 거부

반응을 줄이려는 목적으로 개발된 약이었다. 그러나 개발단계에서 시스테람이 루푸스를 비롯한 자기면역질환의 조절에도 큰 효과가 있다는 것이 드러났다.

이러한 소식을 당시 다니던 대학원의 교수님으로부터 듣고 나서 나현은 진솔제약에 들어올 수밖에 없었다. 그녀의 삶의 이유, 유현의 병을 고치기 위해서는 그 정도는 할 수 있었다.

그러나 입사 뒤 3년이 지난 지금, 시스테람 프로젝트는 뒤집히기 일보 직전이었다.

"당신은 시스테람을 살리고 싶지 않나?"

이한의 말을 떠올렸다.

살리고 싶어…. 시스테람을 제대로 개발할 수만 있다면, 그래서 유현이 정상적인 삶을 살 수만 있다면 모든 것을 할 각오가 되어 있었다.

더한 것도 참아왔잖아. 이대로 멈출 수는 없다. 잘할 거야. 지금까지 해왔던 것처럼, 그렇게 잘할 거야.

이한을 설득해서, 내가 할 수 있는 한 모든 것을 다해서라도, 시스테람의 개발을 완성시키겠어.

내일 입고 갈 정장을 옷걸이에 차분하게 걸면서 나현은 입술을 깨물었다.

***

기획팀은 사장 직속 부서인 만큼 회사 곳곳의 인재를 모아놓았다.

기획팀장은 진솔화학에서 본부장을 하던 사람이 내려왔고, 각 부서의 엘리트라 뽑히던 사람들이 기획팀으로 차출되었다.

처음으로 기획팀으로 출근한 날, 20명 정도 되는 기획팀 직원 전원이 회의실에 모였다.

팀장으로부터 처음 설명이 이루어질 것이라는 기대와 달리, 조용한 회의실 문이 열리고 들어온 것은 진솔제약의 사장, 이한이었다.

생각지 못한 사람이 들어오자, 회의실에 참석한 사람들이 놀라 눈을 커다랗게 떴다. 그를 다시 본 나현은 말할 것도 없었다.

그의 얼굴만 봐도 가슴이 울렁거렸다. 이 느낌은 무엇일까. 발밑의 땅이 흔들리는 느낌이었다. 술렁이는 사람들 앞에 이한이 섰다.

사장실에서 만난 그는 예전에 자신이 알던 남자가 아니었다. 하지만 사람들 앞에 선 그는 사장실에서 단 둘이 만날 때보다 더 위압감 있고 강렬했다.

자리가 사람을 만드는 것인지, 나현의 선입견 때문인지, 알 수 없었지만.

"안녕하세요, 사장 진이한입니다."

사람들의 술렁임이 가라앉은 후, 이한이 좌중을 한번 훑은 다음 입을 열었다.

"진솔제약이 지금 어떤 상황인지는 여러분도 잘 아실 겁니다."

일본 사키요미제약과의 계약이 엎어진 후, 진솔제약의 주가는 끝도 없이 하락 중이었다.

"그렇기 때문에 진솔그룹은 진솔제약 매각까지 협의를 했으나, 조금 더 기회를 가져보기로 했습니다. 이번에 조직 된 기획팀은 응급의학과라고 생각해주시길 바랍니다. 죽어가는 진솔제약이라는 회사를 어떻게 살릴지, 기획하고 지원하는 조직입니다. 회사를 살리기 위한 아이디어라면 어떠한 것이든 환영합니다. 기획팀장을 통해서 모든 제안은 저에게로 바로 전달될 것입니다. 그리고 앞으로 자주 회의를 열어 지금까지의 사항을 전부 브리핑 받으려고 합니다."

이한의 시선이 나현에게 닿았다. 그러자 다른 사람들의 시선도 자연스럽게 나현에게로 옮겨갔다. 긴장이 되어 자신도 모르게 펜을 꽉 쥐었다.

"다음 주 월요일, 시스테람의 개발 담당자였던 함나현 씨와 해외영업부의 이진성 씨가 시스테람의 상황에 대해 브리핑 해주시기 바랍니다. 지금까지의 개발 상황은 어떠한지, 왜 계약이 뒤집어졌는지."

잠시 말을 쉬었다. 부드럽고 느릿느릿해 위압감이 없던 말투에 점점 힘이 실려 뾰족해졌다.

"그리고 왜 결과가 제대로 나오지 못한 건지, 다음 주 브리핑에서 알 수 있었으면 좋겠네요."

첫 타자로 시스테람이 꼽혔다. 회사가 이렇게 된 가장 큰 원인이 시스테람에 있다는 것을 콕 집어 말한 것이다.

이한이 지시를 끝내자, 기획팀장이 자리에서 일어나 마저 말을 이었다. 이한은 그동안 팔짱을 낀 채, 등을 기대고 사람들을 관찰했다.

"팀이 급조되어 아직 무슨 일을 맡을지 제대로 배분되지 않은 분들도 있겠지만, 천천히 자리 잡아 갈 테니….”

팀장이 하는 말이 제대로 들리지 않았다. 이한의 눈은 줄곧 자신을 바라보고 있었다. 그에게서 도저히 눈을 뗄 수 없었다. 시선을 피하고 싶은데, 몸이 얼은 것처럼 움직이지 않았다.

팀장의 말이 끝나고, 모두 자리로 돌아가도 된다는 말에도 이한은 움직이지 않았다. 벽에 몸을 기댄 채 그녀를 바라보기만 했다.

팀원들은 조심조심 자리에서 일어나 눈치를 보며 자리를 떴다. 나현 역시 용기를 내 겨우 자리에서 일어났다.

사무실로 돌아오자, 개발 2팀에서 일해 낯이 익은 동료 직원이 나현에게 말을 걸었다.

“사장님 좀 무섭더라, 그지.”

나현이 어색하게 웃자, 직원이 말을 이었다.

“시스테람이 잘못된 게 개발 3팀 탓도 아닌데 말이야. 나현 씨가 앞으로 고생 좀 하겠어. 사장님은 전자회사에서 오셨으니, 제약회사의 생리에 대해 잘 아실지 모르겠네.”

제약이란 어려운 사업이었다. 잘되면 정말 대박이었지만, 개발 단계에서 엎어지는 약들, 임상 단계에서 못쓰게 되는 약들, 심지어 출시 이후에도 회수되어 이익을 제대로 못내는 약들이 허다했다. 하나의 약을 개발하려면 적어도 몇 천 억, 규모에 따라서는 조 단위의 돈이 들어갔다. 한국의 제약회사 현실에서는 어려운 점이 많았다.

“그러게요….”

“기운 내요. 그래도 황태자 진이한이 우리 회사에 왔다는 건, 회사를 살려보겠다는 그룹의 의지 아니겠어요?"

과연 그럴까, 나현은 억지웃음을 지으며 자리로 돌아와 앉았다. 지금 이사를 와서 책상 위는 휑하게 비어 있었다. 덩그러니 놓인 컴퓨터 전원을 켜고 푹신한 의자에 몸을 묻었다. 그때, 기획팀장이 그녀의 책상으로 다가왔다. 서둘러 몸을 일으켰다.

"함나현 씨."

"네, 팀장님."

푸근한 아저씨 타입이었던 개발 3팀 팀장님과 달리, 규모가 다른 기획팀을 운영하는 사람이어서 그런지, 아니면 능력자여서 그런지 기획팀의 팀장은 날카로운 느낌이 강했다. 며칠 전 인사한 게 고작인 그가 이한만큼이나 부담스러웠다.

"사장실에 올라가 보세요. 사장님께서 묻고 싶은 게 있다고 하시니까."

이한이 왜?

"네, 알겠습니다."

대답을 하고 자리에서 일어섰지만, 머리가 복잡했다. 왜 또 그는 나를 부른 것일까.

벌써 두 번째 사장실 방문이었다. 3년 동안 한 번도 와본 적 없는 곳을, 일주일 만에 두 번이나 왔다. 하지만 두 번째인 데도 긴장감은 조금도 줄어들지 않았다.

비서의 안내를 받아 사장실로 들어갔다. 이한은 의자에 앉아, 서류를 읽고 있었다.

"기획팀의 함나현 씨입니다."

비서가 분명 그녀가 왔다고 이르고 사장실을 나갔건만, 이한은 말이 없었다. 그녀를 쳐다도 보지 않았다. 나현은 어떻게 해야 할지 몰라 초조하게 그의 말을 기다렸다.

5분쯤 지났을까, 서류를 다 읽은 이한이 눈을 들었다.

"함나현 씨."

"네, 사장님."

"다음 주 브리핑은 잘할 수 있겠어요?"

나현은 고개를 끄덕였다. 여기서 안 된다고 해봤자, 다른 방법이 있는 것도 아니었다. 어떻게든 사장과 팀장의 마음에 들도록 준비할 생각이었다.

이한의 시선이 나현의 아래 위를 훑었다. 감정 받는 느낌에, 나현은 등을 꼿꼿이 세웠다. 이한이 책상 위에 있던 카드 한 장을 집어 그녀에게 던졌다.

툭, 카드가 날아와 나현의 발치에 떨어졌다.

영문을 몰라 놀란 나현이 카드와 이한을 번갈아 쳐다보자, 그가 한쪽 눈썹을 끌어올렸다.

"오늘 부터는 거기서 출퇴근해."

"네?"

이한의 말이 이해가 되지 않아 되묻자, 그가 짜증 섞인 얼굴로 입을 열었다.

"내 집 카드키야. 이번 주말에 옷가지만 챙겨오도록 해."

여전히 이해가 되지 않았다. 맥락을 알 수 없는 말이었다. 나현이 멍하니 카드키를 바라보자, 이한이 다시 입을 열었다.

"이 일이 다 끝날 때까지, 거기가 당신 집이야."

사장님 집이 내 집이라고?

이한의 말이 도무지 이해가 되지 않아 카드만 내려다보았다. 까만색 카드가 반짝거렸다.

"당신이 기획팀에서 가장 위험한 위치에 있다는 거 알지? 개발 3팀 직원들 전부 이 회사에서 당장 나가게 되도 할 말 없는 사람들이야."

침을 꼴깍 삼켰다. 이한의 말은 틀린 게 없었다. 면역조절제 시스테람의 가장 큰 실패 원인은 임상실험에서의 불분명한 효과 검증에 있었다. 분명 세포 수준의 실험과 동물실험 그리고 소규모의 인간 대상 실험에서는 큰 효과를 보였다. 그러나 실험 규모를 늘리자, 오차 범위를 넘어서지 못하는 수준의 미미한 효과만 보였다.

실험에서 어떠한 문제 때문에 그런 결과가 나온 것인지 조사 중이었다. 모집단의 설정 문제, 아니면 투약 방법 문제, 여러 가지 조사를 했지만 아직 나온 게 없었다. 확실한 것은, 실험 설정에서 문제가 있었다는 것이었다. 그리고 그 문제는 오롯이 개발 3팀이 책임져야 할 문제였다.

"당신과 개발 3팀 그리고 시스테람에 한 번 더 기회를 주었으니, 얼마나 성과를 내는지 기대해보지."

처음에는 기획팀으로 옮기는 것이 꺼려졌지만, 그래도 시스테람을 살리겠다는 각오를 다지며 들어왔다. 할 수 있는 것은 다할 것이다. 나현은 정말 모든 것을 바칠 생각이었다. 하지만 그것과 내가 사장님 집에서 자는 것과는 무슨 상관이지?

"출퇴근 시간이 얼마나 되나? 한 시간 반쯤 걸리나?"

출퇴근 운운하는 소리에 고개를 들어 그를 빤히 보았다. 내 통근 시간이 한 시간 반 정도 걸린다는 것은 어떻게 알았을까?

허공을 떠돌던 나현의 시선이 이한의 책상 위에 닿았다. 바보 같은 질문이었다. 사원 정보가 적힌 종이가 보였다.

"왕복 세 시간이나 되는 거리를 다니면서 무슨 일을 제대로 보겠다는 말이야."

여전히 망설이는 나현이 답답해 보였는지 이한이 한숨을 쉬었다.

"하나하나 일일이 설명해주기 피곤하군. 오늘 내 집에 들어와. 아니면 회사를 나가든지. 당신에게 이 두 가지 선택지를 주지."

이한의 최후통첩에 나현의 머릿속이 하얘졌다.

발 아래가 빙글빙글 도는 것만 같았다. 상황이 너무 빨리 변해서 생각의 흐름이 지금 이한의 제안을 쫓아갈 수가 없었다.

멍하니 카드키를 보았다.

이한의 집, 시스테람, 아픈 동생 유현.

애초에 나현에게 선택지는 없었다. 허리를 숙여, 바닥에 떨어진 카드를 주웠다.

이한이 그런 나현의 모습을 보고 보일 듯 말 듯 미소를 지었다.

"잘 생각했어."

나현이 카드를 손에 꽉 쥐고 이한을 노려보았다. 싸움에서 승리한 듯한 표정에 참을 수 없어 입술을 깨물었다.

***

"함나현 씨, 어디 다녀왔어요?"

옆자리에 앉은 직원이 묻자, 나현은 어색하게 웃기만 했다.

'사장님이 나를 불러서, 자기네 집에서 살라고 하네요' 그렇게 말할 수는 없는 노릇이었다.

"쉬다 왔어요?"

직원이 다시 묻자, 나현이 고개를 끄덕였다.

"네."

"나현 씨가 개발 3팀에 요청한 서류들 왔어요."

시선을 책상으로 돌리자, 산더미 같이 쌓인 서류들이 보였다. 다음 주에 사장과 기획팀 사람들에게 브리핑하기 위해서 한 번 더 검토해야 할 서류들이었다.

관련 내용들은 이미 눈을 감고도 욀 정도로 잘 알고 있었다. 하지만 실수하고 싶지 않았다. 노란 연구 노트를 손에 들었다. 연구 노트는 실험 내용을 개개인이 손으로 적은 것으로, 나현이 든 것은 동물실험을 담당했던 테크니션의 노트였다. 노트 위에 작은 포스트잇이 붙어있었다.

'나현 씨 손에 우리 목숨이 달려 있어요. 함나현 파이팅!'

글씨 뒤에는 주먹을 불끈 쥔 여자 그림이 그려져 있었다. 나현과 나이가 비슷해 사이가 좋았던 직원이었다. 나현은 두 손을 들어 자신의 목을 감쌌다.

내 목숨이, 개발 3팀의 목숨이, 시스테람의 운명이, 동생 유현의 일생이 걸려 있었다. 실패할 수는 없었다.

왜 이한이 불렀는지 모르겠다. 스페인에서 당한 모욕을 자신에게 돌려주고 싶은 것인지, 자신이 마음에 들어 가까이 두고 싶은 것인지, 아니면 단순히 괴롭히는 게 즐거운 것인지.

하지만 그가 원하는 것은 뭐든 할 것이다, 시스테람만 살릴 수 있다면.

***

이한의 집은 나현이 살면서 경험해본 적 없는, 아니 상상해본 적도 없는 넓이의 집이었다. 그래서 생활을 하기 위한 공간이라고 여겨지지 않았다.

재벌들은 이런 집에서 사는구나….

주상복합 로비 안내실에 들어가 자신의 이름을 쓰고 이한과 전화통화를 한 뒤에야 경비원이 들여보내줬다. 엘리베이터에 타서 펜트하우스 버튼을 눌렀다.

문을 열고 들어가자 마치 다른 세상에 온 것 같은 기분이 들었다.

입구에 위층으로 올라가는 계단이 있었다. 아파트에도 복층이 있는지 처음 알았다.

거실로 들어서니 커다란 창을 통해 쏟아지는 햇빛에 눈이 부셨다. 창밖으로는 작은 정원이 꾸며져 있었고, 그 너머에는 한강이 바로 발 아래로 흘러갔다. 마치 다른 세상에 온 듯한 풍광에 쓴웃음이 절로 나왔다.

이런 집은 얼마나 할까? 20억? 30억? 아니… 감도 오지 않는다.

조심스럽게 거실 소파에 앉았다. 온몸을 감싸는 가죽의 감촉이 기분 좋았다. 이것도 엄청나게 비싼 가구겠지.

온몸에 힘을 풀고 소파 깊숙이 몸을 묻었다. 곧 이한이 올 것이다. 그럼, 또 제대로 된 생각이 불가능했다.

"왜 나에게 이런 시련을…."

나에게 왜 이러는 것일까? 왜 기획팀으로 올려 보내고, 자신의 집으로 들인 것일까.

스페인에서의 시간이 문득 떠올랐다. 그가 중얼거렸던 사랑의 고백들.

"누군가에게 이렇게 홀려본 것은 처음이야."

자신의 귓가에 내뱉었던 뜨거운 숨결.

혹시 그런 걸까, 나를 좋아해서… 그래서 찾아 헤매고 집착하는 걸까.

순간 한숨과 함께 웃음이 새어 나왔다.

그걸 믿어 함나현? 정말 그렇게 생각해? 그걸 믿냐고. 저 잘난 재벌가 아들이, 나 같은 여자를 한두 번 만나 봤을 것 같아?

나보다 더 잘난 여자들도 늘 옆에 끼고 다녔을 걸. 착각하지 마. 넌 지금 잠깐 말을 듣지 않아 애를 먹이는 장난감 같은 것일 뿐이야. 그의 말에 따르게 되면, 그가 만족하게 되면 쓰레기장에 버려지겠지.

저 남자에게 마음 줄 생각 절대 하지 마. 가볍게 놀다가 헤어지고 다른 남자를 만나서 또 사랑할 자신 없잖아. 엄마처럼 살고 싶어? 돌아오지 않을 남자를 기다리며 평생 울면서 인생을 낭비하고 싶어?

내면에서 들려오는 말들이 가슴을 턱턱 막았다. 손을 들어 눈가를 눌렀다. 생각하면 할수록 머리가 지끈거렸다.

띠로롱.

그때, 현관문이 열리는 소리가 들렸다. 나현은 자리에서 벌떡 일어섰다.

저벅저벅.

누군가 걸어오는 소리에 배가 울렁거렸다. 심장을 누가 쥐고 흔드는 것처럼 고통이 느껴졌다.

"집은 다 구경했나?"

오만한 목소리, 이한이었다. 나현은 고개를 들어 그의 얼굴을 바라보았다.

"아니요."

"쓰고 싶은 방을 쓰도록 해."

이한이 자신의 서류가방을 소파 위로 던지며 한숨을 쉬었다. 피곤했던지 인상을 쓰며 넥타이의 매듭을 풀었다.

나는 뭘 해야 하는 거지? 이한이 자세한 설명을 해주지 않아 이 집에서 자신의 위치가 불분명했다.

"물이라도 좀… 드릴까요?"

이한의 시선이 나현에게 닿았다. 잠시 그녀를 빤히 쳐다보던 그는 허탈한 듯 작게 웃었다.

"내 집인데, 물이 어디 있는지 정도는 나도 알아."

"하지만…."

"그런 일 맡기려고 당신 부른 거 아니야, 따로 해주는 사람들이 있으니까."

그럼 나는 뭘 하죠? 난 여기서 뭘 해야 하는 걸까, 왜 나는 이 집에 있는 걸까….

불안한 눈초리로 계속 둘러보는 나현이 마음에 들지 않았는지 이한이 다시 한숨을 쉬었다.

"왜?"

나현이 떨리는 목소리로 대답했다.

"그럼 전… 뭘 할까요?"

"열심히 일 해, 늘 그랬던 것처럼. 아니, 그보다 더 열심히. 더 잘."

나현은 고개를 끄덕였다. 회사에서는 그렇게 할 생각이었다. 하지만 집에서는…. 회사가 아무리 늦게 끝나도 집에 오면 여덟시다. 그 이후에는 그냥 집처럼 생활하면 되는 건가.

"집에 오면 밤에는… 전 뭘 해야 하죠?"

조심스러운 질문에 이한이 피식 웃었다.

"그게 궁금했어?"

나현이 작게 고개를 끄덕였다.

이한이 나현을 내려다보았다. 그의 시선이 그녀의 동그란 이마에 닿았다. 190에 가까운 신장 때문인지 아니면 각진 어깨 때문인지, 그렇지 않으면 그의 묵직하고 날카로운 눈빛 때문인지 나현의 어깨가 파르르 떨렸다. 위압감에 온몸이 쪼그라드는 것 같았다.

그가 미소를 지은 채 손을 내밀었다. 덜덜 떨리는 그녀의 몸과 달리, 그의 손끝은 침착하고 한 치의 흐트러짐도 없었다. 그가 손가락을 내밀어 오뚝 솟은 나현의 코끝을 건드렸다.

숨이 잘 쉬어지지 않았다. 그가 무엇을 하려는지 몰라 온몸이 경직된 채 그의 처분을 기다렸다.

코끝에서 인중으로, 촉촉한 입술로 그의 손끝이 움직였다. 그의 손에 만져질 때마다 나현의 목덜미에 뜨거운 무언가가 흘러내렸다. 그의 엄지손가락이 입술을 문질렀다.

한 번, 두 번, 세 번.

그의 손가락이 입술에 닿을 때마다 립스틱이 지워지고, 입술 본래의 색이 드러났다. 점점 붉게 달아오르며, 부풀어 올랐다.

이한이 몸을 기울여, 그녀의 귓가에 한숨을 불어넣었다. 따뜻한 숨결이 귓바퀴를 간지럽혔다.

"밤에, 내가 당신에게 뭘 시킬 것 같아?"

나현이 할 수 있는 것은 그저 멍하니 이한의 얼굴을 바라보는 것뿐이었다.

"전…."

"뭘 기대하고 들어온 거지?"

빈정거리는 듯한 말투에 나현은 저도 모르게 어깨를 움츠렸다.

"아무것도, 아무것도… 안 했어요."

기대하지 않았다. 다만 상상은 했다. 그가 자신을 취할 것이라는, 자신을 탐할 것이라는 생각. 나현 역시 성인이었다. 이미 몸을 몇 번이고 겹친 사이였으니, 그의 집에 들어오라는 이야기를 들었을 때 순진하게 정말 그의 집에서 출퇴근만 하리라고 생각하진 않왔다.

이한의 손가락이 그녀의 얼굴에서 떨어져나갔다.

비로소 나현은 자신이 얼마나 숨을 참고 있었는지 알았다. 깊은 숨을 뱉어내고 그에게서 한걸음 떨어졌다.

"기다려, 밤은 기니까. 당신이 원하는 만큼 당신을 울려주지."

"그런 의미로 말한 것은 아니었…"

나현이 항변했지만, 틈을 주지 않고 이한이 입을 열었다.

"쇼핑이나 하러 가지."

"쇼핑?"

이한이 나현의 몸을 아래위로 훑었다. 담백하고 사심이 담기지 않은 시선인데도, 자신도 모르게 나현은 자르르 소름이 돋는 기분이었다. 고기의 등급을 산정하듯, 냉정하게 그녀를 계산하는 눈초리였다.

"내일 회사에 입고갈 옷 있어?"

"아니요."

당신이 하루만 말미를 줬어도, 이렇게 맨몸으로 덜렁 오지는 않았을 걸요, 하는 말이 목구멍 까지 차올랐다.

"속옷은?"

이한의 입꼬리에 살짝 걸린 미소에 화가 나 발끈하며 외쳤다.

"보시다시피 없습니다."

"전라로 잘 생각이라면 말리지는 않겠지만."

나현은 이를 악물었다. 왜 저렇게 말을 하는 것일까.

처음 만났던 때의 그는 이렇게 오만하지는 않았다. 너무 당당하여 평소 자신감이 없는 나현의 입장에서는 그런 게 매력으로 다가왔지만, 예전엔 이렇게 못되고 마음에 상처를 주는 말만 골라 하진 않았다.

나현이 입술을 깨물다가 입을 열었다.

"집에 가서 가져오면 됩니다. 그게 더 편할 거예요."

"집에는 더 좋은 옷 있나?"

"네?"

"그런 우중충한 옷만 입고 다니면서, 무슨 일을 하겠다는 거야?"

이한의 지적에 나현의 시선이 자신의 옷으로 떨어졌다.

"개발팀에 있을 때야 상관없지, 본인 일만 잘하면 되니까. 하지만 기획팀은 달라. 회사 사람뿐 아니라 바이어들과 관련 회사 사람들, 정부 부처 사람들도 만나게 돼. 당신이 그런 옷을 입고 있으면 기획팀에, 회사 전체에 누를 끼치는 거야."

연구직은 옷을 잘 입을 필요가 없었다. 누구도 만나지 않고, 목표만 달성하면 됐다. 연구실에 서는 실험복이나 작업복을 입기 때문에, 애초부터 차림새에는 따로 신경을 쓰지 않았다.

하지만 그의 말대로 기획팀은 다르다. 회사의 중심부서니 남과 만나는 것이 일상일 것이다. 그의 말에 반박할 수가 없었다. 출근할 때마다 잘 갖춰 입은 주변 사람들과 비교되는 것을 누구보다도 나현 스스로 잘 알고 있었다.

"그럼 제가 사 입겠습니다."

그녀의 말이 우습게 들리기라도 하는 건지 이한이 보지도 않고 중얼거렸다.

"맘대로 해."

***

백화점에 도착하자, VIP 담당자가 마중을 나왔다.

백화점에 가본 적이야 있지만, 명품관에는 들어가 본 적이 없었다. 명품이 필요한 일도 없었고, 무시당할 것 같아 지레 겁먹고 발을 들인 적이 없었다. 어정쩡한 정장 차림의, 도저히 명품이 어울리지 않을 것 같은 나현에게 의외로 직원들은 매우 친절했다. 물론 이한과 함께이기 때문일 수도 있지만.

나현은 안심했다.

오랜만의 쇼핑이었다. 사실 대기업 계열사의 연구원이라 월급이 적은 편은 아니었다. 하지만 대부분 유현의 치료비와 가족 생활비로 쓰느라 언제나 빠듯했고, 자신을 위해 제대로 돈을 쓴 게 언제인지 기억도 나질 않았다.

색색의 옷들이 나현의 눈을 현혹했다. 손끝에 닿은 파란색 재킷을 들어 가격을 확인했다.

200만원…. 이 재킷 한 벌 가격이면 자신의 옷장을 가득 채울 수도 있겠다는 생각에 한숨조차 나오지 않았다.

"보는 눈이 있으시네요, 신상품인데 100% 캐시미어라서 몸에 착 감긴답니다. 입어보시겠어요?"

좋은 제품일 것이다. 벌써 손에 닿는 감촉부터 지금까지 입어본 것들과는 전혀 달랐다. 스르륵, 손 사이를 옷감이 부드럽게 빠져나갔다.

"아니, 전…."

가격을 생각하고 거절하려다가 이한과 시선이 마주쳤다. 재밌는 것을 구경하는 듯 씩, 웃고 있는 그의 미소에 화가 났다.

"네, 입어볼게요."

재킷을 걸치자 옷이 몸을 포근하게 감싸는 느낌이었다. 그저 걸치기만 하던 옷들과는 달랐다. 움직일 때마다 사그락거리던 소리가 나는 자신의 재킷과 달리, 온몸에 착 달라붙어 움직임에 제한을 주지 않았다.

사고 싶다…. 여자로서, 인간으로서 몸에 좋은 것을 걸치고 싶은 욕망이 있는 것은 당연했다. 하지만 이걸 사면….

"조금만 더 보고 올게요."

"그냥 사. 내가 내는 거니까."

이한의 눈을 바라보았다. 이를 악물었다.

"돈이 없어서 안 사는 거 아닙니다."

그녀의 고집스런 말에 이한이 힘을 뺀 말투로 입을 열었다.

"알았어. 당신 능력 있는 거 알겠고, 돈 있는 것도 알겠으니, 그냥 사. 옷이라는 게 별거 아닌데, 무지한 인간들은 보이는 것으로 사람을 판단하니까. 그런 사람들에게 보이려면 사야 돼."

이한이 조금 풀어진 미소를 지었다.

"내 여자가 무시 받는 꼴 난 못 봐."

당신 여자? 내가 왜 당신 여자야? 외국에서 며칠 만났을 뿐인데, 왜 내가 당신 여자야?

분노가 목구멍을 타고 올라왔다. 내내 꾹 참아왔던 화가 눈앞을 흐리게 할 정도로 마음을 어지럽혔다.

엄마 얼굴이 생각났다. 엄마는 비가 오는 날이면 아무 말 없이 창밖의 먼 산을 바라보곤 했다.

비가 오는 날 엄마를 떠났다던 남자, 생물학적으로는 아버지인 그 역시 재벌이었다. 기업을 물려받아야 해서 아무것도 없는 여자인 엄마를 부인으로 둘 수 없어서 떠났다고 했다.

재벌가의 딸인 약혼녀 때문에 나현의 엄마를 없던 사람인 것처럼 지워버렸다. 그리고 자식인 나현과 유현조차 인생에서 삭제해버렸다.

딸은 엄마의 인생을 닮는다고 했던가, 그렇게 경멸하고 혐오하던 재벌가의 남자와 지금 대리석이 깔린, 사방이 번쩍이는 명품 숍에 서 있었다.

회사를 그만둘 수는 없다. 회사를 다니기 위해서 당신에게 몸과 내 시간을 바치는 것은 어쩔 수 없이 해야 할지 모르겠지만, 마음은 주지 않을 거야.

'내 여자'라는 말에 화가 난 나현은 파란 재킷뿐 아니라 주변에 걸려 있는 다른 재킷은 물론 원피스와 셔츠 등 닥치는 대로 집었다.

"이것도, 이것도 주세요."

돈이 그렇게 많아? 그렇게 자랑하고 싶어? 이따위 것들을 사주면 내가 당신에게 반하고 사랑할 줄 알았나? 그래, 사봐. 그렇게 산다고 내 마음까지 살 수 있을 것 같아? 인형놀이라면 하고 싶은 만큼 해봐, 내 마음은 언제나 차갑고 돌처럼 굳어 있을 테니.

늘 일렁이는 눈동자를 하고 불안한 듯 이한을 바라보던 나현이 갑자기 결연한 눈빛을 하자, 이한은 오히려 반가워하는 표정이었다. 그리고 그 얼굴은 언제나 그렇듯 나현의 마음을 불안하게 만들었다.

***

두 손으로는 안을 수도 없을 만큼 많은 옷을 사고, 결국 집에 들고 올 수 없어 백화점 직원들까지 집으로 쫓아와야 했다.

직원들은 텅 빈 나현의 옷장을 채우며 정리까지 해줬다.

그게 신나고 즐겁기보다는, 돈으로 그런 서비스까지 살 수 있다는 게 씁쓸했다.

직원들이 돌아가고 나자 이한과 나현만이 남았다.

집이 커서 물리적인 거리는 먼 데도, 왜 이렇게 긴장되고 무서운지 몰랐다. 춥지 않은, 오히려 약간 후끈하기까지 한 거실에 앉아서 몸을 오들오들 떨었다. 한기가 온몸을 감싸고 있었다.

여행지에서 그를 만나 그와 처음 같은 방에 머물렀을 때는 이렇지 않았다. 오히려 온몸이 불타오르는 것처럼 서로를 원했다. 처음 자신의 뺨을 만진 순간, 그가 만진 곳이 타들어가는 것만 같았다.

"당신, 너무 예뻐."

그가 마디가 툭툭 튀어나온 손가락으로 나현의 입술을 훑었었다. 그러다 입속으로 손가락을 밀어 넣었다. 말캉거리는 혓바닥을 그의 손가락이 간지럽히자, 나현은 오히려 혀를 내밀어 그의 손가락을 핥으며 말했었다.

"하지 말아요."

그런 나현을 이한이 사랑스럽다는 듯 바라보며 살짝 입 맞췄다.

오늘 만약 그가 키스를 한다면, 그래서 거부한다면, 그때처럼 용서해줄까? 그때처럼 사랑스럽게 바라봐줄까?

아니, 애초에 그녀는 거부할 권리가 없었다.

그렇게 오들오들 떨고 있는 나현의 앞에 어느새 이한이 서 있었다. 어두컴컴한 방에서 그가 나오자 순간 숨이 막혔다.

언제 봐도 매력적이었다. 그래서 더욱 화가 났다.

비틀린 미소를 짓고 있는 저 입술이 덮쳐온다면 거부할 자신이 없었다.

완벽한 용모를 한 그가 오른손으로 자신의 넥타이 매듭을 쥐고 흔들었다. 단정한 머리가 흐트러져 이마를 덮었다. 와이셔츠의 단추를 하나, 둘 따고 내려갔다.

단추가 몇 개인가 풀리자, 그의 단단하고 탄탄한 가슴이 드러났다. 마치 사냥감을 발견한 야수처럼 그가 아랫입술을 살짝 혀로 핥았다.

"이제 침대로 갈까?"

올 것이 왔구나.

나현은 멍하니 그의 얼굴을 바라보다가 입술을 깨물었다. 얼마나 힘주어 깨물었는지, 비릿한 피 냄새가 입안에 퍼졌다. 그 정도로 긴장하고 있었다.

침대로 가자는 이한의 말에 드디어 올 것이 왔다고 생각했다.

"싫습니다."

저항을 표현할 수 있는 건 턱을 치켜들며 똑바로 그의 얼굴을 바라보는 것뿐이었다. 소속 부서를 옮기랄 때는 직원이니까 옮겼다. 집으로 들어와 살라고 할 때도 감내할 수 있었다. 하지만 몸과 마음까지 가져갈 수는 없어.

그러나 나현은 어렴풋이 알고 있었다. 그가 억지로 그녀를 끌고 들어간다면, 속절없이 당할 수밖에 없었다. 그가 면역조절제 시스템의 개발로 그녀를 협박한다면, 스스로 옷을 벗을 수도 있었다. 하지만 저항도 없이 순순히 그러고 싶진 않았다.

"뭐가 그렇게 싫어?"

이한이 재밌다는 듯 빙글거리며 쳐다보았다. 나현은 그런 그가 밉살스러워 견딜 수가 없었다.

"아무리 사장님이라도 그런 것까지 요구하실 순 없는 겁니다."

"어떤 것?"

이한의 비꼬는 듯한 말투에 나현이 중얼거리듯 대답했다.

"…자리."

들릴 듯 말 듯 중얼거리는 나현에게 이한이 불쑥 얼굴을 들이대며 물었다.

"다시 한 번 말해봐."

그가 갑자기 거리를 좁혀오자 나현은 놀라 입을 열지 못했다. 그저 입술만 파르르 떨릴 뿐이었다.

"왜 말을 못 하지?"

당신이 너무 가까워서, 숨을 쉬었다간 당신 향기가 내 몸에 가득 찰까 봐, 그게 무서워서 말을 못 해.

나현은 한참이나 입술을 달싹이다 겨우 입을 열었다.

"사장님과 잠자리를 하는 것…."

고작 몇 센티미터 정도 떨어진 틈을 두고 이한이 피식 웃었다. 그녀의 눈부터 입술까지, 감상하듯 천천히 시선으로 훑고 나서는, 아까 세게 깨문 바람에 부풀어 오른 그녀의 입술을 바라보며 속삭였다.

"누가 나랑 잠자리를 하자고 했지?"

"아까…."

백화점에 가기 전에도 이한은 그녀에게 '밤에, 내가 당신에게 무엇을 시킬 것 같아?'라고 물었고, 방금 전에도 침대로 가자고 말했다.

"내가 언제 나와 관계를 맺자고 한 적이 있었나?"

나현은 어금니를 사려 물었다. 그가 그런 말을 직접적으로 한 적은 없었다. 하지만… 그가 한 말은 누가 들어도 그렇게 오해할 말이었다. 이한은 마치 나현 혼자 착각한 것처럼 그녀를 바보로 만들었다. 그의 숨결이 닿을 정도로 가까웠다. 너무 긴장한 나머지 솜털이 오소소 일어섰다.

이한이 손을 들어 나현의 이마에서부터 뺨까지 서서히 훑었다. 그의 손길에 온몸이 떨려왔다. 그저 살짝 닿은 것뿐인데, 심장이 터질 듯 요동쳤다.

나현의 얼굴을 쓸어내리던 그의 손이 어느새 뺨을 지나 턱에 닿았다. 사랑스럽다는 듯, 그녀의 턱을 두 손가락으로 살짝 쥐었다.

덜덜 떨고 있는 나현과 달리 그의 손은 단호했고, 망설임이 없었다.

"사장님…."

애원하는 것인지, 아니면 거부하는 것인지, 간신히 입을 연 나현조차 알 수 없었다.

턱을 몇 번이나 만지작거리다 이한이 한숨을 내쉬었다. 달콤하고 깊은 한숨에, 나현의 눈썹이 파르르 떨렸다.

그의 엄지손가락이 나현이 긴장한 상태로 꼭 깨물고 있던 아랫입술을 훑었다. 짜릿한 느낌에 자신도 모르게 입술을 반쯤 열었다.

이한은 붉은 혀로 자신의 아랫입술을 살짝 핥았다. 그 순간, 둘이 서 있는 곳은 대한민국 서울의 펜트하우스가 아니었다. 처음 만나 입맞춤 했던 코르도바의 한 성곽 위였다.

그가 재벌 오너의 아들이라는 사실도, 자신의 회사 사장이며, 자신이 개발하고 싶은 약 시스테람의 목줄을 쥐고 있다는 사실도 다 잊어버렸다.

냉정을 찾기도 전에 그의 입술이 뜨겁게 달아오른 나현의 입술에 닿았다. 그의 입술에서는 쌉싸름한 오렌지 향기가 났다. 코르도바에서 나던 그 향기, 나현은 자신도 모르게 뒤꿈치를 들어 촉촉하고 끈적이는 그의 입술에 자신을 가져다 댔다.

처음에는 부드럽게 어루만지던 그의 입술이 그녀가 다가오자 삼킬 듯 강렬하게 움직였다.

이한의 손이 그녀의 머리를 감싸 안고 더 가까이 끌어당겼다. 손가락이 나현의 머리카락 사이를 파고들었다. 그가 입 맞추는 입술에서, 그가 만지는 피부에서 열기가 온몸으로 퍼져나갔다.

이한은 다른 남자와 달랐다. 늘 냉정하고 차분하게 가라앉은 나현에게 모든 무게를 털어버리고 두둥실 떠오르는 기분을 느끼게 했다. 그와의 키스는 자신의 처지도, 신분도 다 잊고 그저 욕망에만 집중하게 했다. 다른 것은 생각할 틈이 없었다.

흥분으로 벌어진 나현의 입술 사이로 그의 뜨거운 혀가 밀려들어왔다. 은밀한 안쪽을 헤집었다. 그의 말캉한 혀가 때로는 부드럽게, 때로는 강렬하게 움직였다. 늘 그를 만나면 한걸음 물러섰던 나현이었지만, 입술은 달랐다. 그에게 더 매달리고 싶어 했다.

농후한 키스 때문에 나현의 허벅지 안쪽이 팽팽하게 조여 왔다. 간지럽고 뜨거운 파동이 온몸으로 퍼져나갔다. 머릿속은 하얗게 되고, 두 손으로는 그의 단단한 팔뚝에 매달리는 것밖에 할 수 없었다. 그렇지 않으면 다리가 풀려 바닥으로 쓰러질 것만 같았다.

"흐웃…."

입술이 떨어지는 찰나에 그녀의 입술에서 달콤한 신음이 흘러나왔다. 그 순간, 이한의 가슴팍에서 핸드폰이 울렸다.

마치 신데렐라가 자정의 종소리를 들은 것처럼, 요란한 전화벨 소리에 나현의 눈이 번쩍 떠졌다. 그를 밀어내고 뒷걸음질 쳤다.

이한이 미간을 찌푸리며 가슴팍에서 핸드폰을 꺼내들고 귀에 댔다.

그에게서 떨어져 나왔는데도 열기는 식을 줄 몰랐다. 전화를 받는 이한의 입술 역시 붉게 달아올라 있었다.

"뭐지?"

낮게 으르렁대듯 이한이 전화 저편의 상대에게 물었다. 미간에 잡힌 주름이 더욱 깊어졌다.

"알았어, 지금 가지."

전화를 끊고 이한이 혀를 찼다.

"오늘은 여기서 그만 해야겠군, 아쉽겠지만."

아쉬운 것은 나현이라는 듯, 이한이 그녀의 입술을 바라보며 씩 웃었다. 그리고 그녀가 뭐라 반박할 사이도 없이, 거실 한편에 둔 서류가방을 들고 집을 나갔다.

방에 홀로 남겨진 나현은 잔뜩 달아오른 얼굴로, 멍하니 그가 서 있던 자리를 바라볼 뿐이었다.

***

그가 사라졌다. 쉴 새 없이 정신적으로, 육체적으로 휘몰아치던 며칠이 마치 꿈이었던 것 같이, 그는 사라졌다.

기획팀에 오는 일도 없었고, 그녀를 사장실로 부르는 일도 없었다. 밤이 되어도 그는 집으로 돌아오지 않았다. 그의 집에는 집 전체를 관리해주시는 가사 도우미분이 계셨다. 집을 관리해주시는 분도 있었고, 매일 삼시 세끼 음식을 해주는 요리사도 있었지만, 그의 모습은 없었다. 사용인들이 모두 돌아가는 여덟시 무렵이 되면 나현은 덩그러니 혼자 남았다.

그의 집은 홀로 지내기엔 너무 넓었다. 방이 두 개 밖에 없던 자신의 집에서 셋이 부딪치며 살 때는 느낀 적 없던 외로움이 매일 밤 나현을 찾아왔다.

홀로 소파에 몸을 둥글게 말아 높은 천장을 바라보았다. 이한은 아무 방이나 정해서 쓰라고 했지만, 방이 너무 많아 무엇을 골라야 할지 알 수 없었다. 그가 언제 돌아올지 몰라 늘 긴장상태에서 거실 소파에서 앉아 있다가, 언제인지 모르게 까무룩 잠이 들었다.

그렇게 3일이 지났다.

내일은 나현이 그와 다른 팀원들에게 면역조절제 시스테람을 설명하는 날이었다. 내일은 회사에 그가 나타날까? 거실에서 다음 날 발표할 원고를 체크하며 멍하니 생각에 빠져들었다.

돌아오길 바라는 것은 아니었다. 하지만 그가 없는 지금 이 집에서 그를 기다리는 것은 너무나도 불안정했다. 집으로 돌아갈 수도 없었다. 그의 말을 거역했다간 프로젝트가 날아갈까 두려웠다.

원고를 다 읽고 나니 거의 열두 시가 다 되었다. 눈이 아파서 손으로 꾹꾹 누르며 잘 준비를 했다. 편한 옷으로 갈아입고, 소파에 비스듬히 누웠다. 그렇게 불편한 자세에서도 잠이 들었다. 깊은 잠 속으로 빠져들어 가는 중, 문득 울리는 알림음에 나현의 눈이 번쩍 떠졌다. 어둠 속에서 전자음이 들리고 있었다.

삐삐삐, 현관의 비밀번호를 누르는 소리, 등줄기에 식은땀이 흘러내렸다. 누구지? 긴장이 되자 자연스럽게 입술을 깨물었다. 자정이 넘은 시간이었다, 일하는 분일 리 없었다.

달칵.

문이 열리고 누군가 들어오는 소리가 들렸다. 신발을 벗고 안으로 저벅저벅 들어오는 소리…. 그 발소리가 거실로 향하자, 나현은 눈을 질끈 감았다.

작은 한숨소리가 들려왔다. 익숙한 소리에 나현은 몸을 떨었다.

진이한, 그였다.

사락사락, 걸으면서 옷이 스치는 소리가 들려왔다. 멀찍이 들려오던 소리가 점점 가까이 다가오고 있었다. 탁, 그가 가방을 바닥에 내려놓는 소리가 들렸다.

얼마나 떨어져 있는 걸까, 3미터? 4미터? 그에게 들키면 안 돼. 자고… 자고 있는 것처럼 보여야 해. 3일 전, 키스를 하다 말고 그는 집을 떠나갔다. 그 후에는 얼굴을 보지 못했다. 어떻게 대해야 할지 알 수 없었다. 두려웠다.

이한을 멀리하고 싶은데도, 몸속의 불꽃이 자꾸만 넘실대며 의지를 집어삼켰다. 함께 있으면 자꾸만 모든 걸 잊어버렸다. 그가 재벌가의 아들이라는 사실도, 비참한 자신의 처지도, 그가 자신을 휘두르고 있다는 사실마저도 까먹고 욕망에 취해 허우적거렸다.

진이한, 그가 미웠다. 나를 내버려둔다면 이런 고민하지 않아도 될 텐데….

눈을 꼭 감고 그가 그냥 지나가기를, 자신의 침대로 가서 잠들기를 기도했다. 그러나 떨어진 곳에 가방을 둔 그는 한 걸음, 또 한 걸음 다가왔다. 이윽고 체온이 느껴질 정도로 가까이 다가왔다. 서늘하게 몸을 식혀주던 에어컨 바람을 그가 막아서면서, 그의 향이 은은히 거실 안에 퍼졌다.

바로 앞에서 자신을 바라보고 있다는 것을 알아챈 나현의 눈꺼풀이 파르르 떨렸다. 몸을 웅크린 채, 숨을 죽이고 그가 멀어지기를 기다렸다. 그러나 그녀의 바람과는 달리 그의 손끝이 이마에 닿는 게 느껴졌다. 부드럽게 이마를 쓸었다. 저릿한 느낌에 발끝을 오므렸지만, 눈은 여전히 감은 채였다. 미동도 할 수 없었다. 자신이 깬 것을 그가 알아채기라도 하면… 알아채기라도 하면….

이마를 맴돌던 손가락이 코끝으로, 입술 위로 움직였다. 그가 촉촉한 아랫입술을 지그시 누르자, 숨을 참고 있던 나현의 입에서 훅, 숨이 터져 나왔다.

"함나현."

나지막한 목소리에도 나현은 움직이지 않았다. 심장이 미쳐 날뛰고 있었지만 숨을 고르게 쉬려고 노력했다. 그의 손가락이 부드럽게 입술에서 떨어지자, 나현이 이를 깨물었다.

"당신은 대체…."

그가 낮은 목소리로 중얼거렸지만, 내용은 잘 들리지 않았다. 눈을 감고 있어도, 어둠 속에서도 그의 존재가 열기를 통해 느껴졌다. 잠시, 그의 뜨거운 시선이 사라졌다. 사락사락, 옷이 쓸리는 소리가 났다.

옷을 벗고 있는 건가? 당장 일어나 도망가고 싶었지만, 그랬다가는 지금까지 자는 척했다는 걸 어떻게 변명해야 할지 몰라 여전히 눈을 감은 채 몸을 떨었다.

툭, 옷가지들이 바닥으로 떨어지는 소리가 났다.

이제는 무슨 일이 일어나도 이상하지 않았다. 나현의 두려움과는 달리 가슴 근처에서 느껴지던 열기가 점점 옅어졌다.

저벅저벅, 발소리가 점점 멀어지고 있었다. 거의 들리지도 않을 만큼 멀어진 발소리 끝에, 문고리를 열고 문이 닫히는 소리가 들려왔다.

그제야 나현은 참고 있던 숨을 내뱉으며 눈을 떴다.

얼마간 눈을 뜬 상태로 그가 다시 돌아오진 않을까 경계하다가, 아무 소리도 들리지 않자 조심스럽게 몸을 일으켰다.

어둠에 익숙해진 눈이 머문 곳은 바닥에 흩어져 있는 옷들이었다. 넥타이와 셔츠….

고개를 돌려 그가 사라졌을 방 쪽을 바라보았다. 방문 사이로 희미하게 빛이 새어나오고 있었다.

안 돼, 역시 이런 건 안 되겠어.

그와 함께 있으면 오직 긴장과 흥분 속에 지금까지 지켜왔던 자신의 신념도, 자신의 원래대로의 모습도 무너져 내렸다.

서둘러 몸을 일으켰다. 여기서 도망쳐야 했다. 일어나서 달려가려던 나현은, 자신의 옷차림을 훑어보았다. 자려고 누웠던 터라 잠옷차림이었다. 입술을 잘근잘근 씹었다. 옷을 갈아입다가 시간이 지체되어 만약 그가 눈치 채기라도 한다면….

하지만 가슴이고 팔뚝이고 적나라하게 보이는 잠옷을 입은 채로 밤중에 거리를 활보할 수는 없었다. 서둘러 거실 한편에 걸어 놓았던 자신의 옷을 집어 들었다. 잠옷을 훌훌 벗어던지고는 치마를 입던 그때….

달칵.

방문 열리는 소리가 났다. 그 소리에 마치 얼음물을 끼얹은 듯 등줄기가 오싹해졌다.

천천히 고개를 돌렸다. 환한 불빛이 뻗어 나오고 있었다. 아직 그의 모습이 보이지는 않았지만, 곧 그가 올 것이 확실했다.

그냥 잠옷 상태로 뛰쳐나갈 걸. 이제 와서 후회를 해도 소용없는 일이었다. 덜덜 떨리는 손으로 치마의 지퍼를 채우고 상의를 집어 들었다. 그가 오기 전에 얼른 달아나야 했다. 반 나신의 상태로 그를 맞는 것이야말로 최악이었다.

몸을 돌려 최대한 빨리 옷을 입으려 지퍼를 내렸다.

탁, 탁, 하고 맨발과 차가운 대리석이 마주 닿는 소리에 손이 바빠졌다.

얼른 몸을 옷 안으로 구겨 넣으려고 하는데, 미처 팔도 넣기 전에 발소리가 멎었다.

"또…."

등 뒤에서 들려오는 서늘한 그의 목소리.

"또 도망가는 건가?"

채 입지 못한 옷으로 가슴을 가렸다. 어깨를 펴고 당당하게 보이고 싶었지만, 두려움과 수치심에 자꾸만 몸이 수그려졌다.

안 돼, 돌아보자. 당당하게, 아무것도 아니라는 듯 그를 바라보자.

몸을 돌렸다. 깜깜한 거실, 멀리 그의 방에서 흘러나오는 불빛 속에 이한의 형체가 보였다.

젖은 머리카락과 단단한 상체, 바스타올로 가린 하반신…. 샤워를 마친 모습이었다. 그러나 그의 드러난 몸보다도 머리카락에서 물방울이 천천히 떨어지는 자극적인 장면보다도 나현의 눈을 사로잡는 것이 있었다.

번쩍이는 눈동자, 그 눈동자가 그녀를 꿰뚫어보고 있었다. 분노가 가득 담긴 그 눈동자가 무서웠다.

"대답해, 또 도망가는 거냐고 묻잖아."

낮고 크지 않은 목소리였지만 거실을 꽉 채울 만큼 위협적이었다. 나현이 입술을 떨었다.

"전…."

침을 꼴깍 삼켰다.

"이 집에서는 못 있겠습니다."

덜덜 떨리면서도 가능한 당당하게 보이고 싶어 허리를 펴고 최대한 또박또박 말했다. 그러자 그의 입가가 일그러졌다.

"뭔가, 게임이라도 하자는 건가?"

생각지도 못한 말에 나현의 눈이 커졌다.

"그게 무슨…."

"3일 동안 이 집에서 당신 혼자 있었잖아. 수갑을 채운 것도 아니고, 족쇄를 채운 것도 아니고, 멀쩡하게 잘 지냈던 것 같은데."

그의 눈초리가 잠시 풍만한 가슴을 훑었다. 나현은 어깨를 움츠리며 얇은 셔츠를 손으로 쥐어 드러난 가슴을 덮었다. 그 얇은 천한 장이 막아주기라도 할 것처럼, 방패라도 될 것처럼. 별 도움이안 된다는 것은 알고 있었지만, 그것이 그녀가 가진 모든 것이었다.

"회사도 잘 다녔을 거고."

이한의 시선이 치마 아래로 드러난 다리로 향했다. 이해할 수없다는 듯, 미간에 주름을 잡은 채 그가 나현의 눈동자로 시선을옮겼다.

"근데 왜 내가 돌아온 지금 나가려고 하는 거지?"

그가 없을 때 이 집은 그저 큰 집일 뿐이었다. 혼자 잠들어 외롭고, 적응이 안 되어 힘들었지만 그가 있을 때의 긴장감에 비할 바가 못 되었다. 이 강력한 텐션을 나현은 버틸 자신이 없었다. 그래서 도망가려 했다.

뭐라고 말해야 그가 이해해줄 수 있을까. 나현은 그저 바싹 마른 입술을 축이기만 했다.

"일부러 도망가는 모습을 나에게 보여 주고 싶어서 그러는 것 아니야?"

그의 조롱 섞인 말에 나현은 고개를 저었다.

"아니에요, 그런 건 절대…."

그럴 이유가 나현에게는 없었다.

"나를 안달 나게 하려고, 나를 더 불타오르게 하려고 지금 이렇게 작은 게임을 하는 거지?"

"정말 그런 건 아닙니다. 전 그냥…."

그냥 당신이 무서울 뿐, 나를 무너뜨리는 당신의 열기에 녹아내리는 것이 두려울 뿐이야.

"안 그러면 이렇게 벌거벗은 채, 나 보라는 듯 도망갈 채비를 한다는 게…."

이한이 나현의 두 손을 낚아챘다.

얇은 옷이 갈 곳을 잃은 채 바닥으로 털썩, 떨어져 내렸다.

안간힘을 쓰며 가리고 있던 가슴이 드러났다. 나현이 몸을 비틀며 그의 손에서 벗어나려 애썼지만, 억센 남자의 손에 잡힌 얇은 손목은 꼼짝하지 않았다. 오히려 그럴수록, 그녀의 가슴이 요동치며 이한의 시선을 끌었다.

"나를 달아오르게 하려고 이러는 거라면…."

이한이 한쪽 입술을 끌어올리며 웃었다.

"굉장한 성공이야, 난 당신을…."

그녀의 손을 끌어당겨 이한이 그녀의 귓가를 살짝 핥았다.

할짝, 오싹한 느낌과 표현할 수 없는 전율이 온몸을 관통했다.

"지금 이 순간 무엇보다도 당신을 원해."

"놔주세요."

나현의 몸은 떨고 있었지만, 목소리는 흔들림이 없었다. 이한의 눈이 번뜩였다. 하지만 그녀는 물러서지 않았다. 입술을 살짝 깨물고 숨을 크게 내쉬었다. 그리고 다시 입을 열었다. 좀 더 단호하게 말했다.

"놓으세요."

그의 말대로 그가 오기 전에 나갔어야 했다. 이런 상황이 올 것을 알고 있었으면서, 나갔다가 닥쳐올 상황이 무서워 겁쟁이처럼 숨어 있었다.

이한이 그녀를 쏘아보았다. 뚫어지도록 바라보는 시선이 따가워 눈을 피하고 싶었다. 심장이 요동쳤지만, 속이 쓰릴 정도로 긴장했지만, 오히려 더 턱을 치켜들었다.

"도망가지 않을 테니, 손을…."

그 순간, 이한이 한숨을 내뱉으며 잡고 있던 손에 힘을 풀었다. 한숨이 얼마나 깊었는지, 나현의 이마에 닿을 정도였다. 그가 손가락으로 나현의 손목을 쓸었다.

"아팠나?"

"아니요, 하지만…."

그가 손을 세게 잡은 것은 아니었지만, 도망가고 싶었던 나현의 입장에선 그에게 들킨 것만으로도 심장이 떨리는 일이었다.

이한은 자신의 머리를 쓸어 올리며 몸을 돌렸다.

"옷 입고, 부엌으로 와."

그가 저벅저벅 걸어갔다. 뜨거운 시선이 사라지자, 나현은 그제야 떨리는 손으로 서둘러 옷을 입었다.

부엌에서 달그락거리는 소리가 났다. 뭘 하는 걸까?

이한의 입장에선 나현이 이해가 안 되겠지만, 나현의 입장에서 본 그 역시 이해가지 않는 부분이 많았다. 그는 왜 나에게 이렇게 집착하고, 나를 괴롭히고, 내 주변을 쉬지 않고 어슬렁거리는 것일까.

가빴던 숨이 느슨해질 즈음, 나현은 두 손을 꼭 쥐고 부엌으로 향했다. 그곳에서는 나현이 생각하던 것과 전혀 다른 모습이 펼쳐지고 있었다.

오만한 사장 진이한이 냄비 속의 라면을 휘젓고 있었다. 방금 전까지만 해도 자신에게 위기감을 줬던 남자로는 전혀 보이지 않았다. 흐트러진 머리를 쓸어 올리며 라면을 끓이는 모습이 어딘가 어색했다.

당황한 얼굴로 쳐다보는 나현을 의식하고는, 이한이 라면에 가 있던 시선을 돌렸다.

"당신도 라면 먹을래?"

***

차마 싫다고 말을 못하는 나현의 앞으로 이한이 라면을 올려놓았다. 그리고 자신도 맞은편에 앉아 면발을 젓가락으로 휘저었다.

라면…. 세상에서 가장 그와 어울리지 않는 음식이었다. 어렸을 때부터 유기농 음식만 먹고 자랐을 것 같은 이한의 얼굴을 물끄러미 바라보았다. 얼굴 자체가 잘생기기도 했지만, 무언가 일반 사람들과는 다른 빛이 났다. 그게 다 먹고 자란 게 달라 그렇다고 생각했는데….

그런 그가 집에 돌아와 먹는 야식이 라면이라니.

그녀의 시선이 느껴졌는지 이한이 고개를 들고 물었다.

"왜?"

"늘 이렇게 직접 끓여 드시나요?"

이한의 눈썹이 찡긋 올라갔다.

"난 내가 집에 있을 때, 다른 사람이 집에 있는 게 싫어. 그래서 입주 도우미도 부르지 않아."

그러고 보니, 다들 여섯시나 일곱시쯤 퇴근했다. 집에 사람이 있는 게 싫다면서 왜 나는….

나현이 다시 바라보자 의미를 잘못 이해했는지, 이한이 알 듯 말 듯한 미소를 지었다.

"라면 먹는 거 처음 봐?"

라면 먹는 거야 숱하게 봤지만, 재벌가 사람이 라면 먹는다는 생각은 안 해봤다.

"라면 같은 것보다… 밤에는 와인 이런 것만 드실 줄 알았어요."

"미국에서만 9년 살았으니까, 오히려 이런 게 더 먹고 싶어질 때가 있어."

혼자 라면을 해먹는 진이한 사장은 뭔가 어울리지 않았다. 문득, 스페인 레스토랑에서 했던 말들이 생각났다.

이한이 흘러내린 나현의 머리카락을 쓸어 올려주며 말했었다.

"정말 오랜만에 한국에 가게 됐어. 그러니까 가면 당신과 다니고 싶은 데가 많아."

그렇게 달콤하게 속삭였던 이한은 지금 차가운 얼굴로 자신을 바라보고 있었다. 그때 그의 말에서 한국에 대한 절실한 그리움 같은 걸 느꼈었다. 라면으로 고향에 대한 향수를 달랬던 것일까?

"재벌이라고 하면 헬기 타고 다니고 음식은 푸아그라 같은 것만 먹을 줄 알았나?"

과장이 섞인 말에 처음으로 나현의 표정이 풀렸다. 이한의 눈도 살짝 웃고 있어, 그가 농담을 던진 거라는 걸 알 수 있었다.

"아닌가요?"

이한의 입가가 씰룩였다. 웃으려는 건가?

"오늘 제주도에서 헬기를 타고 오긴 했지."

"제주도에서 오신 건가요?"

이한이 순하게 고개를 끄덕였다.

"아아, 만나봐야 할 사람이 있어서. 극비로 학회에 어떤 손님이 온다고 해서 마중 갔었지."

학회? 나현이 미간을 살짝 찌푸렸다. 학회라면….

나현의 생각이 더 진행되기 전에 이한이 말을 끊었다.

"방은 정했나?"

나현이 무슨 뜻이냐는 듯 쳐다보자 이한이 말을 이었다.

"본인이 쓸 방은 정했냐고."

"아니… 아직입니다."

나현에게 여기는 머무를 곳으로 느껴지지 않았다. 그에게 끌려와서 그런 것인지, 아니면 너무 넓어서 그런 것인지 방을 고르고 싶다는 생각이 들지 않았다.

식사를 마친 이한이 그릇을 개수대에 넣고는 그녀를 불렀다.

"따라와."

이한이 이끈 곳은 그의 방이라 짐작되는 마스터 베드룸의 반대편 방이었다. 워낙 안쪽에 있고, 그의 방 근처에 있어 들어가 본 적이 없었다.

넓고 천장이 높은 여느 방들과 달리 비교적 작은 사이즈의 방이었다. 하지만 창문 밖에 작은 정원이 딸려 있어 쾌적하게 느껴졌다. 침대와 책상 밖에 없었지만, 아늑했다.

"우선 이 방을 쓰도록 해. 다른 곳이 좋다면 다른 곳을 써도 되고."

나는 이 방? 그럼 우린 같은 침대를 쓰는 건 아닌 거지?

"저…."

이한이 나가려다 몸을 돌려 나현을 보았다.

"사장님은 어디서 주무시나요?"

"나는 내 방에서."

대답하던 이한이 무언가 알아차린 듯 씩 웃었다.

"나와 같이 자고 싶다면 말리지 않겠지만."

나현이 서둘러 고개를 저었다. 얼굴이 달아올랐다.

***

다시 잠을 청하려 침대에 누웠다. 며칠간 소파에서 불안한 마음으로 잠을 청했던 터라 푹신한 침대가 기분 좋았다. 맞은편 방에 이한이 있지만, 많이 지쳐 있던 탓에 스르르 눈이 감겼다.

서서히 잠으로 빠져드는 중에 느닷없이 아까 이한이 했던 말이 떠올랐다.

"아아, 만나봐야 할 사람이 있어서. 극비로 학회에 어떤 손님이 온다고 해서 마중 갔었지."

제주도 학회에 갔다는 말, 자신도 모르게 눈이 번쩍 떠졌다. 이번 주 제주도에서 세계 루푸스 학회가 열린다. 나현의 동생이 앓고 있는 병, 루푸스. 그랬기 때문에 나현도 가고 싶었지만, 기획팀일 때문에 갈 수 없었다. 개발 팀 사람 중 몇몇이 참가한 것은 알고 있었다.

그런데 그가 루푸스 학회에 갔다? 왜지? 면역조절제 시스테람의 주된 목적은 루푸스가 아니다. 루푸스는 개발 단계에서 드러난 사이드 이펙트(예상치 못한 부작용)에 불과했다.

왜 루푸스 학회에 갔을까. 한참 고민하던 나현은 고개를 저었다. 너무 오버해서 생각해선 안 돼.

　제주도는 학회의 섬이라고 할 정도로 매주 수많은 학회가 열렸다. 같은 날 다른 호텔에서 세계규모의 학회가 열리는 일도 왕왕 있었다. 그가 간 것은 다른 학회일 것이다.

　"아닐 거야…."

　핸드폰을 꺼내 요 며칠 제주도에서 열린 학회를 검색해보았다. 회사에서 참여할 만한 학회…. 눈에 띄는 학회는 루푸스 학회밖에 없었다. 결국 나현은 참지 못하고 자리를 박차고 일어났다. 그리고는 달려가 마스터 베드룸의 문을 벌컥 열었다.

　"사장님!"

　방 안은 완전한 어둠이었다.

　빛이라곤 나현이 서 있는 복도에서 흘러 들어가는 작은 불빛이 전부였다. 그는 이미 잠든 것인지, 어두운 방 안에는 적막만 감돌았다.

　문을 닫으려는 나현의 눈에 무언가가 보였다. 눈이 어둠에 익숙해지며, 서서히 형체가 드러났다. 의자에 앉아 밖을 보고 있던 고개가 천천히 나현을 향했다. 칠흑 같은 어둠 속에서 빛나는 것은 그의 까만 눈동자였다.

　이한의 날카로운 시선이 자신을 향하자, 나현은 침을 꿀꺽 삼켰다. 그가 자리에서 일어나 천천히 걸어왔다. 탁, 탁, 발바닥이 차가운 바닥에 닿을 때마다 나현의 심장고동도 빨라졌다.

　"새벽 한 시에 내방에 들어오다니, 대담한 행동이군."

　아차, 호랑이 굴에 제 발로 들어왔다. 기다렸어야 했다. 그가 도망가는 것도 아닌데, 참았어야 했다. 나현은 입술을 깨물며 그를 바라보았다.

그의 손에는 술잔이 들려 있었다. 달그락, 달그락, 그가 움직일 때마다 투명한 유리잔 안의 얼음들이 부딪쳐 소리를 냈다. 평소 충동적인 성격의 나현이 아니었다. 하지만 이 문제는 동생 유현의 병과 직결된 일이었다. 내일 아침까지 참을 수 없었다.

"그게 아니라…."

"뭐가 아닌데?"

나현은 자신도 모르게 한걸음 뒤로 물러섰다. 그러나 이한이 도 망가게 놔두지 않았다. 잔을 들고 있지 않은 다른 손으로 그녀를 안았다. 그의 억센 팔이 등을 감싸, 단단한 품안에 가뒀다.

부드러운 나현의 가슴이 그의 가슴팍에 맞닿자, 이한이 고개를 숙여 그녀의 머리카락을 코로 헤집었다. 숨결이 닿자 온몸이 오싹 거렸다. 그의 팔이 받쳐주고 있기에 서 있을 수 있었지만, 놓아버 린다면 이대로 바닥에 쓰러지리라.

"그게 아니라, 물어보고 싶은 게 있어서…."

"변명이 너무 초라하군."

이한의 말에 나현은 입술을 깨물었다. 그가 귀에 속삭였다.

"지금 생사가 걸린 문제인가?"

나현의 고개가 살짝 흔들렸다.

"그럼 내일 아침까지 참을 수 있었을 텐데?"

다분히 조소가 섞인 말투. 나현의 눈동자가 흔들렸다. 이한의 말이 이어졌다.

"하지만 난 당신 목소리가 좋아. 계속 말해봐."

빙글거리는 그의 얼굴에 나현은 마음이 급해져 입을 열었다.

"정말 그러려고 들어온 게 아니에요."

말을 하는 와중에도 이한의 입술이 나현의 목을 훑었다. 짜릿한 느낌에 나현은 어깨를 움츠렸다. 그의 손가락이 티셔츠를 말아 올리며 부드러운 속살을 손가락으로 간지럽혔다. 뱃속이 저려오는 것 같은 감각에 말을 더 이을 수가 없었다. 이를 악물었다.

정신 차려, 왜 이 집에 들어왔는지 생각해. 왜 회사에 들어갔는지 생각하라고!

나현은 고개를 흔들며 겨우 정신을 가다듬었다.

"왜 제주도에 가셨는지 알려주세요."

이한이 여전히 그녀의 쇄골에 얼굴을 묻은 채 중얼거렸다.

"왜?"

제약회사 사장이, 왜 지금 연구 중이지도 않은 루푸스 학회에 갔는지가 궁금했다. 짜릿한 흥분이 목 주변에서 피어오르는 순간, 나현은 두 손으로 그를 밀어냈다.

"말씀해주세요."

이한이 인상을 찌푸리며 그녀를 보았다. 잡고 있던 팔을 풀어주고 천천히 테이블 쪽으로 걸어가 술잔을 내려놓았다.

"동생이 그렇게 걱정돼?"

동생이란 말에 나현의 눈이 커졌다. 어떻게 알았지? 스페인에서 그에게 동생에 대해 흘러가듯 말을 한 적이 있긴 했다.

"동생이 어렸을 때부터 아파서… 해외여행 갈 여유가 없었어요. 이번에는 정말 큰맘 먹고 왔어요. 유현이한테도 보여주고 싶다…"

그렇게 말한 게 고작이었다. 유현이 루푸스라는 사실도, 그런 유현 때문에 회사에 들어왔다는 사실도 말한 적이 없다. 회사의 그 누구에게도, 심지어 유현에게조차 루푸스 관련 연구를 하기 위해 회사에 들어왔다는 이야기를 한 적 없었다.

놀란 나현의 얼굴을 보고 이한이 웃었다.

"내가 당신에 대해 모르는 것은, 나에게서 도망치려는 이유뿐이야. 당신이 왜 회사에 들어왔는지, 당신이 왜 그렇게 시스테람에 집착하는지는 잘 알지."

이한이 몸을 창문에 기대고 팔짱을 낀 채 그녀를 바라보았다.

"궁금해? 내가 왜 제주도에 갔는지."

나현이 말없이 그를 바라보았다.

"당신 생각이 맞아. 세계 루푸스 학회에 다녀왔어."

"왜죠?"

"내일 시스테람에 관해서 당신 브리핑이 있지?"

나현이 고개를 끄덕였다.

"자세한 이야기는 브리핑 이후, 기획팀과 개발팀의 회의를 거쳐서 하지."

"시스테람의 개발에 변화가 생길 수 있다는 말인가요?"

"당신의 질문에 나는 이미 대답했어, 제주도에 간 이유는 루푸스 학회 때문이라고. 이제 당신 차례야."

내 차례? 나현이 그를 올려다보았다.

"왜 나에게서 자꾸 달아나려 하지?"

"그건…."

이한이 여전히 어둠 속에 있는 그녀를 바라보았다.

"당신이 나에게 끌린다는 것, 날 좋아한다는 건 알아."

이한의 긴 손가락이 목 근처를 훑었다. 그의 손길이 지나갈 때마다 피부가 붉게 타올랐다.

"근데 왜 도망가는 건지, 그걸 알 수가 없어."

"전… 사장님을 좋아하지 않습니다."

"그럼 왜 스페인에서 뜨거운 날을 보냈지? 외국에서 만난 남자와의 달콤한 하룻밤일 뿐이었나? 그냥 몸으로만 즐기는 그런 사이였나?"

집요하게 묻는 말에 나현은 잠시 고개를 숙였다가 턱을 쳐들었다.

"네."

이한의 눈빛이 번쩍였다.

"휴가 중 잠깐 몸으로만 달래는 그런 사이였다?"

"그러면 안 되나요?"

이한의 얼굴 근육이 일렁였다. 이를 악무는 것이 보였다. 화가 난 듯, 눈썹 역시 실룩였다.

"그럼 한국에서도 그냥 즐기면 되겠군."

말투에는 분노가 섞여 있었다. 그가 거친 손길로 어깨를 잡았다. 반소매 사이로 손가락을 집어넣어 그녀의 말캉한 팔뚝을 어루만졌다. 다른 한 손으로는 그녀의 허리를 안아 자신의 하반신에 단단하게 고정시켰다. 그의 몸보다 나현의 몸이 더 달아올랐다.

스페인에서 그랬듯 그에게 매달리고 싶었다. 사랑을 갈구하고 싶었다.

"안 돼, 안 돼요."

"왜?"

그의 목소리가 다정하게 울려 퍼졌다. 거부하는 나현을 타이르는 듯한.

"왜 스페인에서는 되고, 한국에서는 안 되는 거지?"

"사장님이시니까요, 제가 다니는 회사의 사장님이시니까."

"내가 사장이라 안 된다는 건가? 당신 상사여서?"

맞지만 틀렸다. 그가 진솔그룹의 진이한이여서 거부하는 건 맞지만, 상사여서는 아니었다. 나현의 뼛속 깊이 스며든 재벌에 대한 증오. 그 증오 때문에 이한을 그냥 남자로 받아들일 수가 없었다. 그를 그냥 조건 없이 좋아했던 과거와는 달랐다.

"거짓말."

이한이 낮게 읊조렸다.

"내가 진솔제약으로 오기 전에 도망쳤잖아. 그땐 진솔전자에 있을 때라 당신의 상사도 아니었어. 내 이름을 알게 되자마자 당신은 한국으로 귀국했지."

그의 오른손 손가락이 천천히 나현의 머리카락을 만졌다. 손끝으로 머리카락을 비볐다. 피부를 만지는 것도 아닌데, 그녀의 귀가 달아올랐다.

"왜?"

다시 한 번 묻자 나현은 짧게 한숨을 쉬었다. 답을 알기 전에 이 남자는 절대 물러나지 않을 것이다.

"사장님과 저는 사는 세계가 달라요."

이한이 그녀의 턱을 들어 올려 눈을 맞췄다. 갑자기 그의 눈빛과 마주하자, 나현은 솔직하게 말하는 게 더욱 두려워졌다.

아버지에 대한 이야기를 할 수 없었다. 나현의 아버지가 한 재벌회사의 사장이라는 것을 아는 사람은 그녀의 어머니와 나현, 유현 자매 외에는 아무도 없었다. 말해서는 안 되는 일이었다. 말하고 싶지도 않았다. 아버지에게 버림을 받았다는 사실은 자랑할 만한 일도 아니었다.

"저 같은 일반인과 만날 분이 아니시잖아요."

이한이 고개를 살짝 까닥거렸다.

"내가 만나야 할 사람이 누군데?"

"사장님과 같은 세계의 사람."

아버지를 차지한 여자처럼 재벌가의 여성이어야 한다. 잠시의 욕구와 재미는 내가 채워줄 수 있을지 몰라도, 결국 그와 사랑할 자격은 없어.

이한이 그녀를 내려다봤다. 분노의 기색은 이미 사라진 상태였다. 그가 점점 다가왔다. 천천히 부드럽게 그녀의 입술을 엄지손가락으로 매만졌다. 그러다가 그의 얇은 입술이 나현의 아랫입술을 머금었다.

놀란 나현이 움찔거리며 어깨를 움츠렸다. 하지만 그의 키스는 지난번의 폭발적인 키스와는 달랐다. 부드럽게 감싸는 듯한 느낌이었다. 처음에는 입술을 자신의 입술로 감쌌다. 너무나 상냥한 터치에 나현 역시 자신도 모르게 눈을 감고 정신을 놓았다. 살짝 벌어진 그녀의 입술 사이로 그의 말캉한 혀가 들어왔다. 부드럽게 입안을 탐색했다. 타액과 타액이 섞이며 질척거리는 소리가 방 안을 울렸다. 나현의 입 안쪽 고운 살결을 이한이 혀로 어루만졌다. 찌릿거리는 전기가 맞닿은 입술에서 시작해 순식간에 온몸으로 퍼져나갔다. 심장박동 만큼이나 둘의 숨소리도 거칠어질 때쯤, 그의 입술이 떨어져나갔다. 아쉬운 듯, 안타까운 듯. 이한이 떨어져 나가자 나현은 깊은 한숨을 내쉬었다. 이한은 자신이 핥은 나현의 입가를 한 손으로 훑었다. 그는 한참이나 그녀의 얼굴을 바라보다 작게 한숨을 쉬었다. 그리고 중얼거렸다.

"누구지?"

"네?"

"누가 네게 상처를 줬어? 어떤 놈이야?"

상처라니, 당치도 않다.

아버지란 사람이 상처를 준 사람은 어머니다. 어렸을 적, 그 사람을 유난히 닮은 나현을 바라보며 울던 어머니. 어머니가 받은 상처, 어머니가 저지른 실수를 나현은 반복하고 싶지 않은 것뿐이다.

"상처 같은 건 없습…"

이한이 그녀의 뺨 위에 손을 올리며 말했다.

"거짓말하지 마."

"정말이에요."

정말이다. 텔레비전에서만 본 아버지란 사람. 애초에 나현의 인생에는 없는 사람이었다. 아버지가 있었으면 좋겠다는 생각을 해본 적은 없었다. 어머니를 괴로움에 갇혀 살도록 한 남자, 그런 사람 따위는 차라리 인생에 없는 게 나았다.

애초에 내 인생에 존재하지 않았던 사람이, 나에게 상처를 줄 수는 없는 거야.

이한은 납득할 수 없었다. 여전히 그녀를 뚫어져라 바라보며 물었다.

"어떤 남자가 당신을 떠났어? 그 사람이 재벌이었나? 그리고 재벌가의 여자랑 결혼이라도 한 거야?"

이한의 질문에 이상하게도 온몸이 불쾌하게 저렸다. 입술을 깨물고 고개를 흔들었다.

"아니에요."

"당신이 지금 어떤 얼굴을 하고 있는지 알아?"

이한을 마주 보았다. 그는 미간을 찌푸린 채 그녀의 뺨을 손가락으로 쓸어내렸다.

"당장이라도 울 것 같은 표정으로 날 보면서. 날 통해서 누굴 보고 있는 거야?"

"아무도, 아무도 보고 있지 않아요."

"거짓말, 누가 당신을 떠났지? 말해봐."

평소의 오만한 목소리와는 달리 달래는 듯한 말투에 순간 나현은 흘러나오는 격한 감정을 참을 수가 없었다. 가슴에서 무언가가 울컥 쏟아져 나왔다. 그녀조차 모르던, 가슴속의 상처가 갑자기 벌어졌다.

"아니에요, 아닙…"

그녀의 대답은 끝을 맺지 못했다. 목소리에 흐느낌이 섞여 나왔다. 촉촉하게 젖어 있던 눈망울에서는 눈물이 흘러, 이한이 쓰다듬고 있는 볼 위로 흘러내렸다. 고개를 저었다.

아니야, 아니야. 그런 게 아니야….

아무리 부정을 하려 해도, 한번 터진 눈물은 멈출 줄 몰랐다. 이한의 얼굴이 가까이 다가왔다. 그의 숨결이 나현에게 닿을 정도가 되자, 그가 나지막하게 읊조렸다.

"울지 마."

그리고 입술을 가져다댔다. 따뜻한 그의 입술이 나현의 아랫입술을 어루만졌다. 둘의 입술 사이로 끊임없이 눈물이 흘러내렸다.

가볍게 터치한 입술이 떨어지자, 이한이 입을 열었다.

"그 남자가 누구건, 나랑 그놈은 달라. 도망가지 마."

나현의 어깨가 흔들렸다. 입을 열었다간 흐느낌만이 새어 나올 것 같았다. 이를 악물고 울음을 참았다.

이한 역시 떨리는 나현의 어깨를 안고 가만히 그녀의 울음이 잦아들기를 기다렸다. 한참이 지나고 그녀가 조금 진정된 듯하자 이한은 팔을 풀어주었다. 그의 시선이 시계에 닿았다.

"벌써 두시군. 내일 아침에 브리핑이 있지?"

나현은 엉망이 된 얼굴을 보이고 싶지 않아 그저 고개를 숙인 채 작게 대답했다.

"네."

"방에 가서 푹 쉬도록 해, 내일은 하루가 길 테니까."

***

어젯밤, 나현은 늦도록 잠을 이루지 못했다. 방에 돌아와서도 이상하리만큼 눈물이 멈추지 않아 침대에 얼굴을 파묻고 울었다. 아침에 일어나 거실로 나와 보니 이미 이한은 집에서 나간 상태였고, 집에서 가사 일을 해주시는 도우미분이 나현의 얼굴을 보고 놀랐다.

"아가씨, 어디 아프세요?"

엄청나게 운 여파인지, 얼굴이 퉁퉁 부어 있었다.

어색하게 웃고는 냉동고의 얼음을 꺼내 얼굴을 식히고 회사에 나왔다.

모든 것이 완벽하게 준비되어 있어도 힘들 브리핑이건만, 이렇게 엉망이 된 상태로 잘할 수 있을까. 걱정이 되어 한숨만 연신 나왔다.

브리핑 자료를 손에 들고 회의실로 들어갔다. 안에는 기획팀 사람들과 시스테람의 개발팀인 개발 3팀 그리고 몇몇의 임원과….

회의실을 둘러보는 나현의 눈에 이한이 들어왔다. 그 많은 사람들 사이에서도 독보적인 존재감을 내뿜고 있었다. 고급 양복을 걸치고 한 치의 흐트러짐도 없이 꼿꼿하게 앉아 있는 그는, 어제 자신을 안아주었던 그 남자와 또 달랐다.

그의 시선이 천천히 주변을 훑다가 문으로 들어오는 나현에게 닿았다. 그는 나현을 발견하자마자 작게 미소 지었다.

두근거렸다. 브리핑을 앞둔 긴장감과는 또 다른, 예민해진 감각에 나현은 침을 꿀꺽 삼켰다. 얼굴이 붉게 달아오른 상태로, 파일을 꼭 쥐었다.

"전부 다 참석한 것 같으니…."

조용한 회의실에 이한의 낮은 목소리가 울려 퍼졌다.

"회의를 시작합시다."

***

"면역조절제 시스테람은 장기이식 거부반응을 줄이기 위해서 처음 개발되었습니다. 현재 사이클로스포린, 시롤리무스, 타크로리무스 등의 성분으로 이루어진 면역억제제가 장기이식 받은 환자들에게 장기적으로 투여되고 있는 상황입니다. 하지만 아시다시피 많은 부작용과 면역력이 필요한 상황에 제대로 대처가 어려운 등의 문제로…."

나현의 카랑카랑한 목소리가 회의실 안에 울려 퍼졌다. 사실 이 부분은 모든 사람들이 인지하고 있는 부분이었다. 중요한 부분으로 들어가기 위해 나현의 말이 빨라졌다.

"세포 단위실험과 동물실험에서는 유의미한 결과가 나왔고, 소규모의 환자들을 대상으로 한 임상시험에서도 뛰어난 성과를 봤습니다. 하지만, 현재 1000명 단위로 늘린 임상시험에서 유의차가 나오지 않아…."

결국 그 이유로 1조 원대의 계약이 엎어졌다.

나현의 브리핑이 다 끝나자, 직원들의 얼굴에 난감한 표정이 떠올랐다.

시스테람의 개발에는 수백억이 넘는 예산이 이미 투자되었고, 앞으로도 최소 수백억은 더 들어갈 것으로 예측된다. 대규모 임상시험에서 제대로 결과가 나오지 않으면, 식약청, 미국 FDA 승인이 떨어질 리 만무했다. 그렇게 되면 그냥 돈을 바닥에 버리는 것과 마찬가지인 샘이 되어버린다.

여기서 멈춰도 손해가 막심하다. 결과가 나오지 않으면, 회사가 막대한 부채에 집어삼켜질 가능성이 있었다. 하지만 대박이 나면 회사 전부가 산다.

일종의 도박이었다. 그리고 그 도박을 할지 말지에 대한 결정권은 이한에게 달려 있었다.

브리핑이 끝나고, 사람들의 시선이 이한에게 쏠렸다. 인상을 쓴 채 서류에 체크하는 이한을 보며 나현은 주먹을 꽉 쥐었다.

시스테람 개발이 사라지면 나현이 이 회사에 있을 이유도 사라진다.

심장 고동 소리가 나현의 귀를 꽉 채울 때쯤, 이한이 입을 열었다.

"실험 추이를 계속 살펴봤는데, 물론 시스테람이 처음에는 장기 이식자들을 위한 약으로 개발 된 것은 맞지만, 전신성 홍반성 루푸스를 비롯한 자가면역성 질환에 동물실험 결과 효과가 있었던 것으로 압니다. 하지만 이 건에 대해서는 추가 논의가 이루어지지 않았군요."

개발 3팀의 팀장이 입을 열었다.

"사장님 말씀처럼 자가면역성 질환에 뚜렷한 효과가 있는 것으로 동물실험 단계까지는 확인이 되었습니다."

"그런데 임상시험을 한다거나 실험군을 새로 조정하지 않은 이유는 무엇이죠?"

"그건…."

돈이 없어서였다. 전 사장의 방만한 경영으로 회사는 휘청거리고 있었다. 두개의 임상시험을 하려면 막대한 예산이 필요하다. 그 당시 회사에 그럴 힘이 없었다.

"예산 때문입니까?"

팀장이 다시 입을 열었다.

"당시 회사에 그만한 여유가 없었습니다."

이한이 펜을 돌리며 서류를 바라보았다. 회의실 내에 팽팽한 긴장감이 감돌았다. 한참 후, 이한이 입을 열었다.

"루푸스에 관한 임상시험도 함께 진행합시다."

예상치 못한 말에 모든 이들의 눈이 커졌다. 회사 상황은 전보다 나빠졌으면 나빠졌지, 좋아지지 않았다. 그룹에서 계열사를 정리한다는 말이 나돌 정도로 휘청거리는 중이었다. 그런 막대한 예산이 있을 리 없었다.

"예산이… 가능할까요?"

개발팀장이 주저하며 말하자 이한이 입꼬리를 말아 올렸다.

"예산은 경영자가 책임지는 겁니다. 개발팀은 임상시험에 집중하세요."

어떻게 가능하다는 말인가. 나현 역시 너무 놀라 그의 눈만 바라보고 있었다.

루푸스에 관한 임상시험이 진행된다면…. 만약 결과만 잘 나오면 약이 몇 년 안에 시장에 나올 수 있다. 나현에게는 자신이 있었다. 지금까지의 실험결과를 보자면 임상시험에서도 충분히 좋은 결과를 낼 수 있었다. 문제는 예산이었다.

그것만 해결된다면….

이한의 말이 이어졌다.

"그룹 차원에서 자본출자를 받을 것입니다. 이미 일부 임원들과 이야기를 마쳤으니 당분간 자금난은 없을 겁니다."

다른 사람도 아니고 진이한이 나섰으니 가능한 일이었다. 하지만 아무리 그라도 상당히 리스크가 큰일이었다. 제약은 전자제품과 달리 생명체를 다루는 일이다. 원하는 결과가 나오지 않는 일도 흔했다. 만약 이런 과감한 정책결정 후에 일이 잘못된다면, 그룹 내에서 진이한의 위치가 타격을 받을 가능성이 커질 것이다.

다들 동요하는 가운데, 이한만이 여유가 있었다. 그는 가볍게 미소 지으며 나현을 바라보았다.

"개발 4팀을 만들 겁니다. 시스테람의 루푸스 시험을 위한 조직 그리고 그 팀의 구성은…."

차마 눈을 피할 겨를도 없이 그와 시선이 마주쳤다. 책상 위에 올려둔 손가락만이 파르르 떨릴 뿐, 그의 시선에서 도망갈 수 없었다. 이한이 타는 듯한 눈빛으로 그녀를 응시하며 입을 열었다.

"기획팀 함나현 씨가 맡을 겁니다."

쥐죽은 듯 조용했던 회의실이 그의 폭탄선언으로 인해 소란스러워졌다. 시끄러운 회의실만큼이나 나현의 마음도 복잡해졌다.

시스테람의 임상시험이 계속된다. 그것뿐만 아니라 임상시험 범위가 확대된다. 이보다 기쁜 일은 없었다. 개발팀 사람들도 표정이 밝았다. 하지만 담당자가 나현이라니….

회의가 끝나고 이한이 퇴석하려 하자, 나현이 자리를 박차고 그를 쫓아 나갔다.

"사장님."

성큼 걸음을 내딛던 이한이 천천히 몸을 돌려 나현을 보았다.

"드릴 말씀이 있습니다."

잠시 그녀를 뚫어져라 보던 이한은 복도에 지나가는 다른 사람들을 신경 쓰는지, 느리게 입을 열었다.

"내 방으로, 10분 뒤."

***

10분 뒤, 나현은 손에 피가 통하지 않을 정도로 주먹을 꽉 쥔 채 사장실 문 앞에 섰다.

비서의 안내를 따라 들어간 그곳에는, 전화로 통화 중인 이한이 있었다.

나현이 안으로 들어가자 그는 한 손으로 잠시 기다리라는 제스처를 하고 통화를 계속했다.

"…I'm looking forward to working together. Thank you very much for your help."

전화를 마치고 이한이 그녀에게로 시선을 돌렸다. 아래위로 훑으며 씩 웃었다.

"웬일이지? 함나현 씨가 나를 다 보자고 하고."

크게 심호흡을 내쉬고 입을 열었다.

"오늘 말씀하신 건이 궁금해서 찾아왔습니다."

"말해봐."

"루푸스로 임상시험을 확대한다는 이야기…."

목에서 자꾸만 말이 걸렸다. 설마 아니겠지… 하지만 모든 것이
너무 잘 맞아 떨어졌다.

자신을 찾아 왔다는 진이한, 나현을 가지고 놀기 위해서는 뭐든
하겠다는 뜻을 이한은 분명히 했다. 그리고 루푸스 병으로 아픈
자신의 동생 유현. 나현이 책임자로 임명되기까지 했다. 혹시 시
스테람의 임상시험을 확대하는 것도 나 때문일까? 말도 안 되는
생각이지만, 마음에 걸린 이상 그대로 넘어갈 순 없었다.

"그게 왜?"

"혹시 그게… 저 때문인가요?"

이한이 무언가 거슬렸는지 그녀를 바라보다 살짝 인상을 찌푸
렸다. 그러다 입술이 곡선을 그렸다. 흥미롭다는 표정이었다.

"함나현 씨."

"네."

"물론 내가 수많은 그룹 계열사 중, 진솔제약으로 오게 된 것은
당신 영향이 있지만."

잠시 이한이 들고 있던 펜을 한 번 돌리며 말을 쉬었다.

"진솔제약 임직원 수가 몇 명인지 알고 있나?"

뜬금없는 말에 나현이 눈을 깜박거리다가 입을 열었다.

"3천 명 정도입니다."

"가족을 대충 두 명이라고 계산하면, 약 만 명의 생계가 경영에 걸려 있지. 그런데 만 명의 생활이 달린 정책 결정을 당신 가족 한 명 살리려고 할 순 없는 것 아니겠어?"

당연한 말이었다. 이한의 말이 날카롭게 나현의 심장을 찔렀다. 너무나 당연하고 지당한 말씀이라 반론이 불가능했다. 그런 생각을 잠시라도 한 자신이 얼마나 오만했는지, 부끄러웠다.

"당신을 책임자로 한 건⋯."

이한의 말이 이어졌다.

"시스테람과 루푸스의 관계에 대해 당신보다 큰 관심을 가지고 추적해오던 사람이 없었기 때문이야. 개발팀장이 말하더군. 처음부터 개발에 관여했던 개발 3팀장보다도 당신이 그쪽에 관련해서는 더 잘 알고 있다고."

개발팀장님이 그런 말씀을 했다니⋯. 기쁜 마음에 창피함으로 물들었던 나현의 얼굴이 약간 밝아졌다. 그녀의 표정 변화를 읽었는지 이한이 한쪽 눈썹을 끌어올렸다.

"좋아할 필요 없어. 이번 일이 엎어지면 당신도, 나도 자리 지키기는 어려워질 테니까."

맞는 말이다. 하지만 앞으로 어떻든 간에, 제대로 된 기회를 얻었다는 사실이 기뻤다.

"열심히 하겠습니다."

"열심히만으로는 안 돼. 잘해야 해."

이한이 파일 하나를 건넸다. 나현이 파일을 받자마자 열어보았다. 안에는 한 장의 종이가 들어있었다. 'Abstract'라고 적혀 있었다. 영어 논문의 초록이었다.

무슨 논문이지? 빠르게 내용을 훑었다.

루푸스의 면역기조에 관한 내용이었다. 나현은 루푸스에 관한 논문은 나오는 즉시 다 읽었다. 하나도 빼먹은 건 없었다. 하지만 이 논문의 초록은 처음 보는 내용이었다. 놀라 눈을 들어 이한을 바라보았다.

"제임스 버마 교수가 작성중인 논문이라고 하더군."

제임스 버마라면 미국 퍼듀 대학의 교수였다. 세계적으로 루푸스 연구의 1인자인 사람이었지만, 굉장히 폐쇄적인 성격이었다.

논문 발표 전에 무슨 연구를 하고 있는지, 어느 정도의 성과를 냈는지 다른 연구자들과 공유하는 연구자들도 있다. 하지만 버마 교수는 아니었다. 잡지에 논문을 싣기 전에는 절대 연구 내용을 자신이 거느린 팀 사람들 외에는 누구에게도 오픈하지 않기로 유명했다.

"어떻게 이걸?"

"이번에 제주도에서 열린 루푸스 학회에 왔어. 그에게 우리의 실험결과를 약간 흘렸지. 아주 흥미로워 하더군."

"제임스 버마 교수가 학회에 왔었다는 말씀이세요?"

그럴 리가 없었다. 그랬으면 나현 역시 알았을 것이다. 강연자의 목록을 전부 훑었지만, 제임스 버마 교수의 이름은 없었다.

"비밀리에 왔다고 하더군. 나도 막판에 확인을 하고 황급히 내려가게 되었지."

그제야 뜨거운 키스를 나누던 도중 그가 왜 자리를 비켜났는지, 왜 제주도로 내려갔는지 알 수 있었다. 버마 교수를 만나기 위해서였다.

"버마 교수가 순순히 연구 결과를 알려줬나요?"

"음…."

이한이 잠시 턱에 손을 대고 생각하는 듯하다 고개를 살짝 기울였다.

"진솔그룹은 그가 있는 퍼듀 대학 면역 연구소의 후원자 중 하나니까."

연구비를 대고 있었다는 말이다. 그 인연으로 손에 초록을 넣은 것이 분명했다. 어찌 되었건, 이건 대단한 일이었다. 버마 교수의 논문의 내용은 시스테람의 치료 기조와도 매우 밀접한 관련이 있었다.

"이미 개발팀장과 개발팀 몇몇이랑 검증을 끝냈어."

이한의 눈이 달력으로 향했다. 그의 손가락이 달력을 훑다가 다시 나현에게로 시선을 돌렸다.

"다음 주 수요일, 퍼듀 대학에 갈 거야. 그의 연구실에 들러 더 자세한 이야기를 들어봐야 하니, 당신도 준비하도록 해. 앞으로 연계 연구를 할지도 모르니까."

엄청난 일이었다. 세계 1인자인 버마 교수와 연계 연구라니. 놀라서 눈만 껌뻑거리고 있는 나현을 보고 이한이 입을 열었다.

"관련 사항은 기획팀장에게 지시 받도록. 묻고 싶은 것은 다 끝났나?"

너무 얼떨떨한 나머지 뭘 더 질문해야 할지 몰라 그저 고개만 끄덕였다. 그러자 이한이 한숨을 쉬며 머리를 쓸어 올렸다.

"오늘 저녁 퇴근 후에 나와 함께 움직이지."

"어디 가시나요?"

"사람 만나는 자리가 있어. 당신이 가줘야겠어."

무슨 자리지? 불안해서 되물었다.

"어떤 자리인가요?"

"중요하진 않은 자리야. 당신이 뭐 하나만 확인해주면 돼."

***

나현은 몸에 꼭 맞는 드레스가 자꾸만 말려 올라갈 것 같아 치 맛단을 끌어 내렸다.

평소에 옷 속에 감춰두었던 그녀의 몸매가 적나라하게 드러나 는 원피스였다. 약속 장소로 가기 전, 회사 근처 부티크에 들려 이 한은 그녀에게 옷을 새로 사줬다. 또 옷을 살 수는 없다며 거부했 지만, TPO에 맞추기 위해서라며 그녀의 말을 막았다.

중요하지 않은 자리라는 이한의 말과 달리 이 장소는 나현에게 는 너무 낯설었다. 새로운 원피스만큼이나 자신에게는 어울리지 않는 자리였다.

"내 친구 생일 축하 자리야."

생일 파티라고 하기엔 엄청난 규모였다. 나현조차 이름을 들어본 적 있는 강남의 유명 클럽을 통째로 다 빌린 자리였다. 이한과 나현이 클럽 안으로 들어서자, 안쪽에서 누군가 이한을 발견하고 다가왔다.

"진이한!"

그를 발견하자 이한의 얼굴에 미소가 번졌다. 상대방은 이한과 격식을 차리지 않는 사이인지, 스스럼없이 다가와서 그의 어깨를 툭 쳤다.

"너 오랜만이다. 미국에서 보고 못 봤으니, 일 년 만인가?"

"그렇지, 넌 이 나이 먹고 클럽에서 생일이 뭐야?"

평소에는 늘 차가웠던 이한의 목소리도 다소 누그러졌다. 친한 사이로 보였다.

"이럴 때라도 즐겨야지. 근데….."

친구의 눈이 나현을 향했다.

"이분은 누구시지?"

나현은 그가 누군지 알아봤다. 처음엔 몰랐는데 가만 보니, 삼진그룹의 후계자였다. 이름이 가물거렸지만, SNS에 물의를 빚은 재벌 후계자로 가십에 올랐던 것을 기억하고 있었다.

"안녕하세요? 김준성입니다."

남자가 아무 걱정 없는 듯한 미소를 지으며 그녀에게 손을 내밀자, 이한이 그의 어깨를 슬쩍 밀었다.

"관심 꺼."

"이한이 네가 웬일이야?"

준성이 일부러 농을 걸었지만, 그를 무시하고 이한은 나현의 팔을 잡아끌어 안으로 걸어갔다.

소란스러운 사람들 속으로 그녀를 인도했다.

왜 나를 여기에 데리고 온 걸까.

"사장님!"

나현이 소리쳐 부르자, 이한이 돌아보았다.

"제가 왜 여기 있는 거죠?"

음악 소리가 커서 소리를 크게 지른 건데, 꼭 화를 내는 것처럼 들릴 만했다.

"아까 만난 김준성은 재계에서도 손꼽히는 마당발이야. 아마 재벌 집 아들, 딸들은 오늘 다 여기 모일걸."

이한이 몸을 숙였다. 그리고는 나지막한 목소리로 속삭였다.

"너에게 상처 준 놈이 정신 나간 재벌이라면, 여기 있다는 거지. 오늘 누군지 알아내겠어."

이한은 단단히 오해하고 있었다. 여기서 누굴 찾는다고?

"아닙니다, 사장님."

나현이 진심으로 설레설레 고개를 젓는 데도 이한은 살짝 이를 드러내며 소리 없이 웃었다. 위협적인 미소였다.

"무섭나?"

"뭐가요?"

"그 남자와 다시 만나는 것이."

너무 답답해 말은 안 나오고 입만 연신 벙긋거렸다. 뭐라고 해명을 해야 할지 몰랐지만, 그의 오해는 풀어야 했다. 뭐라고 해야 하지?

재벌가의 아버지가 엄마를 버리고 간 뒤, 엄마는 누구에게도 아버지에 대해 말하지 않았다. 딸들에게도 말하지 않았다. 그저 아버지가 없는 줄 알고 살아온 나현이 출생의 비밀을 알게 된 건 열 살 때였다.

엄마와 뉴스를 보고 있었는데, 텔레비전에 나온 남성이 어딘가 낯이 익었다.

나현이 멍하니 텔레비전을 바라보고 있자, 엄마가 서둘러 채널을 바꿨다.

"뉴스에 늘 흉흉한 이야기만 나오네."

그러나 엄마가 채널을 돌리기 전, 그의 이름을 분명히 보았다. 강선전자 최이천 사장.

분명 어디선가 본 얼굴인데….

그날 방에 들어가 골똘히 생각하던 나현은 안방 서랍에서 본 사진을 떠올렸다. 다음 날, 엄마에게 물었다.

"어제 뉴스에서 본 아저씨가 우리 아빠예요?"

철없는 딸의 호기심 어린 질문이었는데, 엄마의 눈동자는 급격하게 흔들렸다. 곧 눈에 눈물이 차오르더니 엄마가 나현을 가만히 안아주었다. 그때 엄마가 수도 없이 되풀이한 말이 떠올랐다.

"나현아, 어디 가서 절대 말하면 안 돼. 유현이한테도 말하면 안 된다. 알았지?"

눈물에 젖은 엄마의 목소리를 기억한다. 사정을 다 말하는 것은 엄마를 곤란하게 하는 일이다. 다른 사람도 아니고 같은 세계에 포함된 이한이 그 사실을 알게 되면…. 언젠가 이한이 아버지를 만나게 될지도 모른다는 고민에 쉽사리 입을 열지 못했다.

나현이 입술만 달싹이고 있자, 이한이 그녀의 턱을 톡 쳐서 자신을 바라보게 했다.

"또 그런 표정."

"제 표정이 어때서요?"

"세상의 모든 짐은 다 짊어진 표정. 세상의 고통은 모두 다 겪어본 그런 표정이야. 스페인에서 당신은 이렇지 않았지."

스페인 여행은 사내 공모에서 우승해 여행 상품권을 받아 떠난 여행이었다.

수천 킬로나 떨어진 이국의 땅, 아픈 동생도, 팍팍한 삶도 옭아매지 않는… 처음 느끼는 자유였다. 그녀가 무엇을 해도, 어떻게 하고 다녀도 신경 쓸 필요가 없었다.

"아는 사람이 없었기에 그렇게 지낼 수 있었던 것뿐이에요."

"주변을 둘러봐."

둘러보라는 말이 신호라도 된 것처럼 갑자기 음악소리가 귓가로 쏟아져 들어왔다. 클럽 안에 북적이는 사람들이 보였다. 짧은 치마에 화려한 메이크업을 한 여성들, 멋진 정장을 입고 쿵쾅거리는 노래에 맞춰 움직이는 남성들….

늘 조용하고 평범한 삶을 살아왔던 나현과는 인연이 없는 이들이었다.

"이중에 당신이 아는 사람, 단 한 사람이라도 있나?"

텔레비전에서 본 이들이 때로 있는 것 같긴 했지만, 실제로 아는 사람은 없었다. 나현이 고개를 흔들자, 이한이 입술을 끌어올리며 웃었다.

"그럼 스페인과 여기가 다를 게 뭐지?"

"하지만 여기에는…."

당신이 있다. 더 이상 이름 모를 남자가 아닌, 내 삶 곳곳에 관여된 당신이. 그렇게 반박하려는 나현을 어떤 남자가 지나가며 어깨를 툭, 치고 지나갔다.

"앗!"

휘청이는 나현의 몸을 이한이 끌어당기며 부축했다.

엉겁결에 안기게 되자, 놀라서 떨어지려 반사적으로 팔에 힘을 주었다. 그러나 이한의 강인한 힘 때문에 그의 품속에서 벗어나지 못했다.

"여기는 뭐가 다른데?"

이한이 몸을 숙이며 귀에 대고 속삭였다. 시끄러운 음악을 비집고 들어오는 선명한 울림. 그가 말을 할 때마다 귀부터 쇄골, 가슴께까지 전류가 흘렀다.

"여긴 한국이고, 또 사장님이…."

"퇴근 했잖아. 다 잊고 그냥 잠시 좀 쉬어. 어깨 위의 무거운 짐을 내려놔."

이한이 몸을 돌려 바에서 술을 가지고 왔다.

"마셔."

투명한 잔에 찰랑이는 갈색 액체. 나현이 긴장한 눈으로 그 액체를 바라보자, 이한이 잔을 들어 손에 쥐어주었다. 마지못해 입속에 털어 넣었다. 평소 마시지 않는 독한 알코올의 향이 알싸하게 퍼졌다.

"콜록."

기침을 하는 나현을 물끄러미 쳐다보더니 이한도 자신의 잔을 들었다. 술이 목을 타고 넘어가자 그도 작게 인상을 쓰고는 술잔을 치웠다. 그리고 다시 나현을 끌어안았다.

"사장님…."

"사장님이라는 소리 좀 그만해."

"그럴 순 없습니다."

"오늘은 그냥 진이한이야. 스페인에서 만났던 그날처럼."

쿵쾅거리는 우퍼 소리에 몸을 밀착한 상태로 이한이 나현의 목에 얼굴을 묻었다.

***

붐비는 인파 속에서 사람들이 지나가며 이한에게 알은체를 했다.

그는 나현과 관계 있는 남자가 있는지 관찰했다. 그가 집요하게 얼굴을 바라볼 때마다, 전신을 시선으로 훑을 때마다 나현은 몸을 떨었다.

술이 들어갈 때마다 점점 더 몽롱해져갔고, 마음의 벽도 서서히 허물어져갔다.

쿵쾅거리는 비트와 머리를 마비시키는 술의 힘 때문에 다리가 풀려왔다. 그런 나현을 이한이 등 뒤에서 받치고 있었다. 그의 팔이 그녀의 허리를 끌어당겨 단단한 허벅지 위에 올리듯 해 둘은 상당히 밀착된 상태였다.

"오늘은 허탕인가 보군."

음악 소리가 너무 커서인지, 아니면 일부러 그런 것인지 이한이 간지럽히듯 나현의 귓가에 속삭였다.

"뭐가요?"

"너를 상처 입힌 남자."

"그런 남자, 없다고 말씀 드렸잖아요."

"근데 왜 날 거부하지?"

이한의 손이 나현의 목선을 훑었다. 그의 손이 지나갈 때마다 전기가 찌르르 목에서부터 온몸으로 흩어져나갔다.

"사는 세계가…."

"그 변명, 지겨워."

나현의 말을 끊고 이한의 손이 그녀의 목을 감싸 안았다.

따뜻하기보다는 뜨거웠다. 그의 손이 닿는 모든 곳이 데인 것처럼 뜨거웠다.

"지금 당신이랑 나, 같은 공간에 몸을 겹치고 있잖아. 같은 세계에서, 같이 숨을 쉬면서."

달콤한 말에 나현은 자신도 모르게 고개를 들어 단단한 그의 가슴에 머리를 기댔다. 술 때문이다. 내가 지금 이렇게 무너져 내리는 것은…. 그렇게 나현은 스스로를 합리화했다.

"도망가면 갈수록, 쫓고 싶어져."

도망간 것이 잘못이었을까, 그냥 그의 곁에서 말을 잘 들었으면 금방 버렸을까. 그래, 그랬다면 금세 흥미가 식었을 수도 있는

데….

괜히 그에게서 멀어져서, 그가 더 안달 나 하는 것 같았다.

"정말 당신이 날 싫어한다면 쫓을 일도 없었겠지만…."

이한이 얼굴을 나현의 목에 가져다댔다. 이한의 까칠까칠한 턱이 부드러운 살에 쓸리며, 나현의 목 주변이 붉게 달아올랐다.

"아니잖아, 당신도 날 원하잖아. 말해봐, 어서."

그의 낮지만 묵직한 목소리가 울렸다. 클럽 안을 가득 채운 우퍼 소리보다도, 그의 나지막한 목소리가 나현의 몸을 울리고 있었다. 그가 말할 때마다 하반신이 욱신거렸다. 당장이라도 그에게 매달리고 싶었다. 좋아한다고, 그를 원한다고, 말하고 싶었다.

"난 죽을 정도로 원해."

이한이 간신히 말을 내뱉으며 나현의 몸을 돌려 자신에게로 향하게 했다. 몸을 꽉 끌어안자 가슴과 가슴이 마주 닿았다. 그가 단단한 허벅지를 그녀의 다리 사이로 밀어 넣으며 속삭였다.

"당신을 원해."

눈을 맞춘 이한이 그렇게 말하자, 나현은 더 이상 거부할 수 없었다. 아마 세상 누구라도 이 남자의 매력에는 무릎 꿇을 수밖에 없을 것이다. 사람을 꿰뚫어보는 듯한 시선, 매력적인 입매, 향기조차 페로몬이라도 담긴 듯 사람을 매혹시켰다.

"당신은?"

이미 흥분해 달아오른 자신의 하반신에 그의 다리가 마주 닿자, 술에 취한 나현은 더는 거부할 수 없었다.

"전…."

그가 원망스러웠다. 억눌리기는 했지만, 평온하게 잘 살고 있었다. 그런 인생에 흙발로 들어와서 자국을 남긴다. 자신을 매료시킨다. 불씨를 던져 자꾸 화염 속으로 밀어 넣는다.

특별할 것 없었던 삶이다. 그가 돌아오지 않았더라면, 스페인에서의 작은 추억을 평생 안고 조용하게 살 수 있었을 것이다. 하지만 이제는 돌아갈 수 없다. 평온하고 조용했던 그때의 자신으로는 더 이상 되돌아갈 수 없었다.

온몸이 그를 원하고 있었다. 나현이 천천히 입을 열었다.

"당신을 원해요."

나현이 작게 중얼거리자, 이한이 그녀를 끌어당겼다. 뜨거운 입술이 거칠게 그녀를 탐했다.

먹힌다, 잡아먹힐 것 같았다. 번뜩이는 눈빛으로 바라보는 그가, 무자비하게 다가오는 그의 입술이 무서웠다. 하지만⋯ 그래도 좋았다. 지금은, 그에게 온몸을 맡기는 것밖에는 답이 없었다.

03
붉은 밤

그와 입술을 겹치는 순간, 클럽을 가득 채운 음악 소리가 느릿하고 몽롱하게 들려왔다.

오직 느낄 수 있는 건 그의 뜨겁고 촉촉한 입술뿐이었다. 술을 마셔서일까. 주변에서 춤을 추는 사람도 신경 쓰이지 않았다. 다른 사람의 시선을 신경 쓰며 늘 굽어 있던 등도, 그가 주는 짜릿한 전율에 부드럽게 휘었다.

뺨을 쓰다듬는 그의 손길이 뜨거웠다. 그와 입술이 살짝 떨어질 때마다 타액이 늘어졌다. 그래도 상관없었다. 그의 혀가 자신의 안에 들어왔을 때, 더 깊숙이 그를 느끼고 싶어 나현은 발꿈치까지 들었다.

"으음…."

그가 자신을 휘젓고 있었다. 그의 혀가 입 안쪽을 자극할 때마다,

신음소리가 흘러나왔다. 평소와 달리 높은 굽을 신고 있어 안 그래도 불안정한데, 짜릿한 흥분에 다리가 흔들리며 몸의 균형도 맞춰지지 않았다. 속절없이 그의 단단한 팔뚝에 매달려 몸을 겨우 세웠다.

"함나현."

열망에 차 있는 것은 그녀만이 아니었다. 이한의 목소리에도 열기가 담겨 있었다. 그의 단단한 허벅지에 거의 올라탄 상태였고, 치마는 아슬아슬한 경계까지 올라가 있었다. 이한이 그녀의 치마를 잡아 내리며, 허벅지를 손가락으로 문질렀다.

"당신은…."

잠시 그녀에게서 떨어진 이한의 입술에 야릇한 미소가 걸려 있었다. 그녀가 재밌다는 듯, 흥미롭다는 듯 나현을 바라보고 있었다. 나현이 손을 들어 그의 부드럽게 휘어진 입꼬리를 만졌다. 강인한 그의 몸과는 다르게 부드러웠다. 그의 입술 위에 묻은 타액을 손가락으로 닦으며 그를 바라보자, 이한이 말했다.

"도저히 참을 수가 없게 만드는 여자야. 사람을 미쳐버리게 만들어."

그리고는 나현의 등을 손가락으로 쓸어내렸다. 얇은 원피스 너머로 그의 손가락이 등 근육을 자극하는 게 느껴졌다. 작은 터치에도 그녀는 파르르 떨었다. 그렇게 군중 속에서 둘만의 시간을 보내는데, 뒤에서 누군가 이한의 어깨를 툭 쳤다.

순간, 그에게만 오롯이 쏠려 있던 정신이 와르르 흐트러졌다.

"진이한, 너도 왔구나."

친구인 듯한 남자가 말을 걸자, 이한은 긴 팔로 마치 나현을 보이는 게 아깝다는 듯 감싸 안았다. 남자가 이한을 보고 씩 웃었다.

"방해했나?"

남자가 미안하다는 듯, 스쳐 지나가자 이한이 작게 한숨을 쉬었다.

"당신과 있으면 여기도 좋아."

요란한 음악 소리에 목소리가 묻힐 것 같았는지, 이한이 더 가까이 다가와 나현의 귀를 간지럽혔다. 부드러운 입술로 귓바퀴를 슬쩍 훑었다. 그럴 때마다 온몸에 파동이 퍼져나갔다.

"하지만."

그의 혀가 끈적하게 귓불을 핥았다. 할짝이는 소리가, 클럽 안의 다른 시끄러운 소리보다 더 선명하게 나현의 귀를 파고들었다.

"여기서 할 수 없는 걸 하고 싶어."

잠시 식었던 열기가 이한의 손짓에, 목소리에 다시 달아올랐다. 그와 더 밀착하고 싶었다. 더 가까워지고 싶었다.

둘만 있을 수 있는 장소로 데려가줘요. 그렇게 말하고 싶었지만, 아직 가느다랗게 남아 있는 이성이 그 말만큼은 하지 못하게 가로 막았다.

그녀는 고개를 들어 불빛을 받아 반짝이는 눈동자로 이한을 바라보았다. 그리고 작게 고개를 끄덕이자, 그가 미소 지었다.

"나가지."

***

클럽에서 나와 차를 타고 가는 중에도 이한은 나현에게서 떨어지지 않았다. 운전기사의 눈을 피해 그의 손이 허벅지 사이로 파고들었다. 그녀가 축축해진 자신을 들킬까 몸을 비틀었지만, 그의 손길은 집요했다. 손가락을 움직여 몸을 쓸어내릴 때마다 나현은 그의 셔츠를 움켜쥐었다.

"하아…."

두 사람이 내뿜는 열기에 뒷좌석 창문이 뿌옇게 흐려졌다. 앞에 운전기사가 있다는 것을 알았지만, 이한의 향기에 취해 제대로 정신을 차릴 수가 없었다.

차가 주차장에 도착하자 이한의 손에 이끌려 구름 위를 걷듯 올라갔다.

문 안으로 들어서자마자, 구두를 벗으려고 애를 쓰는 나현을 이한이 번쩍 들어 올렸다.

"앗!"

나현은 다리를 허우적대다, 떨어지지 않기 위해 이한의 어깨를 꼭 감싸 안고, 다리로 허리를 감았다. 단단해진 것이 옷 너머로 닿자, 놀라 그를 바라보았다.

"침대가 너무 멀군."

이한은 놀란 나현을 흥미롭게 쳐다보다 씩 웃었다.

그녀는 이미 정상적 사고가 되지 않았다. 그의 얼굴밖에 보이지 않았다. 어둠 속, 눈에 들어오는 것은 오직 그의 눈빛뿐이었다.

나현은 초조한 자신과 달리 여유가 넘쳐 보이는 이한이 미웠다.

이한은 담담한 표정으로 침대 곁에 섰다. 나현을 살짝 내려놓고는 목을 짓누르던 넥타이를 풀어헤쳤다.

나현은 셔츠를 벗고 있는 그를 올려다보았다. 창 밖에서 희미하게 들어오는 빛에 실루엣만 어슴푸레했다. 곧 군살 하나 없이 탄탄한 육체가 드러났다. 손을 뻗어 만져보고 싶을 정도로 단단해 보이는 그의 허리께에 손을 올렸다.

"음….'"

매끄러운 그의 피부 위로 손가락을 미끄러뜨렸다. 그의 표정을 읽으려 해보았지만, 그림자가 져 어떤 눈빛으로 바라보는지 제대로 보이지 않았다. 나현의 머리는 다 풀어진 채, 침대 시트위에 펼쳐져 있었다. 그 머릿결을 손바닥으로 비비며 그가 조용히 읊조렸다.

"아름다워.'"

그의 말에 나현이 살짝 미소를 지었다.

아름다운 것은 이한이었다. 어둠 속에 드러난 그의 나신은 빛이 나고 있었다. 그의 손이 그녀의 머리카락에서 서서히 어깨로 옮겨왔다. 그녀의 원피스를 끌어내려 드러난 피부 위를 문질렀다. 그의 손이 지나갈 때마다, 어깨 위 피부가 발갛게 달아올랐다. 그의 손이 어깨가 아닌, 더 은밀한 장소로 밀려들어 오는 것을 느끼자, 나현은 침을 꿀꺽 삼켰다.

이래도 되는 걸까? 충동 속에 뿌옇게 흐려져 있던 이성이 수면 위로 떠올랐다.

스페인에서 그가 어떤 사람인지 모르면서 몸을 겹칠 때와 지금은 다르다. 지금 그와 밤을 보내버리면 다시는 돌아오지 못할 강을 건너는 것이 되어버린다. 거리를 두려고 노력하는 지금도 그와 함께 있으면 제대로 된 생각이 불가능하다. 온몸의 세포가 그를 원하고 있다.

그런데 다시 불을 질러버리면, 도저히 다시는 끌 수 없을 것 같았다. 몸과 마음이 활활 타올라 하얀 재가 될 때까지 이 남자를, 진이한을 원하게 될 것이다.

그렇게 되면….

나현은 잠시 입술을 깨물었다.

언젠가 그는 나를 떠날 텐데.

현실의 거대한 벽을 앞에 두고 행복하게 해피엔딩으로 막을 내리는 건 불가능하다. 현실의 벽 운운할 필요도 없다. 모든 것을 갖춘 그는 더 이상 나현이 거부하지 않게 되면 흥미를 잃을지도 몰랐다.

"도망가면 더 쫓아가고 싶어져."

그가 했던 말이다. 그의 품으로 뛰어들게 되면, 자신은 더 이상 매력 없는 존재가 될 터였다. 그런 망설임이 온몸에 번지자 그를 더듬는 손이 바닥으로 힘을 잃고 떨어졌다. 그러자 이한이 물었다.

"왜 그러지?"

나현은 차마 대답을 못하고 고개만 돌렸다. 지금 당신과 관계를 맺으면, 당신이 떠날지도 몰라 두려워서 그렇다는 말은 자존심 때문에 할 수 없었다.

"하아…."

그에게서 작은 한숨소리가 새어나왔다.

달콤한 듯한, 그러면서도 안타까운 듯한 소리에 나현이 다시 그를 바라보았다. 그의 손가락이 나현의 턱을 어루만졌다.

"당신은 말이야."

그의 목소리가 나현의 몸을 울렸다.

"생각이 너무 많아."

턱을 어루만지던 손이 점점 아래로 내려갔다. 풍만하게 솟은 가슴 근처로 다가가며 부드럽게 원을 그렸다. 늘 격정적이던 그의 손길이, 나긋나긋하게 어루만지자 색다른 느낌이 온몸에 퍼져나갔다.

"아무 생각하지 마. 지금은 나만 생각해."

그렇게 말하고 이한은 나현의 가슴을 움켜쥐었다. 그의 손 안에 꽉 찬 가슴이 아프면서도 통증 너머로 느껴지는 은은한 쾌락에 나현은 자신도 모르게 무릎을 세우며 신음을 흘렸다.

"아아…."

부질없는 생각이다. 이미 그의 손아귀에서 빠져나갈 방법은 없었다. 그가 자신에게 손을 댄 순간, 그가 자신의 귓불을 핥은 그 순간, 이미 늦었다. 몸도 마음도 그를 원하고 있었다. 만약 이 사랑 때문에 화상을 입는다고 해도, 다시는 누구를 믿지 못하게 된다 해도, 지금은 이 화염 속에 온몸을 던지고 싶었다.

나현은 손을 뻗어 그의 목을 잡아 당겼다. 그리고 자신의 뜨거운 입술을, 그의 입술 위에 겹쳤다.

그저 받아들이기만 하던 나현이 어느새 적극적으로 이한에게 팔을 두르고 있었다.

끓어오르는 욕망을 해결할 방법이 없었다. 오직 그와 입술을 겹칠 때만이 온몸을 괴롭히는 열기를 식힐 수 있었다.

"으음…."

살며시 입을 떼고 그를 바라보았다. 그의 눈에는 내가 어떻게 보이고 있을까. 헝클어진 머리, 붉게 달아오른 뺨, 번진 립스틱…. 너무 음란하게 보이는 것은 아닐까.

흐트러진 제 모습과 달리 이한은 완벽했다. 그녀의 화장품이 그의 입술 가에 묻어 있었지만, 그 외에는 잡지에서 막 빠져나온 모습이었다. 약간 흐트러진 머리카락조차, 일부러 연출된 느낌이었다.

미워, 그런 그가 미웠다. 자신은 이렇게 무너져 내리는데 그는 달라진 것이 없었다.

"하아, 하아…."

뜨거운 숨소리가 새어 나오는 곳도, 나현의 입술 사이였다. 이한의 손가락 끝이 나현의 도톰한 아랫입술을 쓸어내렸다. 큰 행동도 아니건만, 짜릿함에 나현은 몸을 떨었다.

나만 당할 순 없어. 왜 나만 늘 당신 때문에 무너져야 하지? 나만 당황해야 하지?

나현이 오른손으로 침대를 짚고 서서히 일어났다. 왼손으로는 얼굴을 가리던 흐트러진 머리카락을 쓸어 올렸다. 그가 자신을 바라보고 있다.

여유를 가지자. 아름답게… 매혹적으로 보이고 싶어.

손을 뻗어 그의 쇄골을 손가락으로 문질렀다. 그녀의 손가락이 그의 피부를 스쳐 지나갈 때마다, 붉게 열꽃이 피었다. 그것으로 만족하지 못한 나현은 침대 헤드에 기대 앉아, 그의 목을 끌어당겼다. 그리고 그가 자신에게 했듯, 그의 입술을 비볐다.

"흐음!"

처음으로, 그의 입에서 들뜬 숨소리가 새어나왔다. 그의 달콤한 한숨에 나현의 중심이 달아올랐다. 천천히, 그녀의 꿀이 다리 사이를 적시는 것이 느껴졌다.

"안아…."

안아주세요, 자신도 모르게 그렇게 애원할 뻔했다. 부지불식간에 새어나올 뻔한 진심. 입술을 깨물어 꾹 참아냈다.

얼른 그와 하나가 되고 싶다. 어서 그가 나를 엉망진창으로 휘저었으면 좋겠어. 아픈 과거도, 복잡한 현재도, 불안한 미래도….

다 잊도록 나를 쾌감의 저편으로 데려가 줬으면 좋겠다. 산산조각 나도록 안아줬으면. 스페인에서의 뜨거웠던 밤들처럼, 늘 짐을 져서 딱딱하게 굳어진 어깨도, 늘 수줍게 숨겨놓았던 가슴도, 굳게 닫혀 있던 다리도 풀어 헤치고 자유롭게 되고 싶었다. 하지만 그 전에, 그를 안달 나게 하고 말겠어. 앞으로 어떻게 될지 모르지만, 확실한 것은 자신이 이 시간을 잊을 수 없듯, 그도 오늘 밤을 잊을 수 없도록 하고 싶었다.

그를 원하는 만큼, 그도 자신을 원했으면 좋겠다. 나현은 더 적극적으로 그를 탐했다. 이를 세워, 그의 쇄골 곁을 살짝 깨물었다. 그의 매끄러운 피부 위에 나현의 잇자국이 새겨졌다.

"함나현 씨."

어둠 속에, 그의 표정이 보이지 않았지만, 그의 목소리가 아주 약간의 웃음기를 머금고 있었다.

"왜 자꾸만 날 이렇게 괴롭히지?"

"제가 언제…."

"지금 당장 품고 싶은 것을 천천히 당신에게 맞춰 가려고 했는데, 인내력에도 한계라는 게 있어."

느긋하기만 했던 그의 말투가 약간은 조급해져 있었다. 나현은 부드러운 허벅지를 들어 그의 단단한 다리를 문질렀다. 바지 너머로 그가 얼마나 뜨거워져 있는지 느껴졌다.

"내가 언제 맞춰달라고 했나요?"

더 이상 그를 거부하던 나현의 모습은 없었다. 이미 저지르기로 한 일, 더 망설여봤자 쓸데없이 시간을 낭비할 뿐이다. 밤은 짧았다. 내일 술이 다 깨고 나면, 용기가 다 수그러들고 나면 솔직하지 못하게 될 수도 있었다. 더 이상 이 매혹적이고 아름다운 야수의 가슴에 안기지 못할 수도 있었다.

솔직해지자. 스페인에서 돌아오고 나서 얼마나 그가 그리웠는가. 얼마나 그가 보고 싶었던가. 사는 세상이 달라서, 그와 다시는 부딪치지 못한다고 생각하니 안심이 되면서도 다시는 이런 남자를, 자신을 뒤흔들어놓을 남자를 만나지 못할 것 같다는 불안감에 시달렸다.

자신의 길고 긴 인생에서 그와 함께했던 시간, 그 짧은 삼일만 애틋이 품에 안고 살아갈까봐 무서웠다.

두 번째 기회, 엄청난 실수인지도 모른다. 전보다 더 큰 상처를 마음에 남길지도 모르지만. 오늘 밤만큼은….

안 돼, 안 돼.

이미 이성을 잃은 지 오래건만. 이성은 커녕 한 마리 동물이 된 것처럼, 몸의 본능만 쫓기 시작했다. 그가 자신의 안으로 들어온다.

뜨거운 욕망이, 외롭던 영혼이 서서히 채워져 간다.

속으로 흘러들어오는 엄청난 압박에 나현은 차마 신음조차 흘리지 못하고 있었다.

"나현, 함나현."

그가 자신 안으로 밀려들어올 때마다, 달콤한 목소리로 나현의 이름을 부를 때마다 사시나무처럼 온몸이 떨려왔다. 그의 손이 자신의 가슴을 탐하고, 그의 입술이 입술을 핥는다. 격해져가는 흥분 속에 몸속이 녹아내리는 기분이었다.

"아앗…."

질척거리는 소리와 머리가 침대 헤드에 닿아 삐걱거리는 소리 그리고 격한 숨소리 속에서 절정이 가까워지고 있었다. 정신을 잃을 것만 같은 뾰족한 쾌감에 이를 악물었다. 그러나 그가 자신의 안을 헤집으며 너무 큰 쾌락을 주고 있어서 온몸을 비틀어도, 다리를 휘저어보아도 의식의 한편이 깜빡였다.

"윽!"

그리고 그가 가장 안쪽으로 들어왔을 때, 나현은 결국 정신을 놓고 말았다. 아득해져가는 정신 사이로, 그의 뜨거운 땀이 후드득 쏟아져 내렸다.

***

축축한 어둠 속을 맨발로 거닐고 있었다.

어디로 나가야 밝은 곳으로 갈 수 있는지 알지 못해 그저 숨이 벅찰 때까지 한곳으로 뛰어갔다.

한참이나 지났을 때 작은 불빛 하나가 보여 그리로 달려갔다. 헉헉거리면서 도착한 그곳엔 어떤 남자가 있었다. 비록 뒷모습뿐이지만.

누구지?

"살려주세요!"

저만치 앞에 서 있는 그에게 소리를 질렀다. 나현의 목소리가 닿았는지, 그가 조금 몸을 돌렸지만, 곧 다시 등을 돌려 걷기 시작했다.

"저기요! 저기요!"

그를 쫓아갔지만, 점점 더 멀어졌다. 이 암흑 속에서 자신을 구해줄 이는 그뿐인데, 아무리 쫓아가도 그에게 닿을 수 없었다.

"안 돼!"

크게 소리를 지르며 눈을 떴다. 캄캄한 밤이었는데, 눈을 뜨자 창 밖에서 밝은 빛이 쏟아져 내리고 있었다.

"꿈…."

꿈이었다. 왜 그런 꿈을 꿨을까. 꿈인 걸 알고도 가슴이 에이고 숨이 가빴다. 서늘한 새벽 공기에 시트를 끌어 당겨 드러난 가슴을 덮고 숨을 골랐다. 그때, 방문이 벌컥 열렸다. 본능적으로 몸을 숨기자, 젖은 머리로 바지만 입은 이한이 나타났다.

"깼어?"

왜 그가 여기에? 잠에서 빠져나오지 못해 잠시 상황파악이 안 되던 나현이 눈을 깜박이며 그를 바라보자, 이한이 씩 입꼬리를 올렸다.

"왜?"

"사장님이 있을 줄 모르고…."

목이 메여 말을 채 끝맺기도 전에 이한이 다가왔다. 위에서 내려다보며 천천히 입을 열었다.

"이번엔 내가 도망갔을 줄 알았나?"

아니, 아예 그가 여기 있을 줄 잠결에 상상도 못했을 뿐이다. 하지만 모든 것이 떠올랐다. 알몸으로 그와 하나가 되었던 순간들이…. 얼굴을 붉히며 고개를 숙이는 나현에게 이한이 속삭였다.

"나는 도망가지 않아."

나현의 눈동자가 파르르 떨렸다. 마치 자신의 꿈을 엿보기라도 한 것처럼 그가 자신을 안심시킨다.

'도망가지 않는다.'

그가 내뱉은 말에 가슴이 떨렸다.

이한이 손가락을 내밀어 땀에 젖은 나현의 머리카락을 쓸어 올렸다. 뜨거운 그의 손가락이 이마를 스쳐 지나가자, 나현이 작게 한숨을 쉬었다.

"왜 그런 표정이지?"

나현은 본능적으로 그의 시선을 피했다.

그를 어떤 눈으로 바라보아야 할지 모르겠다. 거리를 두기로 마음먹었고, 그래서 스페인에서 그를 떠나 도망갔다. 하지만… 다시 그를 유혹하고 벽을 넘은 건 결국 자신이다.

그의 손가락이 복잡한 표정을 한 채 시선을 떨어뜨린 나현의 이마를 쓸었다. 뺨에서 턱으로 흘러내리는 손가락이 그녀의 목에 닿자, 그가 중얼거렸다.

"또 이상한 생각을 하는군, 당신은 늘 복잡하게 생각해서 탈이야."

그리고 그녀의 피부 위를 엄지손가락으로 비볐다. 관능적인 밤을 보낸 지 몇 시간 되지 않았는데, 또 바보같이 그녀의 몸이 달아올랐다. 몸을 비틀어 그의 손길에서 벗어나자, 그가 피식 웃었다.

"생각은 그만해. 회사에 가야 할 시간이야. 당신이 침대에서 더 시간을 보내고 싶다면 말리진 않겠지만…"

몸을 숙이는 그를 보자 나현은 시트를 꼭 붙잡은 채 서둘러 침대에서 몸을 일으켰다. 도망치듯 피하는 나현의 뒤로 그의 짓궂은 웃음소리가 따라왔다.

***

회사에 오고 나서는 뜨거웠던 어젯밤 일을 떠올릴 여유가 없었다. 이한이 앞에 있는 데도, 자신의 손 안의 일을 처리하는 것이 더 급급했다.

차라리 다행이었다. 일이라도 없었으면 어제의 일을 하염없이 후회하고 있을지도 몰랐다. 이한의 말처럼, 생각이 많아지면 많아질수록 가슴이 무거워졌다.

면역조절제 시스테람의 루푸스에 관한 효능 확인을 위해 개발 4팀을 구성하는 일로 회사 안은 정신이 없었다.

나현은 본디 개발팀이었고, 누구보다 시스테람에 대해 잘 알았지만, 기획에 대해서는 거의 무지했다. 배워야 할 것이 산더미였다.

"팀 규모는 15명 정도로. 다른 팀에서 일부는 데려와야 하겠지만, 개발 1, 2, 3팀도 각자 맡고 있는 일이 있으니 전원 다 사내에서 해결하기는 쉽지 않을 거야. 인원 충원을 해야겠지."

이한의 말에 나현이 고개를 끄덕였다. 개발 3팀 팀장이 입을 열었다.

"관련 실험 경험이 있는 포스트닥터이나 닥터들을 좀 수배해 보겠습니다."

회의가 끝나고, 이한이 다른 미팅 관계로 먼저 나가자 그제야 나현이 서류를 챙기며 한숨을 쉬었다. 그녀가 한숨 쉬는 것을 보고, 옆 자리의 개발3팀 팀장이 위로를 건넸다.

"힘들어?"

"네, 조금…. 너무 갑작스러워서요."

시스테람 때문에 회사가 망한다는 뉴스가 매일 나오고, 사장이 새로 들어오고, 개발 4팀이 생기게 되는 때까지 걸린 시간이 고작 몇 주. 이한과의 정신없는 상황을 고려하지 않더라도 눈앞이 어지러울 정도로 빠르게 상황이 변하고 있었다.

팀장이 한숨을 쉬는 나현의 어깨를 툭툭 쳤다.

"잘하고 있어."

입사 초기 때부터 상사로서 살뜰하게 나현을 챙겨줬던 팀장이었다. 시스테람의 임상시험 결과가 나빠지면서 윗선에서 가장 압박을 많이 받았던 팀장은 작게 웃었다.

"어떻게 될진 모르지만, 사장님이 바뀌고 나서 많이 좋아졌으니까 기대를 좀 해보자고."

다른 개발팀원들도, 기획팀원들도 모두 이한을 높게 사고 있었다.

"처음에는 재벌가 도련님이 뭘 하겠냐 싶었는데 말이야, 사람 보는 눈이 있더라고. 나현 씨 그동안 정말 열심히 했는데. 나현 씨 기획팀으로 데려가는 것 보고 놀랐어."

사람 보는 눈이 있는 걸까.

문득 개인적인 관심 때문에 기획팀에 넣었다던 이한의 말이 생각났다. 팀장님의 생각과는 다른 이유에서 기획팀에 들어왔다. 나현은 두 손에 들고 있던 서류를 주름이 생길 정도로 꽉 잡았다.

보는 눈이 많았다. 노력해야 해, 꼭 성공시켜야 돼.

"열심히 하는 건 필요 없어. 잘해야 해."

이한이 했던 말들을 되새겼다.

어제 잠시 흔들려 이한의 품에 안겼던 자신을 떠올렸다. 그와 밤을 보낸 것은 후회하지 않는다. 하지만 이제는 집중해야 될 때였다.

자리에 돌아와 이한이 손에 넣은 제임스 버마 교수의 루푸스 관련 자료를 정독했다. 인쇄를 하고 줄을 쳐가며 읽는 동안 심장박동이 빨라졌다. 처음 보는 자료들이었다. 특히 나현의 눈을 끈 것은 루푸스 신장염에 관한 이론이었다.

루푸스는 면역세포가 세균이나 바이러스가 아닌, 일반적은 몸의 세포를 공격하면서 일어난다. 가장 흔한 반응은 피부에서 일어난다. 피부가 붉게 달아오르는 등의 문제가 생기다가, 병이 점점 더 진행되면 신장 등에 문제가 생기기도 한다. 동생 유현의 경우가 이 케이스였다.

당장 목숨이 위험한 병은 아니었지만, 신장의 능력이 떨어지면 떨어질수록 사망률은 높아질 수밖에 없다. 유현 역시 만약 이대로 가다가는 당장 내년, 내후년은 아니지만 10년 뒤, 20년 뒤의 건강을 확신할 수가 없었다.

그러나 제임스 버마 교수의 논문에는 신장염이 이미 어느 정도 진행이 된 이후에도 적극적으로 컨트롤 할 수 있다는 가설이 제시되어 있었다. 관련 실험이 이미 진행 중이고, 진행 속도를 보자면 내년 하반기에는 간략한 성과가 나올 것이라는 내용이었다.

생각이 유현에게 옮겨간 것을 동생이 알아챈 양, 유현에게서 문자가 왔다.

-언니, 일 잘하고 있어? 너무 바쁘게 일하느라 건강 헤치지 말고. 바빠서 집에 못 오는 거겠지만, 너무 오래 못 봐서 보고 싶다.

그때, 나현의 태블릿이 반짝였다. 비서실에서 내려온 미국 출장 일정이었다.

제임스 버마 교수의 실험실을 방문하는 날이 다음 주로 잡혀 있었다.

급하게 잡힌 날짜였지만, 버마 교수의 일정상 그렇게 되었다는 설명이었다. 출장 목록을 보자 당연하게도 이한과 나현의 이름이 들어 있었다.

괜찮을까? 당장 오늘 아침 얼굴을 마주 대는 것도 가슴이 떨리고 불안했는데. 그나마 한국에서는 회사 내에서 멀리 떨어져 지내기에 낮이라도 그가 주는 미묘한 긴장감에서 도망 갈 수 있었다. 하지만 미국에 가서 또 계속 함께 일을 하게 되면….

작게 한숨을 쉬면서 미국 출장 자료를 정리했다. 사장실로 메일을 보내고는 다른 서류를 보고 있는데, 전화 한 통이 걸려왔다.

-여기 사장 비서실인데, 사장님께서 잠깐 뵙자고 하십니다.

이한의 호출. 방금 보낸 출장 서류 때문이겠지만, 그와 단 둘이 사장실에 갇히게 될 것을 생각하면 불안하고 초조했다.

사장실에 들어서자, 태블릿을 손에 든 채 앉아 있는 이한의 모습이 보였다.

"부르셨습니까?"

"내가 넘긴 자료 봤나?"

"네."

제임스 버마 교수의 자료 이야기였다.

"어떻게 생각해?"

"서로 협력 연구하면 확실히 도움이 될 것 같습니다."

나현의 말에 이한이 살짝 웃었다.

"나도 그렇게 생각해. 제약에 대해서는 나도 배워야 할 게 많으니 함나현 씨가 미국 가서 여러 가지로 도움이 될 거라고 기대하고 있어. 준비 철저히 하도록."

"네, 알겠습니다. 그런데…."

다음 주에 출장이 잡힌 이상, 눈코 뜰 새 없이 바빠질 게 뻔했다. 미국에 가기 전에 집으로 가 유현의 상태를 한번 확인하고 싶었다. 오늘은 집으로 퇴근하고 싶었다.

"오늘 퇴근은 저희 집으로 하겠습니다."

자신의 집으로 가겠다는 나현의 말에 이한의 눈썹이 꿈틀했다. 잠시 말이 없다가, 천천히 입을 열었다.

"어제 일 때문인가?"

그의 손가락이 그녀 자신조차 만져본 적 없는 온몸을 휩쓸고 간 어젯밤. 그가 오해하는 것도 이해했다.

"아닙니다. 저… 동생이 보고 싶어서."

이한이 잠시 한숨을 쉬었다.

"본인 원할 때 언제든 가도 돼. 함나현 씨는 자유의 몸이니까. 내가 끝나고 데려다주지."

자유의 몸이라면서 집까지 따라오겠다는 말에 나현도 한숨을 내쉬었다. 혹시 자신이 또 밤을 같이 보내고 도망갈까 봐 그러는 걸까?

나현이 서둘러 입을 열었다.

"그런 게 아닙니다. 그냥, 얼굴만 보고 올 거예요. 감시하지 않으셔도 됩니다."

이한이 이번에는 인상을 찌푸렸다.

"감시? 내가 그냥 함나현 씨와 시간을 보내고 싶어서 같이 가겠다는 생각은 안 해봤나?"

생각지도 못한 말이라 나현은 잠시 할 말을 잃고 입술만 달싹였다.

나와 시간을 함께 보내고 싶어서?

다정한 표현이었지만 이한의 목소리는 여전히 오만했다. 눈빛 역시 자신의 마음 깊숙한 곳까지 꿰뚫어보는 듯 강렬했고, 입술에는 옅은 미소가 걸려 있었다.

나를 놀리는 걸까.

"그런 생각은… 안 해봤어요."

설마 그럴 리가 없을 거라는 나현의 말투에 이한의 웃음이 깊어졌다.

"당신을 감시하려면 내가 스스로 가지 않아도 얼마든지 가능해."

그것 역시 맞는 말이다. 이한을 위해 움직이는 사람들이 한둘이 아니니 굳이 본인이 갈 필요는 없을 것이다. 외국에서 만난 여자를 이름만으로 회사까지 알아내 쫓아온 남자다. 어디에 살고, 어디에서 무슨 일을 하는지 다 알고 있으니 충분히 그러고도 남을 것이다.

나현이 아무 말 없이 생각에 잠겨 있자, 이한이 손가락으로 테이블 위를 탁탁 두들겼다.

"생각을 한 번 고쳐보도록. 그럼, 오늘 퇴근 시간 때 만나지."

***

알 수 없는 남자다. 퇴근 시간, 이한을 만나러 천천히 계단을 걸어 내려가며 그를 떠올렸다.

재벌이란 사람들을 보는 선입견으로 그를 보면 많은 것이 다르게 느껴진다. 물론 오만하고, 세상이 자기중심으로 돌아간다고 여기는 것은 일치했다. 하지만 그 외에는 대부분 달랐다. 특히 이런 선입견. 재벌은 놀고먹고, 별로 노력하지 않아도 될 줄 알았다.

그러나 이한과 하루를 함께 보내고 나서야 깨달았다. 그렇지 않은 사람도 있다는 것을.

그는 밤늦게 들어와서 나현이 눈이 뜨기도 전에 집을 나가는 일이 많았다. 집에 있을 때도 나현과 있지 않을 때는 서류를 읽고 있었다. 끊임없이 전화가 왔다.

그는 경영학과 출신이다. 재벌 3세로서 경영학 전공은 당연한 선택이었을 것이다. 그 이후 전자 쪽에서만 일했던 그는 제약회사의 생리에 대해 잘 모른다고 했다. 제약회사는 경영학과 출신이 아니라 약사, 의사, 화학공학자 출신의 경영자가 많았다. 그만큼 특이한 업계였다.

그런 업계에서 얼마나 잘 준비가 되어 있는지, 대부분 그의 지식이 모자라거나 비전문가라는 느낌을 받지 못했다.

그렇게나 바쁘면서 왜 나에게 이렇게 신경을 쓰는 걸까?

거기까지 생각이 미쳤을 때쯤, 미끄러져 들어오는 차가 보였다. 나현은 차에 올라타, 그를 흘깃 바라보았다.

"태워주셔서 감사합니다."

"내가 하고 싶어서 하는 것일 뿐이야. 감사 인사는 필요 없어."

늘 기사가 운전하는 차 뒷자리에만 타는 걸 보았는데, 오늘은 손수 운전대를 잡고 있었다.

"오늘은 직접 운전하시네요."

"사적으로 움직이고 싶을 때는 가끔…."

신호에 차가 잠시 정지했을 때, 이한의 눈이 부드럽게 곡선을 그리며 나현을 바라보았다.

심장이 터질 것처럼 두근거렸다. 그냥 그와 차에 앉아 있는 것뿐인데도 저절로 이상한 생각이 들었다. 밀폐된 공간이라 그의 향기가 더욱 강하게 느껴졌다. 시판하는 향수가 아닌, 오묘한 오렌지 꽃의 향기. 그의 미소는 비웃는 듯 비릿하다가도 순간순간 이성을 잃을 만큼 달콤하다.

"가끔 내가 운전하기도 해."

나현은 고개를 끄덕이며 시선을 떨어뜨렸다. 어색한 분위기 속에 집에 도착했다.

"먼저 가셔도 됩니다."

"오래 걸리나?"

유현이 잘 지내는지 보고, 미국 출장에 필요한 물건을 챙겨 나오면 되니, 시간이 오래 걸리진 않을 터였다.

"삼십 분, 길어도 한 시간이지만, 사장님이 기다리실 필요 없어요."

이한이 어깨를 으쓱했다.

"내가 알아서 할 테니, 함나현 씨는 천천히 일 보고 나와."

"하지만…."

"어서 들어가 봐. 볼일 있는 것 아니었나?"

나현은 더 항변하지 못하고 어정쩡한 표정을 한 채 집으로 걸음을 옮겼다.

***

유현과 마주 앉아 대화를 나눌 때도, 처리해야 할 집안일을 할 때도 밖에서 자신을 기다리고 있을 이한이 신경 쓰여 집중이 되지 않았다.

결국 생각보다 빠르게 짐을 챙겨 나오고 말았다. 주차된 차 안에서 서류를 검토하고 있는 이한이 보였다.

데려다 달라고 한 것도 아니건만, 괜히 미안한 마음이 들었다. 차 문을 열고 입을 열었다.

"죄송합니다."

서류에 가 있던 시선이 차에 탄 나현에게로 움직였다.

"죄송할 필요 없는 일에 죄송해하지 마."

"죄송….."

또 죄송하다는 말이 튀어나와 입술을 깨물었다. 이한이 손가락을 들어 그녀의 입술을 쓸었다.

"개발팀이었을 때는 모르지만, 지금은 기획, 경영 쪽에 들어온 거잖아."

그의 손가락이 톡톡 입술에서 뺨으로 옮겨갔다.

"경영자는 쉽게 죄송하다고 하면 안 되는 법이야. 죄송하다는 말에 책임을 지겠다는 말이 함축되어 있거든. 당신이 죄송하다고 하면, 회사가 대신 책임을 져야 하는 것으로, 듣는 사람은 오해할 수 있지."

그런 생각은 해본 적이 없었다.

"하지만 제가 그렇게 나설 일이 있을까요?"

"시스테람 기획팀 총괄이잖아. 앞으로 어떤 상황이 될지 모를 일이지."

이한이 그녀에게서 손가락을 떼고 미소 지었다.

"일 이야기는 그만하지. 저녁이나 먹고 들어갈까?"

"네, 사장님."

평범한 대답이었지만 이한은 기분 좋은 웃음을 지었다.

"함나현 씨."

"네."

이한이 한쪽 눈썹을 끌어올리며 말했다.

"사적인 시간에 사장님이라고 부르는 게 이상하지 않나?"

사적인 시간? 당연히 밥을 먹으러 가는 시간이니 그렇다고 생각할 수 있지만….

나현에게 이한은 어려운 존재였다. 처음 만남은 그저 남자와 여자로 만났지만, 지금은 그녀의 목줄을 쥐고 있는 사람이다. 그녀가 개발하고 싶은 시스테람을 살려냈고, 언제든 다시 죽일 수 있는 힘을 가진 사람.

"저에겐 사장님이시니까…."

다시 이한이 손을 뻗어 그녀의 어깨를 잡았다.

왜, 왜 그러는 거지? 그녀의 어깨를 고정시키듯 붙잡은 채, 이한의 얼굴이 서서히 다가왔다. 나현이 피할 새도 없이, 둘의 입술이 맞닿았다. 어깨에서 느껴지는 완력과는 다르게 이한의 입술을 부드럽고 촉촉했다. 놀라서 살짝 벌어진 그녀의 입술 사이로 그의 혀가 밀려들어왔다.

여긴 집 근처다. 짙은 선탠을 하고 있는 차 안이었지만, 혹여 누구에게라도 들킬까 두려워 나현은 약간 고개를 비틀었다. 그러나 입안을 훑는 그의 움직임에 뭉근한 느낌이 들어 무력해졌다.

할짝, 입술 사이에서 나는 파열음이 무엇보다도 야하게 느껴졌다. 해서는 안 되는 일을 하고 있다는 배덕감이 나현을 흥분시켰다. 결국 그의 입술을 온전히 받아들였다. 마지막으로 그녀의 아랫입술을 살짝 물고 그의 입술이 떠나가자, 나현은 뜨겁고 열망이 가득한 숨을 내쉬었다.

"우리는…."

살짝 붉게 달아오른 입술로 이한이 속삭였다.

"단순한 사장과 직원이라기엔, 너무 많이 오지 않았나?"

타액이 묻어 반짝거리는 나현의 입술을 이한이 엄지손가락으로 쓸어주었다. 그의 손길이 입술을 스칠 때마다, 다리 사이가 찌릿거렸다. 입술이 이렇게 민감한 곳인 줄 미처 몰랐다.

"사장님… 여기는 밖이잖아요."

"밖에서는 우리가 여기 타고 있는 줄도 모를걸, 당신이 너무 격렬하게 반응하지만 않는다면 말이야."

원색적인 농담에 나현이 얼굴을 붉혔다.

"그런 일은 없을 겁니다."

"과연 그럴까?"

이한이 그녀의 목 위에 입술을 얹었다. 습기를 머금은 입술이 그녀의 쇄골에 닿아 뜨거운 숨을 불어넣자, 나현의 피부가 붉게 달아올랐다. 어깨를 움츠리며 이한에게서 도망가려 했지만, 좁은 차 안에서 달아날 방법은 없었다.

아니, 애초에 멀어지고 싶기는 한 걸까. '그럴 일은 없을 겁니다'

라고 호언장담했건만, 이미 몸은 그를 원하고 있었다. 어제의 뜨거웠던 밤을 떠오르게 하는 그의 숨결이 달콤했다.

그의 손가락이 셔츠 사이로 파고들어오자, 나현이 마지막 남은 이성으로 그를 막았다.

"사장님! 그만, 그만하세요."

이한이 눈썹을 치켜 올리며 그녀를 쳐다봤다. 맘에 들지 않는 듯, 볼을 씰룩이며 낮게 읊조렸다.

"사장님 말고, 내 이름을 불러."

그와 키스를 하고 몸을 겹친 사이인데, 사장님이라고 부르는 것은 무언가 이상하기도 했다. 하지만 선뜻 입이 떨어지지 않았다. 스페인에서는 그의 이름을 부르는 것이 숨을 쉬는 것만큼 간단한 일이었는데, 지금은 너무 어려웠다.

"이… 이한 씨."

간신히 쥐어짜낸 목소리로 이름을 부르자, 이한이 미소 지었다.

"잘했어."

그리고 손가락으로 그녀의 등을 쓸어내렸다.

"상을 주지."

상을 원한다고 한 적이 없는데, 아니 애초에 이게 상이 될 수 있을까. 그의 손가락이 온몸을 배회하며 흥분시켰고, 나현의 입술에 다시 한 번 뜨거운 그의 입술이 맞닿았다.

아직 춥지 않은 초가을, 그러나 이한과 나현이 뿜어내는 강렬한 열기가 차창을 뿌옇게 만들었다.

"하아…."

이한의 손가락이 나현의 부드러운 허벅지 위를 헤맸다. 그가 자신을 훑을 때마다 발끝을 오므렸다.

"당신을 원해. 늘 내 정신을 흐트러트리고 다른 생각 따윈 머릿속에서 지워버려."

이한은 늘 그녀에게 원한다고 속삭이지만, 그 욕망에 휩쓸리는 것은 항상 나현이었다. 무언가 억울했다. 입술을 깨물면서 몸을 그에게서 겨우 떼어냈다. 이한이 만족스러운 듯 미소 지었다.

"저녁 하러 가지, 스페인 레스토랑 어때?"

***

나현은 운전을 하고 있는 그의 옆모습을 몰래 훔쳐봤다.

평소에는 그의 얼굴을 제대로 쳐다볼 수가 없었다. 너무나도 강렬하고 뜨거운 눈빛에, 자신을 매혹하는 듯한 입술에 늘 먼저 눈을 피할 수밖에 없었다. 찬찬히 하나하나 훑었다.

이런 얼굴이었구나. 늘 단단하게 그녀를 이끄는 이한이었다. 하지만 얼굴 하나하나를 뜯어보면 섬세하다. 날카로운 콧날에 얇고 부드럽게 곡선이 진 입술, 긴 속눈썹. 그 속눈썹 아래는 투명한 갈색 눈동자가 반짝이고 있었다.

그의 얼굴을 계속 보니 가슴이 두근거렸다. 전날 자신의 손가락 사이에 얽혀오던 그의 보드라운 머리카락을 떠올리자 얼굴이 달아올랐다. 그를 바라볼 때면 해서는 안 되는 일을 하고 있다는 죄책감도 다 날아갔다. 그의 매력을 거절할 수 있는 사람이 있을까.

"왜 그래?"

"아니…."

서둘러 시선을 피했다.

"다른 데 가고 싶은 곳이 있나?"

"아니에요."

이한은 아무 말도 없이 자길 바라보는 나현이 신경 쓰였는지, 그녀를 흘깃 바라보았다.

"함나현 씨."

"네?"

"하고 싶은 게 있으면 말을 해도 돼. 스페인 요리가 싫다면 다른 곳에 가도 되고."

따로 하고 싶은 게 있어서가 아니라 그의 얼굴을 찬찬히 보고 싶었을 뿐이다.

"아니에요."

나현은 얼굴을 붉히며 시선을 창밖으로 돌렸다.

그와 한국에서 맞이하는 첫 외식이었다. 그와 마주보고 밥을 먹은 것은…. 떠올려보니 그가 끓인 라면을 앞에 두고 구경만 한 게 고작이었다. 그가 처음으로 선택한 곳이 스페인 레스토랑이라니. 그들이 처음 만났던 스페인이 떠올랐다.

일부러 나에게 맞춰주는 것일까? 아니겠지, 자의식 과잉이야. 요즘은 스페인 요리도 제법 흔해졌다. 그냥 가는 것일 텐데, 나 혼자 설레서는.

차가 레스토랑 앞에 멈춰 섰다. 얼핏 보면 일반 가정집처럼 보이는 하얗고 작은 건물이었다. 차에서 내려, 이한의 리드로 레스토랑에 들어서자 테이블이 대여섯 개 정도 있는 소박한 룸이 보였다.

"기다리고 있었습니다."

중년의 직원이 걸어 나와 이한과 나현을 향해 깍듯이 인사했다. 레스토랑에 와서 인사받기는 처음이었다.

하긴, 그는 진이한이다. 당연한 일인 것을…. 오히려 그가 이렇게 작고 예쁜 레스토랑에 드나든다는 게 신기한 일이다. 어제 갔던 웅장한 클럽이나 화려한 곳만 다닐 줄 알았는데.

레스토랑은 디테일하게 보면 고급스럽고 잘 꾸며져 있었지만, 아늑하고 편안한 분위기였다. 하얀 벽에 파란색 타일이 붙어 있어 어딘가 익숙하고 그리운 느낌이 들었다.

눈보다 흰 테이블보 위에 놓인 노란 화병에는 하얀색 꽃이 꽂혀 있었다. 은은한 꽃향기가 낯설지 않았다. 스페인 코르도바의 향기, 이한의 향기…. 오렌지 꽃의 향기였다.

"혹시 코르도바 지역의 음식점인가요?"

나현의 말에 이한이 씩 웃었다.

"그렇게 생각할 수도 있겠지."

궁금해서 얼른 메뉴판을 펴보았다. 온통 스페인어뿐이었다. 자세히 들여다보니 아래 조그맣게 한글이 쓰여 있었다.

"뭘 먹겠어?"

"전…."

메뉴판도 어딘가 익숙하면서도 낯설었다. 무엇을 먹을까 고민하던 나현에게 이한이 먼저 메뉴를 골랐다.

"허브가 들어간 새우요리랑, 아티초크와 토마토 샐러드 그리고 달걀을 올린 감자요리와 이베리코 돼지 어깨살로 만든 스튜를 먹을까?"

"그건…."

이한과 나현이 함께 보낸 코르도바의 짧고 강렬했던 3일. 그 시간 속에서 만끽했던 인상적인 요리. 소매치기를 당해 어쩔 줄 몰라 하던 나현을 진정시키며 이한이 데려간 골목 안 작은 레스토랑이 떠올랐다. 하얀 벽과 파란 차양이 인상적이었던 그 가게…. 이한이 지금 말한 메뉴는 그때 움츠러든 나현에게 레드 와인을 건네면서 주문했던 그 메뉴였다.

"그 메뉴가 다 여기 있나요?"

"물론, 우리의 첫 식사로 잘 맞지 않겠어?"

직원을 불러 주문을 하고 냅킨을 손에 쥐었다. 냅킨조차 눈에 익었다.

스페인의 물건들은 이렇게 다 비슷한 걸까. 아티초크와 토마토 샐러드, 레드 와인이 서브되어 나오자 나현의 입가에 미소가 번졌다.

시간이 너무 많이 지나서 헷갈리는 걸까, 코르도바의 시원한 바람 아래 불안한 마음을 식히며 마시던 그때와 많은 것이 닮아 있었다.

"왜 웃어?"

이상하다는 듯 바라보며 고개를 기울인 이한만이 조금 달랐다. 화려하게 염색한 머리와 느슨하게 열려 있던 셔츠를 입었던 그때와 달리 지금은 빈틈없이 완벽한 모습이었다.

"처음 만났던 때가 떠올라서요."

"우리?"

이한이 되묻자 나현이 고개를 끄덕였다.

"소박한 느낌의 레스토랑이라 그런지 사장… 아니 이한 씨가 오실 것 같은 분위기는 아니어서."

이한이 피식 웃었다.

"스페인의 레스토랑도 내가 데려간 곳이었어. 잊었나?"

하지만 그때의 이한과 지금의 이한은 다르다. 뭐라고 설명해야 할지 몰라 나현이 잠시 우물거리던 그때, 머리가 희끗희끗한 셰프가 요리를 들고 왔다. 밝은 미소를 짓는 얼굴이 낯익었다.

설마? 놀란 얼굴로 그를 쳐다보자, 셰프가 음식을 테이블 위에 놓으며 그녀에게 스페인어로 말을 건넸다.

"Hola! mucho tiempo sin ver, señora. Me alegro de verte de nuevo!"

그녀가 알아들을 수 있는 말은 스페인어 인사인 'Hola(올라)!'뿐 이었다. 옆에서 듣고 있던 이한이 대신 설명했다.

"다시 만나서 기쁘다는군."

역시, 그의 얼굴이 낯익은 것은 나현의 착각이 아니었다. 이 상황이 이해되지 않았다. 요리를 들고 나타나 자신에게 밝게 인사한 사람은 코르도바에서 이한과 함께 간 레스토랑의 주인이었다. 그가 왜 한국에?

엉겁결에 셰프와 비쥬 인사를 나누고 자리에 앉았다.

셰프가 요리를 내려놓고 사라지자, 이한이 그녀를 향해 손짓했다.

"식사하지."

그러나 여전히 의문 가득한 눈빛으로 저를 보는 시선을 느끼자 이한은 살짝 미소 지었다.

"뭐가 궁금한가?"

"저분은⋯ 코르도바의 그 레스토랑 주인이죠?"

분명 코르도바의 레스토랑에서 계산할 때 나와 밝게 인사하던 오너였다.

"그래."

"저분이 왜 여기 계시죠?"

영어도 한 마디 못하던 사람이었다. 이역만리 먼 곳에 스스로 레스토랑을 차렸을 리 만무했다. 이한을 대하는 레스토랑 사람들의 태도, 셰프가 나현을 보고 반갑게 인사하던 반응을 보아도 생각이 닿는 곳은 하나였다.

"혹시 사장님이⋯ 서울로 데려오신 건가요?"

사장님이라는 호칭에 이한이 눈살을 찌푸렸다.

"이름."

나현이 씁쓸하게 웃으며 다시 되물었다.

"이한 씨가, 서울로 그분을 불러들인 거 맞죠?"

"그래."

"이 레스토랑도⋯ 진이한 씨 거고요?"

나현이 말하면서도 믿기지 않는다는 목소리로 묻자 이한이 한쪽 눈썹을 들어올렸다.

"그렇게 놀랄 일인가?"

재계 최고 그룹의 후계자다. 레스토랑 하나 가지고 있는 게 이상하지는 않았다. 하지만….

나현은 주변을 자세히 바라보고 깨달았다. 그립고 익숙한 느낌이 드는 것이 당연했다. 그녀가 손에 들고 있던 메뉴판, 레스토랑 안을 은은히 밝히는 조명, 화병에 꽂혀 있는 꽃까지 그날의 저녁식사를 충실히 재현하고 있었다.

그가 레스토랑을 가지고 있다는 사실이 아닌, 그가 운영하는 레스토랑이 나현과 함께 했던 그날 밤을 보여주고 있다는 것이 놀라웠다.

"셰프는… 한국어도 못하시잖아요."

한국어뿐인가, 그는 영어도 못하는 완전한 코르도바 사람이었다.

"그래, 처음에 그래서 한국에 가자고 했을 때 애를 좀 먹었지. 뉴스에서 많이 봐서 그런지, 코리아라고 하면 한국보다 북한을 먼저 떠올리더군."

그의 농담 같은 말에 나현의 입술이 살짝 올라갔다.

그랬던 셰프를 어떻게 설득한 것일까. 어쩌면 막대한 돈을 주었을지도 모른다.

아니, 그게 아니라… 사실 나현이 궁금한 것은 왜 그곳과 닮은 레스토랑을 열었냐는 것이었다. 나현이 앉아 있는 단단한 나무 의자마저, 그 레스토랑에 있던 것과 꼭 닮아 있었다. 아니, 연식을 생각하면 그대로 들고 온 것 같았다.

"그 레스토랑이 마음에 드셨나요?"

그 레스토랑을 좋아했던 것은 오히려 이한보다는 나현이었다.

그가 데려간 곳이지만, 분위기가 좋아 그와 지냈던 3일 동안 매일 찾아갔다. 눈을 반짝이며 좋아했던 나현과 달리 이한은 기뻐하는 나현을 바라보았을 뿐이다.

"소박하고 예쁜 곳이었지."

이한이 손에 들고 있던 글라스를 내려놓고 말을 이었다.

"하지만 정확히 말하자면… 레스토랑이 아니라 그 시간들이 좋았어. 당신과 함께 했던 그 시간들이. 당신을 찾아 헤매며 당신을 원망하며 그랬던 때조차 잊을 수가 없어."

나현은 놀랐다. 스페인 여행은 잊을 수 없는 추억이었다. 스페인이 아름답기도 하고, 답답한 삶에서 도망칠 수 있어서도 그랬지만, 누구와도 나누지 못했던 달콤하고 안타까운 로맨스를, 이한과 나눠서 더욱 그랬다.

이한도 그렇게 생각할 줄은 몰랐다. 나현이 잠시 멍하니 그를 바라보았다. 그가 싱긋 웃었다.

"그래도 소용없었어. 심지어 한 번 코르도바에 다시 돌아갔지만 아무것도 느껴지지 않았지. 그리고…."

그의 시선이 나현을 훑었다.

"당신과 이곳에 오니 이제야 알 것 같군. 그 시간이 아니라 난 당신을 잊을 수 없었던 거야."

나현의 얼굴이 붉게 달아올랐다. 그에게 이런 말을 듣는 것은 스페인에서의 시간 이후 처음이었다. 입맞춤을 나누거나 몸을 겹칠 때조차 이한의 말에는 약간의 회색빛이 섞여 있었다. 정말 그녀를 사랑스러워한다는 느낌이나 좋아한다는 느낌보다는 당신이란 여자를 어찌해야 좋을지 모르겠다는, 그런 원망 섞인 말투였다.

하지만 지금 그가 쏟아낸 말들은 달랐다. 그녀를 보는 그의 눈동자에는 순수한 웃음기가 떠올라 있었다.

"전…."

착각할 것만 같다. 그의 눈빛 때문에 그의 마음이 진심이라고…. 마치 영원히 이 시간이 지속될 것만 같은, 그런 착각에 빠질 것만 같다.

그가 점점 더 좋아진다. 오만하고 자기중심적인 이 남자가 자신을 바라보면 가슴이 따끔거린다. 흙발로 자신의 마음속에 들어와 하얀 도화지 같이 투명한 바닥에 자국을 남긴다.

그와 자신이 사는 세계가 얼마나 다른지 알지만, 그리운 시간을 위해 레스토랑을 차리고 쉐프를 데려오는 남자다. 그와의 시간을 그리워하던 나현이 할 수 있는 건 사진을 다시 보는 것밖에 없는데, 그렇게 다른 것을 알면서도 그와 같은 마음이었다는 게 기쁘다. 그도 그 시간을 그리워했다는 것이, 그도 나를 원한다는 사실이 기뻤다.

나현은 뺨을 붉히며 시선을 피했다. 그러자 이한이 손을 뻗어 나현의 턱 끝을 매만졌다. 시선을 피한 그녀의 얼굴을 자신에게로 돌렸다.

"당신은?"

이한의 목소리가 낮고 부드러웠다. 마치 울림통을 울리듯, 그의 목소리가 나현의 전신을 훑고 지나간다.

"저도… 좋았어요. 그 시간들이 좋고 행복했어요."

솔직하게 말했다. 그의 달콤함 앞에 버텨낼 재간이 없었다. 어떻게 거짓말을 하겠는가! 나현 인생에 가장 반짝거리고 아름다운 날이었다. 그의 눈이 부드럽게 곡선을 그렸다.

"처음이군."

"뭐가요?"

"당신이 나에 대해, 나와 함께 있었던 시간에 대해 긍정적으로 말하는 것이 처음이야."

그럴 리가 없다. 나현의 눈에 스쳐 지나간 당혹감을 느꼈는지 이한이 웃었다.

"정말이야, 당신은 늘 겁먹은 표정만 짓고 있어. 그리고 내가 당신을 당기면 어쩔 수 없다는 듯 끌려오지."

그가 그렇게 보고 있는 줄 몰랐다. 그와의 관계에 빠져드는 것이 두려워 늘 한 걸음 뒤로 물러서 있는 자신을 그는 정확히 알고 있었다.

"겁먹은 당신 모습도 싫진 않지만."

이한이 붉은 파프리카를 잘라 나현의 입 속에 넣어주었다. 말캉한 촉감과 향긋한 냄새가 그녀를 즐겁게 했다. 입을 오물거리며 입꼬리에 살짝 미소를 걸치자, 이한의 입가에도 만족스러운 웃음이 떠올랐다.

"이렇게 나와 함께 있는 시간을 즐기는 당신은 정말 아름다워."

그럴 리가…. 못난 얼굴은 아니었지만, 눈에 띄게 예쁜 얼굴도 아니다. 그가 자신을 아름답다고 할 때마다 설레고 기분이 좋기보다는 어쩐지 어색한 옷을 입은 것 같아 마음이 불편했다.

"왜 그런 표정을 짓지?"

"아름답다는 말이…."

진심으로 들리지 않아서. 마치 놀리는 것 같아 불편해서.

"싫어요."

이한이 이상하다는 듯 인상을 찌푸렸다.

"그럼 뭐라고 표현을 할까?"

그가 엄지손가락으로 나현의 입술을 꾸욱 누르며 속삭였다.

"반짝거린다고? 눈부시다고?"

천연덕스럽게 대사를 읊는 그가 이해되지 않았다. 고개를 흔들며 중얼거렸다.

"그런 말이 아니에요. 그다지 뛰어날 것도 없는 외모인데 그렇게 말하니 죄책감이 들어서 그래요."

그 말에는 못 참겠다는 듯 이한이 웃었다.

"당신은… 똑똑하고 당찬 여자면서, 왜 어떨 때는 제 눈앞도 잘 못 보는 사람이 되어버리지?"

이한의 입술이 서서히 다가와 나현의 손바닥 위에 닿았다.

촉촉하고 뜨거운 입술의 감촉에 나현이 몸을 떨며 둘러보았다. 둘만이 유일한 손님으로 있는 레스토랑, 쳐다보는 남의 시선은 없었다. 하지만 다음 요리를 위해 언제 사람이 나타날지 몰랐다.

그의 입술이 서서히 나현의 손목을 타고 올라왔다. 간지러운 듯, 축축한 열기가 팔을 타고 온몸에 퍼졌다.

"사람들이…. 여긴 밖이에요."

그러나 이한은 멈추지 않았다. 마치 뭐라고 웅얼거리듯 입술로 오물거리며 그녀의 피부를 훑었다.

"제발…."

"아무도 안 봐. 뭐가 그렇게 두려운 거야?"

그가 입술로 그녀의 연한 팔뚝살을 빨아들였다가 뱉으며 달콤한 한숨을 내쉬었다. 그의 손가락이 나현의 손바닥 위를 쓸었다. 등을 오싹하게 하는 쾌감이 지나갔다. 이한이 낮은 목소리로 속삭였다.

"당신은 변명거리가 필요한 거야. 나를 거부하지 못할 변명거리."

그럴지도 모른다. 사실은 그에게 휘말리고 싶은데도, 평정심을 잃고 싶지 않아 그를 탓하고 있는지도….

"내 탓을 해, 내가 당신을 이렇게 만들었다고, 당신이 날 거부할 수 없게 만들었다고…."

그의 입술이 자신의 입술 위에 겹쳐왔다. 단단한 혀가 밀려들어와 그녀의 촉촉한 입술을 헤집는다. 사람이 올지도 모르는데, 이런 장면을 남에게 들켜서는 안 되는데….

눈을 감고 온전히 그를 받아들였다. 그의 탓을 하자. 사람을 매료시켜버리는 그가 나쁜 거야. 나는 나쁘지 않아….

평생 착한 아이로만 살아왔던 나현이 완전히 자신을 벗어던지고 그의 키스 앞에 무릎 꿇고 있었다. 자신의 머리카락 속에 파고드는 그의 손가락에 신음하고 흐느꼈다. 그의 혀가 입 안쪽을 희롱할 때마다 울컥 솟아오르는 흥분도, 부풀어 오른 가슴에 흩어지는 그의 한숨도 다 그의 탓이라고 변명해대며 나현은 솔직하게 그의 입술에 화답했다.

04
그 남자의 질투

다음 날 아침, 멍하게 책상 앞에 앉아 있는 나현의 앞에 동아줄 같은 커피가 한 잔 쓱 내려왔다.

"나현 씨, 정신 차려. 커피 뽑아왔어."

커피를 가져다준 주인공은 함께 개발팀에서 일했던 여자 동기였다.

"고마워요."

"어제 무슨 일 있었어? 오늘 많이 피곤해 보여."

나현은 얼굴을 붉히며 고개를 저었다.

"아, 아니요, 그냥 피곤해서."

"그래, 갑자기 맡은 일이 많아서 피곤하지?"

"네, 좀…."

거짓말이었다. 나현이 이렇게 피곤하고 정신이 흐트러진 이유는 이한이었다.

스페인 레스토랑에서 로맨틱한 데이트를 마친 둘은 집으로 향했다. 이미 불꽃이 타오르고 있었기에 집에 돌아가서도 차마 떠올리기도 민망한 밤을 보냈다.

그의 손길에 흥분하고 신음하며 먼저 달려들어 뜨거운 키스를 퍼부었다. 자정을 넘길 때까지 침대 위에서 시간을 보내다가 까무룩 잠이 들었다.

눈을 뜬 것은 동틀 녘이었다. 시트가 쓸리는 희미한 소리에 나현은 살짝 눈을 떴다. 자신을 안고 있던 단단한 가슴팍이 떨어져 나가자 뜨겁기만 했던 체온이 서늘하게 느껴졌다.

몸을 일으킬까 하다가 전라에 온몸이 축축하게 젖어 있다는 걸 깨달은 나현은 눈을 다시 감았다. 방안이 어슴푸레했다. 열기가 식어 완전히 이성을 회복한 나현은 자신의 맨살을 그의 눈앞에 드러낼 자신이 없었다.

침대에서 빠져나간 이한이 한숨을 쉬더니 자고 있는 나현의 뺨에 손을 가져다댔다.

부드럽고 따뜻한 손길이 다정했다. 그의 손바닥이 그녀의 뺨을 쓸다가 곧 떨어졌다. 그가 침대에서 내려가는 바람에 매트가 출렁였다.

자박자박, 그는 조용히 방을 나갔다. 잠시 후, 완전히 정신이 든 나현이 옷을 대충 갖춰 입고 방을 나섰을 때 이미 집에 이한의 흔적은 없었다. 시계를 보니, 새벽 다섯 시였다.

잠이 부족할 수밖에 없다. 마음도 소란스러웠다. 회사 사장인 그와 계속 이렇게 살을 맞대고 지내도 될지 고민이 되기도 했고, 손 안에 떨어진 거대한 프로젝트 때문에 복잡했다.

"참, 오늘 개발 3팀 팀장님이 추천한 사람이 인터뷰 보러 오기로 했다며?"

"아, 네."

나현의 손에 몇 명의 이력서가 이미 들어와 있었다. 대부분의 이력은 잘 알고 있었다. 이쪽 세계는 좁았다. 면역 관련 제약 업무에 즉시 투입될 수 있는 사람 수는 한계가 있었다.

이력서를 확인하던 나현의 입술에 미소가 걸렸다. 익숙한 이름이었다. 연구실에서 자신을 돌봐주던 바로 한 학번 위 선배였다. 이미 포스트닥터로 면역조절제를 연구해본 적 있는 유능한 인재였다. 그가 들어와서 도와준다면 큰 힘이 될 것이다.

나현이 손에 든 이력서를 보고 미소 짓던 그때, 갑작스런 인기척을 느껴 올려다보니, 비스듬하게 그녀를 내려 보는 시선이 있었다. 이한이었다.

놀란 나현이 굳은 표정으로 바라보자, 그가 그녀의 손에서 이력서를 뺏어갔다.

"누구지?"

"네?"

무슨 말인지 몰라 올려다보니 그가 다시 물었다.

"당신이 보고 있던 이 남자, 누군지 물었어."

이한이 뺏어온 이력서를 한눈에 훑었다.

"임규성?"

조금 뾰족해진 듯한 목소리에 나현이 고개를 끄덕였다.

"네."

"오늘 인터뷰 하러 오는 사람인가?"

"네, 개발 4팀의 책임자 자리를 생각하고 오늘 면접 보러…."

이한의 시선이 이력서에서 나현에게로 옮겨갔다.

"그래서, 누구지?"

"네?"

오늘 인터뷰 하러 오는 사람이라고 이미 말했는데, 다시 묻는 저의를 몰라 되물었다.

"함나현 씨랑 아는 사이잖아?"

종이를 바라보고 있었을 뿐인데 나랑 아는 사이인 건 어떻게 알았을까.

"아, 같은 학교 출신이에요."

이한이 눈을 가늘게 뜨고 쳐다봤다. 왜지? 잘못한 게 없는데 뭔가 찔리는 듯한 이 느낌은.

"그래?"

"네."

따로 뭐라고 하지는 않았지만, 그의 시선이 따가웠다. 왜 그렇게 자신을 보는지 모르겠지만….

아니, 내 생각이 과할지도 몰라. 이한이 쳐다보기만 해도 무섭고 어쩔 줄 몰랐던 나현이었다. 하지만 그와 몸을 겹치고 나서는 그의 시선이 단순히 두렵다기보다 오싹해지곤 했다. 그의 눈이 자신을 훑을 때면, 그냥 쳐다보는 것일지도 모르지만 다르게 느껴졌다. 그에게서 도망갈 수 없었다.

왜 하필이면 빠져도 이런 남자에게 빠졌을까….

이력서를 다시 건네주며, 그는 한쪽 입꼬리만 올려 웃었다. 입가에 걸린 미소가 얄미우면서도 매력적이었다. 눈을 뗄 수 없었다.

다른 사람이었으면 좋았을 것을…. 이 관계가 끝나도 쉽게 잊을 수 없는 사람이다. 그 끝을 생각하니 가슴이 찌를 듯이 아팠다. 상념을 털어내려 고개를 흔들고는 손에 든 이력서로 시선을 돌렸다. 이럴 때가 아니야.

***

다섯 명의 인터뷰가 무사히 끝났다. 면접이라고는 하지만 연구 실적과 소개로 들어온 사람들이라 거의 대부분 내정된 상태였다.

근무 조건을 너무 까다롭게 설정했다며 서로 안 맞는다고 한 사람을 제외하면, 전원 채용이 결정되었다.

나현은 서류를 정리하며 작게 안도의 한숨을 쉬었다. 이 시기에 경력자를 이정도 모을 수 있을지 많이 걱정했는데, 이한이 파격적인 조건을 결재해준 덕분에 무사히 팀을 꾸릴 수 있을 것 같았다. 특히 팀장이 그랬다.

"나현아."

회의실을 나와 사무실로 가는데, 어디선가 익숙한 목소리가 들렸다.

"선배."

나현의 선배로, 이번에 개발 4팀의 팀장을 맡게 된 규성이었다.

"오랜만이야. 잘 있었어?"

"네."

"학교에 얼굴도 안 비추고, 많이 바빴나 보지?"

규성의 애정 섞인 핀잔에 나현이 피식 웃었다. 석사만 끝내고 바로 취직한 나현과 달리, 규성은 학교에 계속 남아 연구를 진행하고 있었다. 사실 팀장 자리를 그에게 제안은 했지만, 그가 수락해줄 거라고 확신하지 못했다. 곧 조교수로 발령이 날 거라는 소문을 다른 동기로부터 들은 적이 있었다. 당연히 학계에 남을 것이라고 생각한 규성이 오늘 인터뷰에 와준다고 해 기대가 컸다.

"조금요. 선배도 많이 바빴죠? 잡지에 실린 거 봤어요."

작년에 영향력이 높은 국제학술지에 규성의 논문이 실렸다. 면역력의 기조와 관련된 기초논문이었는데, 파장이 커서 올해 많은 논문에 인용되고 있었다. 그 전에도 워낙 좋은 내용을 많이 발표했던 터라, 큰 문제가 없었다면 연구를 계속할 수 있었을 것이다.

"봤어? 연락이나 하지."

워낙 집안일이 복잡하고, 회사에 입사하고 나서는 일에 묻혀 살아 거의 개인적인 만남을 할 겨를이 없었다. 졸업을 하고 몇 번, 뭐 하냐는 규성의 문자가 왔지만 언제 한 번 찾아가겠다고만 하며 회피했었다.

사실은 여러 가지 묻고 싶었다. 학교에 다닐 때는 멘토 역할을 해주었던 실질적인 선배였다. 하지만 다른 사람들 일도 바쁠 텐데 폐를 끼치고 싶지 않았다.

어색하게 웃는 나현을 보고 규성이 물었다.

"동생은 잘 있고?"

"네."

"그래, 이제 자주 보겠네. 같은 회사에 다니니까 말이야."

규성의 말에 나현이 궁금했던 질문을 조심스레 던졌다.

"선배, 왜 취직하시는 거예요?"

혹시 학교에서 무슨 일이 있었던 걸까…. 아무리 그래도 그의 연구 실적이면 모교가 아니더라도 갈 곳은 많았을 것이다. 물론 포스트닥터 후에 취직하는 일이 없는 것은 아니었지만, 기억하기로 그는 학계에 남는 것을 원했던 것 같아 의아했다.

나현이 묻자 규성이 그녀를 빤히 바라보았다.

"왜일 것 같아?"

나현은 고개를 갸웃했다.

"왜요?"

그러나 규성은 말없이 바라만 보다가 씩 웃었다.

"나중에 차차 이야기하자. 매일 볼 테니까."

"네."

규성이 어깨를 두들겨주고 몸을 돌렸다. 나현이 잠시 망설이다가 멀어지는 규성을 불렀다.

"선배."

"응?"

그가 돌아보자 나현이 고개를 숙였다.

"와줘서 고마워요."

무슨 사정이 있어 회사에 취직하는 것인지는 알 수 없었지만, 아무리 조건이 좋다고 한들 지금 진솔제약이 어려운 사정인 것은 다 아는 사실이었다. 다른 사람도 아니고 경험이 풍부한 규성이 와준 것은 큰 힘이 되었다.

"별소리를 다하네. 이제 같이 고생할 사인데 뭘. 또 보자!"

혼자 남은 나현은 한숨을 내쉬었다. 앞으로의 연구에 고생길이 훤했지만, 그래도 잘 될 거라고 믿고 싶었다.

***

야근을 마치고 집에 돌아온 나현은 환한 거실 불에 당황해 잠시 멈춰 섰다.

누구지? 10시가 넘었는데. 집에서 일하시는 분들은 다 퇴근하셨을 시간이다.

조심스레 거실 쪽으로 다가간 나현의 눈에 이한이 보였다.

정장을 차려입고 있던 평소와 달리, 얇은 화이트 셔츠에 네이비 바지를 입고 있는 그는 한결 편안한 느낌이었다. 늘 렌즈를 썼던 걸까? 그의 코끝에 안경이 걸려 있었다. 그가 안경을 쓴다는 사실을 처음 알았다. 다리를 꼬고 앉아 서류를 보는 그는 아직 나현이 집에 들어온지도 모르는 듯 열중해 있었다.

왜 여기 있지? 놀라서 발을 멈춘 나현은 스스로가 어이없어 웃었다. 이한의 집이다, 그가 있는 것이 당연했다.

그동안 이한이 늘 늦게 들어왔던지라 그가 먼저 집에 와 있는 상황이 낯설게 느껴졌다. 그녀의 기척에 서류를 확인하던 그가 눈을 들었다.

"왔어?"

"네, 오늘은 일찍 집에 오셨네요."

이한의 눈이 벽에 걸린 시계로 향했다. 10시를 조금 넘긴 시간, 나현이 어색하게 웃었다.

"일찍?"

"일, 일찍은 아닌가…."

코끝에 건 안경을 벗으며 이한이 말했다.

"정확하게 말하자면 함나현 씨가 늦게 온 거지."

이한이 자리에서 일어나며 서류를 내려놓았다. 그녀에게 다가오며 말했다.

"왜 이렇게 늦게 왔지?"

"일이 많아서 퇴근이 늦어졌어요."

이한이 손만 뻗으면 가까울 정도의 거리까지 다가왔다. 약간 날이 선 그의 말투에 나현이 물었다.

"늦어지면… 연락 했어야 하는 건가요?"

나를 기다린 것일까? 요 며칠 퇴근 후 줄곧 시간을 함께 보냈었다. 하지만 지금까지 한 번도 이한이 먼저 집에 들어오는 경우는 없었기에, 그가 자신을 기다린다는 생각 자체를 하지 못했다.

"아니, 늦는 건 당신 자유지."

그렇게 말하면서도 이한의 표정은 밝지 않았다. 무언가를 살피는 것처럼 나현의 얼굴을 뚫어지게 바라보았다.

"미국 출장 가는 건과 개발 4팀 건 때문에 늦어졌습니다."

"그 개발 4팀 말이야, 팀장으로 함나현 씨가 추천한 사람이 그 선배라던 남자더군."

나현이 고개를 끄덕였다. 제약, 그것도 개발팀에서는 아는 사람을 소개받아 회사에 입사하게 되는 경우가 적지 않았다. 애초에 인재풀 자체가 좁아, 같은 분야를 연구하면 적어도 한 다리 건너면 다 아는 사이였다.

"무슨 사이지?"

추궁하는 듯한 말에 나현이 살짝 인상을 찌푸렸다.

"아까 학교 선배라고 말씀드렸는데…."

이한이 작게 한숨을 내쉬었다.

"그것만은 아닌 것 같던데."

"연구실 선배였어요. 저를 많이 돌봐준 선배요."

이한이 손을 뻗어 어깨 위에 손을 올렸다. 재킷 위로 그의 체온이 느껴졌다.

"그냥 선배?"

왜 그가 꼬치꼬치 캐묻는지 알 수 없었다. 규성은 그냥 선배였다. 늘 따르고 존경하는 선배 그 이상도 이하도 아니었다.

"무슨 대답을 기대하신 건진 몰라도 그냥 선배 맞습니다. 왜 물어보시는지 여쭤봐도 될까요?"

혹시 인맥으로 꽂아준 것이라고 생각하는 것일까? 나현이 서둘러 말을 덧붙였다.

"제 사사로운 감정 때문에 팀장으로 추천한 건 아닙니다. 만약 그렇게 생각하신 거면, 정말 아니에요. 애초에 추천은 개발 3팀장님이 하신 거고 물론 저도 추천하긴 했지만, 그 자리에 잘 맞아서 추천한 거지, 제 학교 선배라고 우대한 것은 아니에요."

이한의 고개가 살짝 기울어졌다.

"나도 이력서는 봤어. 그 자리에 잘 맞는 사람이라고 생각해."

"그럼 왜 이런 질문을 하시는 건가요?"

이한이 웃었다. 얼마나 가까운지, 그의 웃는 숨결이 나현에게 닿을 정도였다. 그러나 이한은 멈추지 않았다. 그의 입술이 나현의 귀에 닿을 정도로 더 다가왔다.

"왜냐고? 정말 모르겠어?"

그의 숨결이 귀를 간지럽히자, 나현이 살짝 몸을 움츠렸다.

"네, 모르… 겠어요."

그러자 이한이 낮은 목소리로 속삭였다.

"당신 참 둔해. 지금 질투하는 거잖아. 당신이 다른 남자를 보고 웃으니 질투가 난다고."

질투?

생각지도 못한 말에 나현의 눈이 크게 떠졌다. 파르르 떨리는 그녀의 속눈썹을 이한이 물끄러미 바라보다 픽, 웃었다.

"왜 그렇게 놀라지?"

너무 당연한 것을 왜 묻는지 모르겠다는 말투였다. 나현은 그래서 더욱 놀라지 않을 수가 없었다. 어떻게 보면 자신을 쫓아 진솔 제약까지 온 남자다. 그리고 자신의 집에 눌러 앉혔다. 그가 얼마나 집착하고 신경 쓰는지 알 수 있었다.

하지만 막상 그와 직접 대면하면 그런 느낌은 전혀 들지 않았다. 이한의 앞에만 서면 자신도 모르게 발가락이 오므려지고, 심장 박동이 높아졌다. 반면에 그는 시종 여유로웠다. 머리카락을 쓰다듬을 때도, 뺨에 손가락을 댈 때도 거리낌이 없었다. 그가 날 어떻게 생각할까, 늘 신경 쓰이고 불안해하는 것과 달리, 그는 조금의 망설임도 없었다.

나현이 자신에게 빠진 걸 이미 잘 아는 것처럼 이한은 자신감이 넘쳤다. 그런 그가 질투를 한다니 믿기지가 않았다.

그냥, 이한이 질투를 한다는 자체가 믿을 수 없었다. 그의 얼굴을 물끄러미 바라보았다. 흠 잡을 데 하나 없는 얼굴이다. 날카로운 콧날에 은은히 어려 있는 윤기. 매력적인 입술이 살짝 벌어져 나현을 유혹하고 있었다.

외모뿐만이 아니었다. 진솔 그룹의 장자로, 나고 자라면서 그에게 부족한 것은 없었을 것이다. 그런 그가 무엇 때문에 질투를 한다는 것인가.

"저 때문에 질투를?"

이한은 당연하다는 표정으로 나현을 바라보았다.

"아니, 좀 의외여서요…."

"뭐가?"

"사장님은 그런 것에 신경 쓰지 않으실 줄 알아서."

이한이 피식 웃었다.

"또!"

"네?"

뜬금없는 말에 나현이 되물었다. 하지만 이한은 말 대신 손가락을 놀렸다. 그의 손이 옷깃에 닿았다. 손가락 끝이 셔츠의 카라 부분을 매만졌다. 신체에는 1mm도 닿아 있지 않았건만, 묘한 긴장감이 흘렀다.

"사장님이라고 부르면 당신을 만지는 것도 왠지 해서는 안 되는 일 같아서 내 이름을 부르라고 했잖아. 당신도 나도 퇴근했으니 이름 불러."

하지만 그게 마음처럼 쉬운 일이던가.

"신경 쓰지 않으실 줄 알면서…. 그런 말투도 그만둬. 어색하지 않아?"

"어색하지 않습니다. 오히려, 반말 쓰는 게 더 힘들어요."

이한이 고개를 약간 기울이고 그녀를 바라보았다.

"스페인에서는 그렇게 어렵지 않아 보이던데."

"그때는 제 사장님이 아니셨으니까."

그의 말대로 스페인에서는 상하관계 없이 그를 '진'이라고만 불렀다. 그가 자신의 사장님이 아니었으니까, 자신의 목줄을 잡고 흔드는 그런 인물인지 몰랐으니 할 수 있었던 표현이었다.

***

파란 하늘과 내려쬐는 햇살 속, 터덜터덜 골목 사이를 누볐다. 한국에서는 찾아볼 수 없는 하얀색 집들이 햇빛을 반사시켜 눈을 아프게 했다.

"하아…."

"힘들어요?"

이한, 그 당시까지만 해도 진이라고 알고 있던 매력적인 동행이 한숨 쉬는 나현을 보고 웃었다.

"그냥, 조금…."

"한숨의 의미가 뭐지? 업어달라는 뜻인가?"

쪼그려 앉은 그녀를 이한이 사랑스럽게 바라보았다. 30도가 넘는 날씨, 하루 종일 걸어 다녀 땀으로 얼룩진 그녀와 달리 그는 마치 호텔에서 막 나온 듯, 땀 한 방울 흘리지 않았다.

여유까지 부리며 농담하는 게 알미워 올려다보며 눈을 흘겼다. 연신 부채질을 하며.

"누가 업어달랬어요?"

삐죽거리는 나현을 향해 이한이 손을 내밀었다. 이 남자는 뱀파이어인가? 그의 손을 잡으니 서늘한 느낌에 기분이 좋아졌다. 이한이 나현의 뺨을 타고 흐르는 땀을 쓸어내렸다.

"더러워요!"

혹시 끈끈한 땀 때문에 불쾌하진 않을까 걱정이 되었다. 하지만 이한은 즐거운 듯 웃었다. 웃는 모습이 밉살스러워 눈을 흘기면서도 그의 손을 잡아끌었다.

"닦아줄 테니 손 이리 줘요."

그의 손바닥을 물티슈로 닦았다. 단단하고 남자다운 손이다. 무심결에 그의 손바닥을 손끝으로 훑었다. 간지러운지 그가 손가락을 움츠렸다.

"지금 나 유혹하는 겁니까?"

***

자신을 바라보는 그의 매력적인 눈매는 변함이 없었지만, 그때
와 지금은 많이 달랐다. 나현이 고개를 흔들어 머릿속에 떠오른
잡념을 지웠다.

왜 이렇게 호칭에 집착하는지 알 수 없었다. 사장님이라고 부른
다고 나현이 그에게서 헤어나올 수 있는 것도 아닐 텐데.

"이 옷을 벗어 던지면 날 사장이 아닌 한 사람의 남자로 봐줄까."

이한의 단단한 손가락이 셔츠 안으로 밀려들어 왔다. 저릿한 느
낌이 들어 몸을 돌렸다.

"사장, 아니 이한 씨…."

"응, 말해."

이한의 코가 나현의 목을 간지럽히고 있었다. 그뿐이 아니다. 자
신을 압도하는 그의 몸이 자신을 벽으로 몰고 가 팔 사이에 가두
었다. 그의 은은한 체향이 섞인 비누 향기가 밀려와 어지러울 정
도였다.

"아, 아직… 아직…."

이미 샤워를 하고 나온 듯한 그와 달리 오늘 종일 회사에서 뛰
어다니며 일했으니, 씻어야 했다. 아직 씻지 않았다고, 최소한 샤
워를 하게 해달라고 말하고 싶었지만 그의 입술에 막혀 아무 말도
나오지 않았다.

결국, 저항은커녕 신음을 흘리며 그의 손 안에서 흐트러졌고, 업무와 격렬한 정사로 인한 피로가 겹쳐 나현은 까무룩 잠이 들었다. 그녀가 깬 것은 자정 근처가 되어서였다.

끈적인다, 격렬한 관계 끝에 그녀의 몸은 땀과 여러 액체들로 뒤덮여 있었다. 불쾌한 느낌에 몸을 일으켰다. 뜨거운 물에 몸을 씻고 싶었다. 그녀가 고개를 들자, 드러난 등 뒤를 누군가가 손바닥으로 쓸었다. 서늘하고 부드러운 손, 돌아보지 않아도 누군지 알 수 있었다. 그에게 보일까 드러난 맨 가슴을 시트로 가리며 몸을 일으켰다.

"깼어?"

"네, 씻고 올게요."

뜨거운 시선이 등 뒤로 느껴졌다. 지금 일어서면 시트로 가린 앞은 둘째 치고, 뒤는 오롯이 그의 눈에 드러나게 된다. 나현이 고개를 살짝 돌려 부탁했다.

"눈 좀 돌려주시겠어요?"

이한이 웃음을 터트렸다.

순순히 다른 곳을 봐줄 것 같지 않았다. 싫다고 하면 오히려 더 꼼꼼히 바라볼 것 같았다. 한숨을 쉬고 시트를 움켜쥐며 일어나려는데, 나현의 몸이 붕 떠올랐다.

"꺄앗!"

알몸인 상태로 그에게 안긴 나현이 놀라 버둥거렸다.

"이한 씨!"

높은 목소리가 방을 울렸다. 아래서 올려다본 그의 입매에는 만족스러워하는 웃음이 걸려 있었다.

"눈 돌리고 있으니 걱정 마."

그의 말대로 눈은 나현을 보지 않았지만, 무슨 소용인가. 그의
팔에 알몸으로 매달린 나현은 떨어질까 두려워 어쩔 수 없이 그를
꼭 붙들 수밖에 없었다. 그는 그녀를 들고 욕실로 성큼 걸어가, 사
뿐히 욕조에 내려놓았다.

그제야 나현은 드러난 몸을 가리며 그를 노려보았다.

"이런 장난 하지 마세요."

이한은 그저 짓궂은 미소를 짓더니 샤워기를 틀어 따뜻한 물을
천천히 끼얹었다.

얼른 손을 내밀어 그에게서 샤워기를 뺏으려 했다.

"저도 할 수 있어요."

"알아. 하지만 내가 하고 싶어서."

그가 쥔 샤워기에서 따뜻한 물이 쏟아지며 몸을 노곤하게 만들
었다. 그러나 여전히 자신을 바라보는 눈빛 때문에 나현은 얼굴을
붉혔다. 달아오른 뺨을 이한이 손끝으로 톡톡 두들겼다. 샤워기에
서 튄 물 때문에 뺨에 물방울이 맺혔다.

"당신은 말이야…."

이한의 목소리가 나른했다.

"창피하고 쑥스러우면 여기가 빨갛게 돼. 복숭아가 맛있게 익었
을 때처럼 핑크빛으로 달아오르지. 그런 자신이 얼마나 아름다운
지 알고 있나?"

그렇지 않아도 붉어졌던 얼굴이 더 붉게 달아올랐다. 그는 왜

자꾸만 나에게 아름답다고 할까?

"그런 말 싫어요."

"무슨 말?"

"아름답다든지, 예쁘다든지…."

그렇게 눈에 띄는 얼굴도 아니건만, 자꾸만 그가 아름답다고 할 때마다 마음이 복잡했다. 그런 말을 들어서는 안 될 것 같고, 마음이 불편했다. 이한의 눈빛이 진지해졌다. 웃음기가 쏙 빠진 눈으로 그녀를 보았다.

"왜 싫지?"

당신 곁에는 얼마든지 예쁜 여자가 많을 텐데 나 따위가 아름답다고 느낄 리가 없다. 그렇게 말하고 싶다가도, 그렇게 자격지심을 가진 자신이 미워 말하지 않았다. 초라해질 것만 같았다.

말없이 고개를 돌리자 이한의 손이 나현의 얼굴을 쓸었다.

"함나현 씨는 참 아름다워. 모르겠어, 다른 사람들 눈에는 어떻게 보일지 몰라도…."

그의 목소리가 낮게 깔렸다.

"내 눈에는 당신 같은 사람이 없어. 당신의 체향처럼 달콤한 것도 없고, 당신의 미소만큼 날 설레게 하는 것도 없어."

그답지 않게 입에서 부드러운 한숨이 흘러나왔다.

"왜 그런 걸까? 함나현 씨."

대답할 수 없는 질문을 던지는 그의 목소리가 살짝 굳어 있었다.

"왜 당신이 아니면 안 되는 걸까?"

한숨 섞인 그의 말에 나현은 대답할 수 없었다.

여전히 그의 손에 들린 샤워기에서는 따뜻한 물이 쏟아져 나와 그녀의 몸을 적시고 있었다. 그러나 방금 전까지 노곤하게 녹아 있던 몸은 그의 말에 바짝 긴장한 상태였다. 지나치게 달콤해 귀를 의심할 정도였다.

"왜…."

그런 말을 할 줄은 몰랐다. 갑작스런 고백이라 말을 잇지 못했다. 정말일까? 정말… 그의 눈에 그렇게 보인다면 그건 그가 나를….

나현이 눈을 크게 뜨고 이한을 바라보았다. 이 물줄기가 자신을 적셔가는 것처럼, 그의 말 한마디 한마디가 자꾸만 자신을 그의 색으로 물들여간다.

착각에 빠질 것만 같아…. 그가 자신을 좋아한다는, 정말 사랑한다는 착각. 그냥 착각에서 끝나면 괜찮은데, 점점 마음의 문을 열고, 점점 더 깊숙이 그가 들어온다.

그의 앞머리가 자연스럽게 흘러내려 오른쪽 눈을 반쯤 가리고 있었다. 코끝에는 샤워기에서 튄 물이 맺혀 있고… 늘 단호하게 닫혀 있던 입술은 살짝 벌어져 부드러운 곡선을 그리고 있었다.

이렇게 무방비로 드러난 얼굴은 처음 봤다. 나현이 홀린 것처럼 손을 뻗어 그의 코끝에 맺힌 물방울을 만졌다. 뜨거웠던 물방울이 식어 차갑다. 코끝에서부터 천천히 입술까지 훑어 내렸다. 붉은 입술을 엄지손가락으로 문질렀다. 그가 자신에게 했던 것처럼.

더듬고 있는 그의 입술이 곡선을 그린다.

"지금 나 유혹하는 거야?"

언젠가 들었던 대사, 웃음이 튀어나왔다. 그런 나현을 이한이 의아한 눈으로 쳐다봤다.

어쩌면, 어쩌면 이 사람은 늘 이렇게 제자리에 같은 모습으로 있었던 건지도 모른다. 처음부터 오만하고 매력적이었던 남자, 처음부터 이렇게 계속 나를 바라보고 있던 남자.

"네, 유혹하는 거예요."

턱을 들고 한껏 도도하게 말해보았다. 실오라기 하나도 걸치지 않았기에, 더 아름답게 보일 방법은 그게 유일했다.

이한이 물에 젖는 것을 무시하고 다가왔다. 그의 촉촉한 입술이 나현의 입을 덮었다. 그리고 부드럽게 잠식해왔다.

***

사랑에 빠진 사람의 표정은 숨길 수 없다. 뺨을 스쳐 지나는 차가운 바람조차 붉게 달아오른 나현의 마음을 식힐 수 없었다. 표정에서도 티가 나는 걸까?

"나현 씨, 무슨 일이야?"

회사로 출근한 나현이 책상에 가방을 올려놓는데, 옆 자리 이대리가 아침 인사처럼 물었다. 나현이 무슨 말이냐며 눈을 깜빡였다.

"뭐 좋은 일 있는 것 같아서."

서둘러 변명했다.

"옷을 새로 사서 그렇게 보이나 봐요."

달아 오른 뺨을 숨길 수 있는 좋은 변명거리였다. 외부 사람을 만날 일이 없는 연구팀에 있을 때와 달리, 기획팀에 들어온 지금은 거의 매일 사람들을 만난다. 처음 이한이 말한 것처럼 옷차림은 중요했다.

하지만 이 대리의 눈은 여전히 의심을 거두지 않고 있었다.

"응, 옷도 그렇지만 뭔가 표정이라든지 얼굴…. 뭘까, 콕 집어 말할 수 없는데 혹시 뭐 맞았어?"

무슨 말인지 이해가 가지 않아 대답을 못하고 입만 벌린 채 바라보았다.

"필러나 주사 그런 거 말이야."

"아이, 대리님. 그런 거 맞을 시간이 어디 있어요?"

나현의 애교 섞인 타박에 이 대리도 고개를 끄덕이며 웃었다. 주 5일인 회사였지만, 당장 모레 떠나는 미국 출장 때문에 휴일도 모두 회사에 반납한 상태였다.

"하긴 그렇지. 4팀이랑 미국 출장 가는 것 때문에 바쁘지?"

동정 어린 이 대리의 말투에 나현이 고개를 저었다.

"괜찮아요."

아니, 괜찮은 것을 넘어서 좋기까지 했다. 처음 기획팀으로 옮길 때만 해도 불안하고 걱정이 컸다. 어떻게 될지 모르는 뿌연 안개 속을 걷는 느낌이었다. 하지만, 지금은….

이상하게도 가슴이 두근거리고, 신이 났다. 일도 만족스러웠다. 하루하루 눈코 뜰 새 없이 바빴지만, 그 바람에 수시로 떠올랐던 우울한 생각들도 더는 하지 않았다. 동생 유현을 위해서 최선을 다하고 있다는 생각이 들어 태어나서 처음으로, 스스로에게 자부

심까지 들었다. 이한 때문일까.

"그래, 너무 무리하지는 말고."

이대리에게 일부러 웃어 보이고는, 손에 든 서류로 눈을 돌렸다.

시간은 바람과 같이 빠르게 지나갔다. 개발 4팀이 다 꾸려지고, 팀장으로는 학교 선배였던 규성이 오게 되었다.

규성을 떠올리자 그를 질투하던 이한이 자동으로 머릿속을 차지했다. 그렇게 서류를 보다 잠시 손을 멈춘 사이 전화벨이 울렸다.

"네, 기획팀 함나현입니다."

─기획 4팀 임규성입니다.

"선배, 정리는 잘되셨어요?"

─응, 지금 서류 읽어보고 있는데 궁금한 게 있어서. 잠깐 볼 수 있을까?

"네, 물론이죠. 제가 내려갈까요?"

수화기 건너편에서 규성이 잠시 말이 없었다. 무슨 일이지? 선배답지 않게 어두운 분위기였다.

─음, 아니. 내가 올라갈게.

"네."

목소리도 묘하게 가라앉아 있어 조금 불안한 느낌이 들었다.

＊＊＊

나현은 규성과 함께 미팅 룸으로 향했다. 규성의 손에는 '임상 시험 3차'라고 라벨이 붙은 서류철이 들려 있었다. 나현의 눈에도 익숙한 서류였다. 자신이 만든 것이었으니까.

"무슨 일이에요? 뭔가 문제 생기신건… 아니죠?"

규성이 서류철을 슥 내밀었다.

"시험 다시 봤는데, 이거 어떤 사람들이 관련된 거였어?"

"시험 자체의 설계는 3팀의 팀장님과 이대리님이 맡으셨고, 감독은 저랑 최하진 씨랑…."

대답을 하다가 문득, 질문 자체가 단순히 누가 관련되어 있냐고 묻는 것 같지 않아 말을 멈췄다.

"뭔가 이상한가요?"

"세포실험, 동물실험 다 효과가 명확했는데 왜 임상시험에서 이렇게 문제가 있었는지 다시 찾아보고 있는 중인데… 아무래도 임상시험에서 뭔가 잘못된 것 같아."

사실 나현도 거기에 대해서는 인지하고 있었다. 하지만 개발 3팀의 팀원 전부가 다시 검토했지만, 뚜렷한 원인을 찾아낼 수 없었다.

"아무리 종차(種差)가 있다고 해도 이정도로 차이가 발생할 수는 없잖아. 다른 것도 아니고 면역실험인데 말이야. 그래서 말인데…."

"뭔가 짐작 가시는 게 있으세요?"

그동안 관련된 동료들만이 원인을 찾았기 때문에 새로운 시각이 필요한 때였다.

"혹시, 혹시 말이야. 인위적인 팩터를 생각해보진 않았어?"

규성의 말에 나현의 미간이 살짝 찌푸려졌다.

"인위적인 팩터…. 조작 말씀이신가요?"

설마, 하는 마음에 나현이 되묻자, 규성의 입술이 비틀렸다.

"확인은 해본거지?"

확인…. 임상시험이 성공적으로 끝났을 경우, 허가를 받기 위해 여러 검사를 거치지만, 임상시험이 실패로 끝났을 때는 약물의 개발 재고를 위해 회사 내에서 확인하는 게 전부였다. 그 과정에서 인위적인 조작이 있었을 거라 의심하고 확인한 사람은 없었다.

"하지만 시험결과가 좋았던 것도 아니고, 누가 왜 일부러 나쁘게 나오도록 조작했겠어요?"

실험군을 조작한다든지, 시험 방법을 교묘하게 건드린다든지, 결과나 통계치를 수정하는 임상시험 조작은 늘 있을 수 있는 일이다. 하지만 다 약의 효능을 인정받기 위해 하는 일이었다. 누가 왜, 멀쩡한 약의 개발을 막겠어.

"이유는 모르겠지만, 난 이해가 안 가서. 소규모라도 시험을 다시 해보면 어떨까."

"이미 작은 규모로 했었어요, 선배."

규성이 난감한 얼굴로 조심스레 말을 꺼냈다.

"개발 3팀이 아니라… 새로 꾸며진 개발4팀에서…."

나현이 주먹을 꼭 말아쥐었다.

"조작이 3팀 내에서 이루어진 거라고 생각하세요?"

"그럴 가능성이 있다고는 생각해, 확실하지는 않지만."

그렇게 생각을 해본 적이 없었다.

오랫동안 같이 일했던 개발 3팀 팀원들의 얼굴이 떠올랐다. 이런 일을 할 것처럼 느껴지는 사람은 아무도 없었다.

하지만 그녀 역시 줄곧 품고 있던 의문이었다. 그리고 시스테람을 살리기 위해서는 무엇이라도 해보아야 했다.

"가능하면 조용하게, 윗선에 보고하고 같은 시험을 반복해서 4팀에서 할 수는 없을까?"

이한의 얼굴이 떠올랐다. 이한에게 직접 보고하면….

"제가 한번 알아볼게요."

나현의 긍정적인 반응에 규성이 고개를 끄덕였다.

***

사장실로 찾아오는 방법도 있었지만, 괜한 눈길을 끌고 싶지 않았다. 특히 개발 3팀 사람들, 임상시험에 깊숙이 관여했던 사람들이 알게 되면 문제가 생길 수도 있었다.

거실에서 초조하게 이한을 기다리다, 문이 열리는 소리에 얼른 뛰어나갔다. 너무 급하게 움직이다 몸이 휘청 흔들렸다.

"앗!"

현관에 다다른 순간, 대리석 바닥에 발이 미끄러지며 균형을 잃은 것이다. 넘어지려던 찰나, 마침 구두를 벗고 있던 이한이 그녀의 몸을 낚아챘다.

"아, 어…."

돌바닥에 그대로 쓰러졌다면 위험한 순간이었다.

바보같이 어린애 같은 모습을 보였어. 나현이 가쁜 숨을 몰아쉬며 이한의 팔을 밀어내고 일어섰다. 얼굴이 빨개진 채, 그를 바라보았다.

"오, 오셨어요?"

창피해서 얼굴이 붉어진 나현과 달리, 그의 입술에는 만족스러운 미소가 걸려 있었다.

"무슨 일이지? 당신이 마중을 다 나오고."

이한이 의아한 얼굴로 쳐다보았다.

"아, 아니 그게 아니라…."

당황한 나머지 해야 할 말을 까먹었다. 세차게 고개를 흔들었다.

"하고 싶은 말이 있어서, 사장님이 오시는 소리가 들려 뛰어나오다 그만."

"무슨 이야기길래 이렇게 뛰어나올 정도야?"

"회사 일입니다.

누군가 인위적으로 임상시험을 조작했을지도 모른다는 규성의 말을 들은 후로 하루 종일 그 생각뿐이었다. 집에 오고 나서도 저녁도 거른 채 관련 서류들을 읽고, 가능한 플랜을 세우고 있었다. 분명 머릿속에 일 생각밖에 없었는데.

그런데 이한을 만나고 나서는 이 모양 이 꼴이다. 겨우 정신을 차리고 당장 그에게 말하려고 입을 열려는데, 이한이 그녀의 어깨를 끌어당겼다. 스르륵, 물 흐르듯 그의 품속으로 빨려 들어갔다. 그의 가슴팍에서는 은은하게 향기가 났다.

"집에서 회사 얘기는 하지 않기로 하지 않았나?"

꾸짖는 듯한 말투에 나현이 두 팔로 그를 밀어내고 고개를 들었다.

"중요한 일입니다."

이한이 고개를 들어올렸다.

"말해봐."

"장기이식자들에게 개발 3팀이 진행했던 임상시험, 다시 진행하고 싶습니다."

이한은 잠시 입을 다물고 그녀를 바라보았다. 무언가를 생각하는 듯, 그의 눈동자가 좌우를 살폈다.

"부정이 의심되나?"

임상시험을 다시 한다는 말만 듣고도 바로 상황을 파악하는 게 놀라웠다.

"확실한 증거는 없습니다. 하지만…."

"확인해보고 싶다, 이거지?"

나현이 고개를 끄덕였다.

"개발 4팀에서, 소규모로 진행해보고 싶습니다."

그리고 손에 들고 있던 제안서를 그에게 내밀었다.

"예산은 소규모고 이미 진행한 이력이 있기 때문에, 이정도가 산정되었습니다."

"예산은 둘째 치고, 기밀로 할 수 있겠나?"

가장 걱정이 되는 부분도 그것이었다. 시험을 다시 한다는 것 자체가 의심을 가지고 있다는 반증이었다. 임상시험에 직접적으로 참여한 사람들은 자신들이 내사를 받는다고 생각할 수도 있다.

"이미 같은 임상시험을 하기로 되어 있으니, 실험군만 조정하면 됩니다. 개발 4팀은 개발 3팀에서 옮겨간 인원이 한 명밖에 없고, 그분도 원래 시험에 직접적으로 관여했던 분이 아니라 입단속을 하면 가능하지 않을까 생각합니다."

말을 마치고 나현이 눈치를 보았다. 지금 전권은 진이한, 자신의 눈앞에 앉아 있는 이 남자가 쥐고 있다.

"진행하도록 해요."

이한의 승낙에 나현이 깊은 안도의 한숨을 쉬었다.

"왜, 거절할 줄 알았나?"

"아니… 사장님이랑 이렇게 얼굴을 맞대고 이런 내용을 이야기하는 게 긴장 돼서…."

"앞으로는 많아질 거야. 나뿐만 아니라 많은 사람들을 만나겠지. 더 큰일도 해야 하고. 이정도로 긴장하면 안 돼."

나현이 고개를 저었다.

"제가… 가능할까요?"

이한이 손을 뻗어 그녀의 뺨을 훑었다.

"경영자에게 요구되는 가장 중요한 능력이 뭔지 알아? 사람을 알아보는 일이지."

여전히 나현의 뺨을 훑으면서 그가 나지막하게 속삭였다.

"함나현, 당신은 할 수 있어. 내가 보증하지."

***

다음 날부터 임상시험 계획이 시작되었다. 며칠 뒤, 미국 출장이 예정되어 있어 가기 전에 꼭 일을 끝내야 했다.

아침 일찍, 개발 4팀을 소집해 규성이 자세한 계획을 브리핑했다. 계획을 다 설명한 후, 나현이 입을 열었다.

"가장 중요한 것은 절대 기밀이라는 사실입니다. 시스테린 임상시험에 사내뿐 아니라 계약 취소 관련해서 사외에서도 주목을 받고 있는 상황입니다. 지금까지 임상시험을 주도한 팀이 아닌 다른 팀이 임상시험을 재실시하게 된다면, 회사 내에 부정이 있다고 의심받을 겁니다."

그렇지 않아도 주가가 한참 곤두박질쳐 회사가 흔들거리는 마당에 이런 소문까지 퍼지면 스캔들로 치부될 수준이 아니었다.

"어떤 사람에게도 실험군이 장기이식자라는 이야기를 하면 안 됩니다. 아시겠죠?"

다시 시험을 한다는 일이 얼마나 중요한 일인지는 다른 팀원들도 알고 있었지만, 몇 번을 더 강조해도 지나치지 않았다.

계획을 다시 세우기 전, 규성과 나현은 다시 한 번 전 시험의 내용을 훑어보기로 했다. 내용이 워낙 방대한 데다, 실험노트의 경우 데이터화가 되어 있지 않아 한참을 봐야 했다. 저녁 일곱 시가 되어도 끝날 기미가 보이지 않았다.

"나현아."

"네?"

규성이 손가락으로 본인의 눈두덩을 꾸욱 누르면서 한숨을 쉬었다.

"얼마나 봤지?"

"아직 3분의 1정도요."

둘이서 대충 훑어봐도 이정도 양이었다. 규성이 난감한 표정을 지었다.

"나 사실 오늘 저녁에 일이 있어서 말이야…."

"아, 가보셔야 하나요?"

"더 보고 싶은데… 지방에서 부모님이 올라오셔서."

규성이 미안하다는 듯 웃었다.

"벌써 일곱 시잖아요, 가보세요. 나머지는 제가 볼게요."

"어차피 오늘 봐도 다 못 볼 텐데, 내일 같이 하자."

사실 그랬다. 오늘 나현이 혼자 본다고 끝날 양이 아니었다. 하지만 미국 출장 전에 꼭 확인해두고 싶은 것이 있었다.

"저는 어차피 가도 할 일 없는데요, 뭐. 정말 괜찮으니 들어가보세요."

"내일 일찍 나올게."

규성마저 가버리자 산더미처럼 자료를 쌓아놓고 보던 회의실에 정적이 맴돌았다. 서류를 조금 더 보다가, 출출해서 사무실로 터덜터덜 돌아왔다.

여덟시가 넘은 시간, 사무실에는 당연히 아무도 없었다.

"다들 집에 가셨나 보다…."

서랍에 넣어둔 에너지바 하나를 물고 다시 회의실로 돌아왔다. 늦은 시간이라 혹시나 이한이 먼저 돌아왔을지도 모른다는 생각이 들어 전화를 걸었다.

-여보세요?

"저… 나현입니다."

잠음이 들리는 걸로 보아, 아직 이한도 밖인 것 같았다.

-무슨 일이지?

"오늘 야근 때문에 늦어질 것 같아서요."

-아아.

"혹시 걱정하실까 봐…."

그럴 리 없겠지, 어린애도 아니고….

사실은 조금 불안했다. 그런 일로 전화하지 말라고 할까 봐 심장이 두근거렸다.

-알았어.

딱딱한 말투로 대답한 이한이 전화를 끊었다.

상냥하게 말해주기를 바랐던 것은 아니지만…. 그래도, 전화하지 말라고 하지는 않았으니까.

에너지바를 베어물고 꼭꼭 씹었다. 이럴 시간이 없었다, 출장 전에 마음에 걸리던 부분을 꼭 확인해야 했다.

***

"1-1, 1-2, 1-3, 1-5… 이상하네."

나현은 손에 들린 임상시험 결과를 한 번 더 확인했다. 분명히 두 달 전쯤에 확인했을 때는 1-4가 있었다. 그런데 오늘 보니 아무리 찾아도 1-4가 없었다. 개발 3팀에 말해 모든 자료를 기획팀으로 보내 달라고 했는데, 기획팀 서류 캐비닛에서 아무리 찾아도 없었다.

어떻게 된 일이지? 지하 자료실에 가면 원본 데이터가 남아 있을까….

정리되지 않은 데이터지만, 그냥 지나갈 수 없는 노릇이었다. 내일 아침에 다른 사람들에게 물어보는 방법도 있겠지만, 왠지 찜찜해 직접 확인해보고 싶었다. 나현은 어쩔 수 없이 지하 자료실로 향했다.

지하 자료실은 철통보안이라 직원 카드와 지문이 있어야만 열리게 설계되었다.

"지하라 그런지 춥네…."

나현은 한기에 살짝 몸을 떨며, 카드를 대고 지문을 찍은 뒤 자료실로 들어갔다.

시스테람의 자료가 있는 곳으로 가 원본데이터를 확인했다.

하나하나 확인하다가, 문제의 1-4 파일 부분에 이르렀다. 1-4의 실험 데이터 원본 파일이 있어야할 곳은….

텅 비어 있었다.

위에 데이터가 없는 것과는 전혀 다른 문제였다. 원본 데이터는 수정이 불가능하고, 이동도 윗선의 허가 없이는 움직이는 것 자체가 금지되어 있었다. 이곳에 자료가 없을 리 없었다.

"그럴 리가…."

규성이 부정이 있었을지 모른다는 의심은 했지만, 그건 어디까지나 가설에 불과했다. 하지만 정말 원본 데이터가 없다는 건 의심할 수밖에 없었다.

자료실을 샅샅이 뒤져도 자료는 나오지 않았다. 입술을 잘근잘근 씹었다. 이한에게 뭐라고 보고해야 할지, 도대체 누가 이런 일을 한 건지… 가늠도 되지 않았다.

초조하게 썰렁한 자료실에서 팔짱을 끼고 생각에 빠져 있는 순간, 팟! 눈앞이 깜깜해졌다.

"어? 무슨 일이지?"

정전인가? 한치 앞도 보이지 않을 정도로 깜깜해져 반사적으로 바로 앞 철제함을 붙들었다.

우선 집에 가야겠다. 서류도 없고 정전까지 된 마당에 더 있어 봤자 소용없는 일이었다. 핸드폰을 꺼내려고 주머니 속을 뒤졌다. 그러나 그 안에는 사원증만 덜렁 들어 있었다.

"아까 책상 위에 두고 왔구나…"

더듬더듬 손으로 벽과 가구를 더듬어 입구 쪽으로 향해 천천히 걸음을 놓았다. 창문 하나 없는 자료실 안에서는 눈이 아무리 어둠에 익숙해진다 해도 소용이 없었다.

손을 뻗어 문고리를 잡았다. 그러나 전기로 제어되는 보안 시스템 때문에 문고리는 돌아가지 않았다.

"이상하다…"

정전이 되도 보안 시스템만큼은 보조전력으로 돌아간다고 생각하고 있었는데.

문고리를 아무리 잡아당기고 밀어보려 해도 꿈쩍도 하지 않았다. 결국 나현은 입을 열었다.

"저기요!"

1층에 아직 수위 아저씨가 계실지도 몰라. 아저씨가 계신 곳은 자료실과는 거리가 있었지만…. 정전이 되었으니 회사 내부를 확인하러 아저씨가 돌고 있을지도 몰랐다.

"여기 사람 있어요, 좀 꺼내주세요!"

하지만 나현이 목소리를 높여 소리를 쳐도, 돌아오는 것은 적막뿐이었다. 한참을 소리치다가 주르륵, 바닥으로 미끄러져 앉았다.

어떻게 하지? 정전이 되고 한참이나 지나도 불은 들어올 생각을 않았고, 인기척도 없었다.

혹시 불이 들어오지 않으면…. 최악의 경우, 내일 아침까지 여기 갇혀 있어야 했다.

"괜찮아, 죽는 것도 아니고."

그래봤자 한 열 시간만 버티면 될 것이다. 한기가 도는 어두운 자료실 안, 나현은 온몸이 덜덜 떨렸다.

두 팔로 몸을 감싸고 바닥에 웅크려서 시간이 지나기만을 기다렸다.

무서웠다. 싫은 기억들이 자꾸만 칠흑 같은 어둠 속에서 튀어나왔다. 잠이라도 청하려 했지만, 잠이 오지 않았다.

그때, 희미하게 밖에서 무슨 소리가 났다. 고개를 숙이고 있던 나현이 서둘러 몸을 일으켰다. 귀를 철제문에 대고 희미하게 울리는 소리를 들었다.

저벅저벅, 사람의 발소리였다.

나현이 더듬거리며 입을 열었다.

"거기… 누구 있어요?"

그녀의 목소리가 자료실에 울려 퍼졌다. 그러나 밖에서 자그맣게 나던 발소리는 그녀가 입을 열자 사라져버렸다. 더 이상 소리가 들리지 않았다. 다시 적막이 찾아왔다.

잘못 들은 건가? 아니야, 그럴 리 없어. 분명히 들었어. 구두 발굽이 딱딱한 바닥에 닿는 소리.

"저기요!"

두 손으로 세게 철문을 두들겼다.

"거기 누구 있어요? 경비 아저씨? 여기 사람이 갇혔어요!"

절박한 상황이 되자 비명과도 같은 소리가 흘러나왔다. 그때 반대편에서 낮고 익숙한 목소리가 들려왔다.

"함나현 씨?"

예상치 못한 목소리에 나현은 입을 벌린 채 철문을 두들기던 손을 멈췄다.

밖에서 들려온 목소리의 주인은… 이한이었다.

왜 그가 여기에 있지? 자료실에 내려간다는 말도 안 했는데….
아니, 무슨 일 때문에 온 거지? 지금 열두 시가 넘었을 텐데, 왜 회사에 있지….

뭐가 됐든 이유는 상관없었다. 이 암흑에서 나가게 해줄 사람은 철문 뒤의 남자, 늘 예상치 못한 곳에서 튀어나오는 그 사람, 이한이었다.

"이한…"

이한 씨, 하고 소리치려던 나현은 그 와중에도 누군가 들을까봐 서둘러 말을 삼켰다.

"사장님?"

"함나현 씨, 괜찮아?"

"네, 전 괜찮은데…."

두 손으로 문고리를 잡아 당겼다. 아까와 마찬가지로 꿈쩍도 하지 않았다.

"정전이 돼서 문이 안 열려요, 나갈 수가 없어요."

"전기가 나갔다고? 자료실 안에 전기가 나갔다는 소리인가?"

앞에 이한이 있는 듯 고개를 끄덕이며 대답했다.

"네, 다른 곳은 정전되지 않았나요?"

당연히 회사나 지역에 정전이 되어 그런 줄 알았는데, 자료실만 문제였구나.

"다른 곳은 멀쩡해. 조금만 기다려, 곧 열어줄 테니."

그의 발소리가 멀어져갔다. 다시 아무 소리도 들리지 않자 나현이 놀라 문고리를 잡고 흔들었다.

"사, 사장님?"

그녀의 다급한 목소리에 이한이 멈춰 섰다.

"왜?"

"아, 아니…."

무섭지는 않았지만, 혼자 남겨지는 게 싫어서 그랬다는 게 창피해 입을 닫았다.

밖에서 낮게 울리는 그의 웃음소리가 들렸다. 그리고 툭툭, 그의 주먹이 문을 두들겼다.

"걱정 마, 금방 올게."

***

잠시 후, 이한이 돌아왔다. 그녀에게 물러나 있으라고 한 뒤, 무언가를 문 사이로 밀어 넣었다. 끼익, 하는 소리와 함께 문이 흔들렸다.

우지끈, 쾅!

굉음과 함께 단단히 걸려 있던 잠금쇠가 뜯겨졌다. 그사이로 빛이 쏟아져 들어왔다. 오랜 시간 어둠 속에 있었던 나현은 눈이 부셔 고개를 돌렸다.

빛 속에서 한 남자가 걸어오고 있었다. 이한이 손에 지렛대를 든 채 그녀를 바라보았다.

"괜찮아?"

이한은 아직 눈을 찡그린 채 고개를 숙인 그녀의 턱을 잡아 올렸다.

"함나현 씨?"

"괜찮아요, 너무 밝아서, 잠깐…."

그의 뒤에는 1층 경비 아저씨가 서 있었다. 혹시 이상하게 보일까 봐 나현은 얼굴을 붉히며 이한을 밀어냈다.

"감사합니다."

이한은 작게 미소만 지을 뿐이었다. 고개를 돌려 경비에게 지시했다.

"수고하셨어요, 이만 올라가 보셔도 됩니다."

뜯어진 문짝을 보고 경비가 되물었다.

"엉망인데, 제가 치울까요?"

"우선 왜 이렇게 되었는지 확인 좀 하고 정리해야 할 것 같으니, 먼저 올라가 보세요."

자료실 문 앞에 다시 둘만 덩그러니 남았다. 나현은 손을 덜덜 떨고 있었다. 이한이 손을 뻗어 잡아주었다.

차가운 자료실 바닥을 짚었던 싸늘해진 손을 불같이 뜨거운 이한의 손이 데워주었다.

"괜찮아?"

"네, 그냥 잠시 갇힌 것뿐…."

"아닌 것 같은데."

혼자 자료실에 갇혀 있을 때는 괜찮다고 스스로를 다독였었다. 하지만 몇 시간이고 어둠 속에서 그녀는 버티고 있었다. 버티느라 마음도 떨렸고, 다리도 후들거린 것이다. 그러다 이한을 보고서야 긴장이 풀린 것이다.

그가 걱정하지 않았으면 해서, 약한 모습을 보이고 싶지 않아서 허리를 곧추 세웠다.

"괜찮습니다."

이한이 말없이 다시 웃었다. 무엇이 그렇게 웃긴 걸까? 창피해 고개를 숙이던 나현은 그제야 먼지가 들러붙어 스커트가 엉망이 된 걸 발견했다. 이런 모습을 들키고 싶지 않아 필사적으로 그의 시선을 돌리려 했다.

"사장님이 여긴 어떻게?"

자료실은 말 그대로 자료를 저장하는 곳이었다. 지금까지의 실험이나 회사 관련 자료들이 저장되어 보안이 엄격한 곳이기는 했지만, 사람들이 자주 찾는 곳은 아니었다.

이한이 차가운 그녀의 손가락 사이로 그의 손을 겹치며 말했다.

"열두 시가 넘어도 오지 않아 사무실에 들러봤더니, 가방도 핸드폰도 그대로 둔 채 당신만 없더군. 회사에서 나간 기록도 없고. 자료실에 들어간 흔적이 남아 있었어."

"저를 찾으러 오신 거예요?"

나현이 의아해서 물은 건데, 이한은 맘에 들지 않는다는 듯, 눈썹을 치켜 올렸다.

"왜, 그냥 내버려두길 바랐나?"

"아뇨, 감사합니다."

나현의 꾸벅 인사에 이한이 피식 웃었다.

"고맙다는 인사 받으려고 한 건 아니야."

그의 한 손은 나현의 차가운 손을 쥐고, 다른 한 손으로는 턱을 잡고 있었다. 그가 자신을 바라보고 있었다. 평소 회사에서 보는 그의 눈빛은 늘 차갑게 가라앉아 있었다. 하지만 오늘은 달랐다. 타오르듯 열기 가득한 눈으로 자신을 바라보았다.

침대에서 자신을 원할 때의 눈빛이다. 욕망이 어른거리는 그의 시선을 피하려 눈을 돌렸지만 다시 그가 손으로 그녀의 얼굴을 돌렸다.

"여기 회사⋯."

자신에게 다가 올 미래를 예지한 그녀가 반항하려 입을 열었지만, 열린 입술 사이로 그의 혀가 들어왔다. 밀어낼 힘도 없었다. 그의 입술이 몇 번인가 그녀의 아랫입술을 물었고, 혀로 서서히 입 안을 달구었다.

여긴 회사인데…. 그동안 수도 없이 맞췄던 입이었지만, 회사에서 이런 적은 처음이었다. 열두 시가 넘은 시간, 회사에 다른 사람은 없겠지만 언제든 경비 아저씨가 내려올 수도 있었다.

그의 뭉툭한 혀가 입술 사이를 훑었다. 찌르르 하는 감각이 온몸으로 퍼져나간다.

언제든 사람이 내려 올 수 있어…. 멀어져가는 이성을 겨우 돌려내 몸을 비틀었다. 그녀가 몸을 흔들며 거부하자, 그제서야 부드럽게 이한의 입술이 그녀의 입술에서 떨어졌다.

"왜 당신이 여기 있었는지, 왜 갇히게 된 건지 알아봐야겠군."

그의 입가에 적의로 가득 찬 미소가 걸렸다.

"입술이 아직 차군. 집으로 가지."

***

이한의 지시로 내려온 사람들이 자료실 검사를 시작하자, 둘은 지하 1층을 빠져나와 집으로 가는 차에 올랐다. 그제야 덜컹거리던 심장이 조금씩 가라앉았다.

거의 도착했을 때쯤, 이한의 핸드폰이 울렸다. 회사에서 온 것 같았다.

"음, 그래… 알겠어. 우선 오늘 밤은 그렇게 진행해줘."

그의 목소리가 평소보다 더 딱딱했다. 전화를 끊고 그가 고개를 약간 쳐들었다. 입술 사이로 작은 한숨이 새어 나왔다.

"무슨 일이에요?"

심각해 보이는 표정이라 묻지 않을 수 없었다.

"자료실은 들어갈 때 사원 카드를 찍고, 그 안에서의 행동을 CCTV로 찍고 있어. 그런데 지난 보안 검사 결과, 오늘 같이 자료실 보안 시스템 전원이 전부 다 나간 적이 세 번이나 있다고 하는군."

세 번이나 전원이 나갔다고? 보안 시스템에 대해 잘은 모르지만, 전원이 그렇게 자주 나갔다면 누군가가 알아챘어야 하는 거 아닐까.

이한의 말이 이어졌다.

"외부에서 시스템을 침입한 흔적이 있다고 연락이 왔어. 그런데 울려야 할 알람이 울리지 않았지. 그래서 누구도 눈치를 채지 못한 거야."

이한의 눈이 나현을 향했다.

"당신이 갇히기 전까지는."

차에서 내리며 이한이 주변을 쓱 훑었다.

"당신을 가두려고 일부러 그때 전원을 내린 건지, 아니면 우연찮게 그렇게 된 건지는 모르지만."

엘리베이터에 그녀를 먼저 태우며, 여전히 이한의 눈이 밖을 향했다. 무언가를 경계하는 듯한 느낌이 들었다.

"이상한 점 없었나?"

"들어갈 때는 별다른 건 없었습니다. 그런데 임상시험 실험자료

원본 일부가 사라졌어요."

"임상시험? 시스테람?"

나현이 신중하게 고개를 끄덕였다.

자료실은 회사에서 보안이 가장 엄중한 곳 중 하나였다. 그런 곳에서 자료가 사라지고, 보안시스템이 꺼지기까지 했다.

이한이 아랫입술을 살짝 물었다가 한숨을 쉬며 뱉었다.

"함나현 씨, 앞으로 몸조심 해야겠어."

뜬금없는 말에 놀라 이한을 쳐다보았다. 그의 얼굴에 보기 드문 긴장감이 서려 있었다.

"이건 부정 사건이야. 회사를 뒤집을 만큼 큰 사건이지. 그리고 당신이 지휘하는 시스테람의 임상시험이 누가 부정을 저질렀는지 잡아줄 중요한 증거가 될 거야."

***

출장 당일 아침, 짐을 싸는 나현의 손길이 잠시 멈췄다. 제임스 버마 교수의 연구실에 가는 중요한 날인데, 마음이 심란했다.

없어진 임상시험 자료들…. 서류가 단순히 없어졌다고 생각할 수도 있겠지만, 보안시스템에 문제가 생긴 것까지 더해지면 거의 확실한 부정의 증거였다.

나현의 손끝이 정장 소매를 쓸었다.

시스테람은 지금까지 실패한 약이라는 것이 중론이었다. 세포 단계 실험, 동물실험에서는 우수한 성과를 거두었지만, 가장 중요한 장기이식자 대상 임상시험에서 거의 효과가 없는 것으로 확인되었다.

하지만, 실험결과가 조작된 것이라면 인간 대상으로도 효과가 있었을 수 있다. 임상시험에 부정이 있었다는 증거를 잡는다면, 다시 임상시험을 진행해 약의 효용을 증명해 낸다면, 시스테람도 시장에 풀릴 수 있게 될 것이고, 회사도 위기에서 벗어날 수 있다.

하지만 누가 그런 일을 했다는 것일까. 그렇게 할 수 있었던 사람이 누가 있었을까.

"함나현 씨."

아직도 멍하니 정장 끝자락을 들고 있던 나현은 부르는 소리에 고개를 들어 올려다보았다. 이한이 비스듬히 벽에 기대 서 있었다.

"사장님."

"가야 할 시간이야."

나현이 서둘러 수트케이스를 닫았다.

"네, 금방 준비하겠습니다. 나가서 기다려주세요."

이한은 나현의 말을 듣지 않고, 오히려 가까이 다가왔다. 몸을 숙여 그녀의 머리카락을 쏠어내렸다. 그리고 살짝, 턱을 들어올렸다. 곧 그의 입술이 미끄러지듯 입술 사이를 헤집었다.

"으음…."

나가야 할 시간이었다. 사람들이 이한을 데리러 오기 전에 나현은 이 집에서 나가야 했다. 다급해진 나현이 주먹으로 살짝 그를 밀어내자 아쉬운 듯, 여운을 남기고 그의 입술이 떨어져나갔다.

"미국에서는 보는 눈이 많아 이럴 여유도 없겠지."

그가 엄지손가락으로 그녀의 아랫입술을 눌러, 입술이 벌어지자 부드럽게 문질렀다.

"하지만 기대되는군, 당신이 어떻게 일을 처리할지."

미국 출장에 오르는 사람은 총 여섯 명이었다. 그러나 다른 세명은 다른 회의 관계로 오후 출발이 예정되어 있었고, 결국 미국으로 가는 비행기에 같이 오른 건 이한과 이한의 비서 그리고 나현이 전부였다.

연구팀이나 기획팀 사람들과 함께 가지 않아 조금은 마음이 편했다. 평소 나현과 가까운 동료들이었지만, 이한과 나현이 함께 있는 장면을 보면 예기치 못한 오해를 살 수도 있었다.

이한의 비서는 회사 내에서는 유일하게 나현과 이한의 관계를 알고 있는 사람이었다.

시카고 공항으로 착륙하는 비행기 안에서 나현은 손으로 턱을 괴고 밖을 바라보았다.

우리 둘의 관계는 대체 뭘까, 나현은 이한의 집에서 살고 있다. 둘은 밤마다 같은 침대에서 잠이 들고, 나현은 그에게 홀려 있었다.

비서의 눈에는 둘이 어떻게 보일까? 갑자기 떠오른 불안한 생각에, 착륙하는 비행기보다도 더 나현의 마음이 심하게 흔들렸다.

쓸데없는 생각은 하지 말자. 나현은 고개를 흔들고 제임스 버마 교수의 초록에 눈을 돌렸다. 버마 교수를 만나는 날이니, 다른 곳에 정신을 뺏길 여유 따윈 없었다.

제임스 버마 교수가 있는 퍼듀 대학은 시카고 공항에서 차로 3시간 정도 떨어진 거리에 있었다. 몇 시간 뒤면 그를 만나게 된다. 수업도 거의 진행하질 않고, 학회에서의 발표도 제2연구자가 하기 때문에, 제임스 버마 교수를 실제로 만나본 사람들은 많지 않았다.

그가 진행하는 프로젝트의 실험결과 중 하나가 시스테람의 기조와 유사한 부분이 있었다. 그와 공동연구를 하게 되면 큰 도움이 될 것이다.

비행기가 착륙하고, 출입국 관리소를 지났다. 그리고 당연한 듯, 밖으로 나가려는 나현의 팔을 이한이 잡았다.

"그쪽 아니고, 저쪽."

그와 비서가 향하는 곳은 국내선 쪽이었다. 퍼듀 대학까지는 3시간 거리인데, 운항하는 비행기가 있다는 말인가? 나현도 학부 때 견학으로 퍼듀에 온 적이 있었다. 하지만, 분명히 차로 갔던 것 같은데….

국내선 쪽으로 향한 그녀의 눈에는 처음 보는 광경이 펼쳐졌다. 이한이 향하는 곳은 비행기 연결통로가 아닌, 활주로였다.

날렵하게 생긴 검은색 비행기 한대가 활주로 위에 얌전히 앉아 있었다. 너무나 당연하다는 듯 이한과 비서는 비행기로 향했지만, 나현은 어떻게 해야 할지 몰라 이한을 바라보았다. 그러자 그가 고개를 까닥였다.

"왜 그러는 거지?"

"수속은… 안 밟아도 되나요?"

"아아, 자가용 비행기는 수속이 필요 없지."

자가용? 나현이 놀라 입을 벌렸다. 나현의 눈이 검은색 비행기에 닿았다.

"자가용… 그럼 이게 사장님 비행기인가요?"

이한이 웃었다. 비웃음이라기보다 놀란 나현이 귀엽다는 듯한 말투였다.

"그게 그렇게까지 신기한 일인가?"

"그럼…."

이럴 때마다 피부로 그와의 차이를 실감하게 된다.

"이게 신기할 일이 아닌가요?"

처음 들어봤다. 자가용 비행기라니. 재벌들은 자가용 비행기를 타는구나.

"별거 아니야. 미국에서 지부장으로 있을 때 이동을 편리하게 하려고 산 거지."

자가용 비행기를 가진 그의 재력보다 더 놀라운 것은, 이런 발상이었다. 아마 나현은 그만큼 돈을 가지고 있어도, 비행기를 산다는 생각은 하지 못했을 것이다.

그가 손을 내밀었다. 쌀쌀한 바람이 부는 활주로에서 그의 손이 나현을 이끌었다. 머리카락이 휘날리고, 계단을 천천히 올라가는 동안에도 이한의 손은 나현을 꼭 잡아주었다.

비행기 내로 들어가니, 가죽으로 된 의자와 나무로 된 탁자가 보였다. 손끝으로 테이블을 쓸었다. 어디서 많이 본….

이한의 집에 꾸며진 서재의 물건과 같은 것이었다.

"앉아, 이륙해야 하니까."

이한이 그녀의 손을 끌어당겨 옆자리에 앉히고는 좌석벨트를
매주었다.

"왜 계속 그런 눈이야?"

나현이 실내를 둘러보며 눈을 굴리는 것을 눈치 챘는지, 이한이
물었다.

"그냥… 너무 놀라워서요."

"뭐가?"

"이 모든 게."

"이런 거, 싫어하나?"

싫고 좋고의 문제가 아니었다. 하지만 말이 없는 나현을 보고
오해했는지 말을 이었다.

"다른 사람들은 좋아하던데, 늘 함나현 씨는 다르군."

다른 사람들? 나 말고 다른 여자도 탔던 걸까? 생각지도 못한
말에 나현이 입술을 깨물었다. 당연히 이한 같은 남자의 인생에
다른 여자가 스쳐 지나가지 않았을 리 없다. 하지만 지금까지 단
한 번도 이한의 입에서 다른 사람의 이름이 오른 적은 없었다.

"다른 여자들과 달라서 죄송합니다."

저도 모르게 마음이 드러나는 말이 튀어나갔다. 나긋하지만 가
시가 돋아 있는 말에 이한이 인상을 살짝 찌푸렸다.

"그거 지금…."

이내 그의 입술에 미소가 살짝 걸렸다.

"질투하는 건가?"

즐거워하는 듯한 말투에 나현의 눈이 날카로워졌다. 하지만 나현의 반응을 무시하듯 이한은 몸을 깊이 의자에 묻고 그녀를 빤히 보았다.

"다른 여자가 아니라, 다른 사람들이야. 출장 때 같이 움직이는 직원들이나 바이어들. 자가용 비행기로 움직이면 시간 낭비도 적고, 비행기가 운항하지 않는 노선도 갈 수 있는 데다가 헬리콥터보다 안전하니 다들 좋아하더라는 말이었어."

나현의 얼굴이 붉게 달아올랐다.

일 때문에 만난 사람들의 이야기였는데, 오해하고 자기 맘대로 생각했다. 쓸데없는 질투를 했던 자신이 창피해져 지금 당장 땅속으로 꺼지고 싶었다.

그런 나현의 마음과는 반대로, 비행기는 순조롭게 하늘로 떠올랐다. 기류의 영향으로 약간 흔들리는 비행기 안에서 이한이 즐거운 듯 소리 죽여 웃었다. 나현이 창밖으로 시선을 돌리자, 그의 오만한 목소리가 귓가를 간지럽혔다.

"이 비행기에 내 여자를 태운 건 처음이야."

나현이 그를 째려보았다. 제멋대로 질투한 걸 비꼬는 걸까.

"당신이 알고 싶어 할 것 같아서."

여전히 재미있다는 듯 속삭이는 그가 미웠다. 하지만 한편으로 이상하게도 묘한 안도감을 느꼈다.

***

비행시간은 30분을 넘지 않았다. 곧 도착한 퍼듀 대학의 작은 공항은 시카고 공항과 달리 아주 작고 아담했다. 비행기에서 내리자마자 대기한 차에 타고 바로 연구소로 향했다.

캠퍼스 내 아이보리색 건물 앞에 차가 섰다. 그 앞에는 몇몇 학생들이 나와 있었다.

"만나서 반갑습니다."

학생들 앞에, 나이가 지긋해 보이는 남성이 차 앞까지 나와 환영했다. 다정하게 미소 짓는 정장 차림의 그를 보자 나현의 몸에 긴장감이 흘렀다.

이 사람이 제임스 버마 교수인가?

"처음 뵙겠습니다. 진이한입니다."

그러나 이한의 말에 나현은 고개를 저었다. 이미 이한은 그를 만나본 적이 있다고 했으니, 눈앞의 남자는 버마 교수가 아니었다.

"우리 퍼듀 면역 연구소에 오신 걸 환영합니다. 연구소장인 데이브 그린이라고 합니다."

그의 이름도 낯익었다. T세포의 암과 관련된 기조를 적어 저명한 상을 여러 번 수상한 연구자였다. 그가 손을 내밀자, 나현이 손을 맞잡았다.

"반갑습니다. 교수님의 논문을 여러 번 읽었었습니다. 함나현이라고 합니다."

"그래요, 영광이군요. 그런데…."

연구소장의 눈길이 흘깃, 연구소 쪽으로 향했다.

"제임스가 금방 올 겁니다. 시간을 말했는데, 실험이 늦어지는 지…. 죄송합니다."

"아닙니다."

이한이 괜찮다며 고개를 흔들자, 소장이 연구소 쪽으로 팔을 들었다.

"먼저 연구소를 돌아보시면 어떨까요?"

그의 안내를 받아 계단을 오르는데, 연구소 입구에서 젊은 남자 하나가 요란하게 뛰어나왔다.

구불구불 자연스럽게 머리가 이마 위로 흘러내리고, 하얀색 가운을 너풀거리며.

연구소장을 발견하고는 크게 손을 흔들었다.

"데이브!"

요란하게 소리를 지르고는 신이 난 것처럼 달려왔다. 품위 없다 여겼는지 연구소장이 민망하다는 듯 미소를 지었다.

"왔군요."

"저분은 누구…."

나현이 묻자 데이브 그린 연구소장이 어색하게 미소를 지었다.

"아, 함나현 씨는 초면이시겠군요."

막 그들 앞에 선 남자는 함박웃음을 지으며 이한에게 인사했다.

"진, 오랜만에 다시 뵙는군요. 그리고…."

몸을 돌려 나현을 보고는 남자가 두 팔을 벌렸다. 그리고 마구 말을 쏟아냈다.

"함나현 씨죠? 당신이 온다고 해서 당신 논문을 읽어보았습니다. 아주 훌륭하더군요. 실험 설계에는 얼마나 걸렸나요? TEST1에서 나온 결과를 처리할 때, 무슨 프로그램을 썼나요? 제가 접해본 적 없는 프로그램이던데. 혹시 한국 연구자들이 개발한 프로그램이 있는 건가요? 저도 한번 써볼 수 있을까요?"

쏟아지는 질문에 당황한 나현이 구해달라는 듯 이한과 연구소장을 바라보았다. 이한이 씩 웃으며 나현에게 한국어로 말했다.

"저 사람이 바로 당신이 그토록 만나고 싶어 하던, 제임스 버마 교수야."

버마 교수가 처음 논문을 발표한 것은 10년 전쯤이었다. 혜성처럼 학계에 등장한 그는 10년간 높은 퀄리티의 논문을 쏟아내고 있었다.

최소한 마흔 살은 넘었을 줄 알았는데…. 눈앞의 그는 20대 후반으로밖에 보이지 않았다. 반짝이는 눈동자, 아름답게 뻗은 입술에 적당히 다부진 몸매까지. 실험복을 걸치고 있긴 했지만 연구자라기보다는 모델에 가까운 느낌이었다.

이 남자가 그 유명한 버마 교수라고? 놀라서 잠시 멈칫거리는 나현에게 남자가 매력적인 웃음을 지었다. 그리고는 와락, 그녀를 껴안았다.

"꺅!"

놀란 나현이 작게 소리 질렀다. 그의 단단한 품에서 몸을 버둥댔지만, 빠져나갈 길이 없었다. 그가 나현의 귀에 나직이 속삭였다.

"퍼듀에 온 걸 환영해요. 함나현 씨."

"반가워요, 한 번 만나보고 싶었어요."

자신을 품에 안은 남자가 귀에다 속삭였다. 처음 보는 사람 품에 꼭 안겨 당황한 나현은 어쩔 줄 몰라 했다.

이 사람 누구지? 제임스 버마 교수라고 했나? 너무 어리지 않나? 아니 그것보다, 지금 왜 날 안고 있는 거지?

당황한 나현은 몸을 비틀어 그의 품속에서 벗어나려 했다. 그때 이한의 목소리가 낮게 울렸다.

"그만하지."

포옹하고 있던 팔이 풀리자, 나현은 상대의 가슴팍을 세게 밀어냈다. 그 반동으로 높은 구두를 신고 있던 몸이 흔들거리며 중심이 흐트러졌다. 뒤로 넘어가는 나현의 등을 단단한 이한의 팔이 붙잡았다.

"괜찮나?"

"네, 조금 놀라서…."

연신 싱글거리는 남자는 왜 나현이 당황했는지 모르는 눈치였다. 겨우 떨쳐냈더니, 다시 한 걸음 다가왔다.

"반갑습니다. 오느라 힘들었죠?"

남자의 앞을 이한이 가로막았다.

"버마 교수, 이런 식으로 나오는 것은 곤란합니다."

교수의 눈꼬리가 부드럽게 휘었다. 그의 눈이 마치 재밌는 장난감을 본 아이처럼 반짝거리며 빛났다.

"흐응…."

교수가 웃으며 나현과 이한을 번갈아보자, 나현의 얼굴이 분노로 붉게 달아올랐다. 이 남자 뭐지?

첫 만남에, 심지어 업무 관련한 관계인데 여러모로 실례였다. 입술을 깨물고 고개를 치켜들었다.

미묘한 분위기 속에, 연구소장이 수습하려는 듯 끼어들었다.

"제임스, 그만하게. 아아… 미안합니다. 이 사람이 워낙 사회성이 없어서."

나현은 이한과 버마 교수를 번갈아 쳐다보았다. 연구소장의 중재와 상관없이, 속이 부글거렸다. 이상하게도 자신과 이한을 쳐다보는 눈빛이 밉살스러웠다. 뭐라고 톡 쏴주고 싶었다.

이한을 보니 그의 한쪽 입술이 살짝 비틀려 있었다. 심상치 않은 조짐이라는 걸 직감했다. 그러나 여기는 시스테람 개발 때문에 온 것이다. 절대 어그러져서는 안 된다.

크게 한숨을 내쉬고는 미소를 지었다.

"버마 교수님, 만나서 반갑습니다. 연구실은 어디죠?"

***

연구실까지 동행하는 동안, 예민해진 나현 곁으로 연구소장이 쫓아왔다. 기분이 상해 보이는 그녀에게 조심스레 말을 걸었다.

"아까 버마 교수의 말은 신경 쓰지 마세요."

나현은 어색하게 웃기만 했다.

"네, 괜찮습니다."

"버마 교수는 여러 가지 이유 때문에 나서질 않는 거예요. 저런 불도저 같은 성격도 한몫했죠."

소장이 함께 걸으며 버마 교수에 대해 설명했다. 많아봤자 20대 후반으로 보이는 제임스 버마 교수는, 실제 나이도 20대 후반이라고 했다. 그러니까 나현보다 어렸다. 어렸을 때부터 천재였던 버마 교수는 13살에 대학에 들어갔고, 19살에 박사를 땄고, 교수가 된 것이 23살이라고 했다. 엄청난 인재였다.

"10대가 대학을 다니는 게 영 쉽지는 않았으니, 여러모로 버마 교수도 고생을 했지요. 대신 사회성이 결여되어 있다고 할까, 조금 사람 대하는 게 서툴다고 할까…."

그래서 학회에도 나가고 있지 않다고 했다. 워낙 뛰어난 천재인 버마 교수는 학회에서도 질의응답 시간에 너무 날카로운 질문을 날리고, 비방도 서슴지 않아 논란이 되었다는 설명도 덧붙였다.

"그러니 너무 기분 나빠 말아요."

"네."

버마 교수는 신나게 앞서 걸었다. 뭐가 그리 좋은지, 그는 쉼없이 이한에게 뭔가를 설명하고 있었다.

2층의 코너에 도착하자, 버마 교수가 몸을 돌려 말했다.

"지금부터는 실험실 견학을 할 건데, 많은 사람들이 들어갈 수 없게 되어 있어서… 함나현 씨만 들어가시는 건?"

나현이 난감한 얼굴로 이한을 바라보았다. 원래대로라면 당연히 그리해야 할 일이었다. 이한은 경영자고, 연구자 출신인 나현이 들어가서 견학을 하는 게 당연한 수순이다. 기뻐해야 할 일인

데, 아까 미묘했던 분위기 때문에 선뜻 혼자 들어가겠다고 말하는
게 망설여졌다.

"보고 와."

그녀의 주저하는 표정을 눈치 챘는지, 이한이 턱을 들며 실험실
을 가리켰다.

"네, 저… 사장님은 어디에?"

"내가 알아서 할 테니, 잘 보고 와. 이거 보고 싶어서 여기까지
온 것 아니었나?"

여전히 꺼림칙했지만, 들어가지 않을 수도 없었다.

"자, 그럼 들어가시죠."

버마 교수의 안내에 따라 실험실에 들어섰다.

입고 있던 옷 위에 실험복을 걸치고, 에어 샤워를 거친 뒤 방에
들어갔다. 연구의 최첨단을 달리는 연구실답게, 실험실 내에는 처
음 보는 것들도 많았다.

"함나현 씨는 기업에서 일하기 전에 원래 대학 연구실에서 있었
나요?"

"네, 박사까지…."

의외로 평범한 대화가 진행됐다. 실험실 내의 물건들을 설명해
주다가, 키트를 보관하고 있는 냉동고를 열었다.

"면역 반응 실험 키트가 얼마 전에 개량되어서 대량 구매했습
니다."

그가 내민 키트를 받아 설명서를 읽었다.

"지금까지 썼던 키트보다 단계를 많이 줄여서 소요시간이 반이

면 가능하죠. 어때요?"

그가 아이처럼 눈을 초롱거리며 신이 나서 말하자, 나현이 어색하게 웃어 주었다.

"좋은 제품이네요."

이런 제품이 있는지 알았으면, 진솔제약에서도 사용하고 싶었다. 모델명을 확인하는 나현을 보고 교수가 말을 이었다.

"내가 개발에 참여한 겁니다."

그 말에 나현은 자신도 모르게 입술을 실룩였다. 그래서 이렇게 잘난 체하는 거였구나. 정말 연구소장의 말처럼, 교수까지 오른 사람의 행동거지는 아니었다. 아직도 천진난만한 구석이 있었다.

아까 이렇게까지 기분 나빠할 일도 아닌데. 생각과 너무 다른 모습에 놀라 날카로워졌던 건지… 실험실을 돌아보자 긴장이 조금씩 풀리기 시작했다.

조금씩 편하게 대화를 하게 되자, 교수가 웃으며 말했다.

"함나현 씨와 만날 날을 기대하고 있었는데, 이렇게 이야기하게 돼서 기쁘네요."

"저, 근데…."

나현은 몇 개의 논문을 발표하긴 했어도, 좋은 잡지에 발표한 적도 없었고, 반향을 일으킨 논문도 없었다. 왜 그가 자신을 만나기로 했는지, 만나고 싶어 했는지 알 수가 없었다.

"왜 저를… 어떻게 저를 아시나요?"

나현의 말에 버마 교수가 웃었다.

"그가 말해주지 않던가요?"

"그라뇨?"

"진이한 씨 말입니다."

고개를 흔들었다. 그러자 교수가 묘한 표정으로 나현을 쳐다보았다.

"나는 원래 기업이랑 일하지 않아요. 나처럼 자유분방한 사람은 기업이 진행하는 프로젝트랑은 맞지 않는 경향이 있죠. 물론 기부도 받아야 하고 연구소도 운영해야 하는 연구소장은 맘을 졸이겠지만… 하여튼 난 싫거든요."

그러나 그런 버마 교수가 처음으로 진술제약과 연을 맺었다. 그가 손가락을 들어 자신의 턱을 톡톡 두들겼다.

"근데 이번에는 예외입니다. 제주도 학회까지 쫓아와 당당하게 자기소개를 하는 진이한이라는 남자, 경영자 같지 않더군요. 내가 알던 경영자란 인간들은 돈을 욕심내고 일하는 사람이었는데, 뭔가 그는 달랐어요. 오만하고, 거친 느낌의 남자였지만, 정말 연구에 관심이 있었죠."

역시 버마 교수를 설득한 것은 이한이었구나. 교수가 말을 이었다.

"근데 배경을 알아보니 이상한 겁니다. 제약에 원래 관심도 없었고, 이쪽 계통에 관련된 사람도 없는 그가 왜 그렇게 열정을 가지게 된 건지 이해할 수가 없었죠, 오늘까지는."

오늘까지는?

버마 교수의 말이 이해되지 않아 그를 올려다보았다. 버마 교수의 손끝이 나현의 뺨에 닿았다. 그리고 천천히 턱으로 내려왔다. 턱 끝을 살짝 쥐고, 나현의 얼굴을 들어 지긋이 바라보았다.

"당신 때문에 그랬던 거군요."

나 때문에? 그가 갑자기 얼굴에 손을 대서 놀라고, 또 의외의 말을 해서 더 놀란 나현이 몸을 움츠리려는 그때였다.

쿵!

바로 앞 유리창이 울렸다. 큰 소리에 놀라 고개를 돌렸다. 자연스레, 나현의 턱에 닿아 있던 교수의 손가락이 떨어졌다.

창 밖에, 이글거리는 눈동자를 한 이한이 서 있었다. 이한이 다시 한 번 쾅, 유리를 두들겼다. 단단한 유리가 그의 주먹에 닿아 파르르 떨렸다. 그리고 그가 천천히 입을 벌려 싸늘하게 물었다.

"지금, 뭐하고 있는 거지?"

이한의 미간에 주름이 깊게 패여 있었다. 번뜩이며 버마 교수를 향했던 눈이 나현에게로 향했다.

"함나현 씨, 괜찮아?"

한국어로 나현에게 안위를 묻자, 그녀가 고개를 끄덕였다.

"네? 네… 괜찮습니다."

"정말?"

괜찮다는 나현의 말에도 불구하고, 이한은 버마 교수가 못마땅한지 그를 날카로운 눈빛으로 쏘아보았다.

"정말 괜찮습니다."

둘이 한국어로 대화를 하자, 교수가 한쪽 입꼬리를 끌어올렸다.

뭐가 그렇게 즐겁고 신나는지, 웃는 얼굴로 이한을 빤히 쳐다보는 교수 때문에 나현의 가슴이 불안하게 떨렸다. 화가 난 이한이 당장 유리창을 깨고 교수에게 달려들 것만 같았다. 그 정도로 그의 눈빛이 뜨거웠다.

조마조마한 나현과 달리 버마 교수는 마치 이한의 화를 돋우려고 작정한 것 같았다. 유리창 저편의 그에게는 들리지 않을 작은 소리로 소곤거렸다.

"내가 당신에게 무슨 짓을 할까 봐 꽤나 걱정이 되나 보죠?"

"오해입니다, 전 그의 직원일 뿐이에요."

지금 처음 만난 교수가 나에게 왜 이러는지 모르겠어…. 나현 역시 이한에게 들리지 않게 작게 중얼거리자, 버마 교수가 웃었다.

"그렇다고 하죠."

이한이 다시 한 번 유리창을 두들겼다.

"함나현 씨."

아무렇지 않은 듯 고개를 들고 말했다.

"괜찮습니다, 사장님. 그냥 이야기하던 중이었어요."

이한의 눈이 의심하듯 가늘게 길어졌으나, 나현이 조금 더 밝게 웃어 보였다.

이한이 자신 때문에 제주도에서 열린 세계면역학회에 갔고, 이 모든 것을 계획한 것이 아니냐는 버마 교수의 말을 이한에게 전하고 싶지 않았다. 말도 안 되는 소리라며 그가 콧방귀를 낄 것만 같았고, 그의 반응에 버마 교수가 어떻게 반응할지도 무서웠다. 버마 교수는 이한만큼이나 어디로 튈지 모를 남자였다.

"거의 다 끝나갑니다. 진이한 씨, 너무 걱정 말고 기다려요."

버마 교수의 말에 이한이 이를 악무는 게 보였다.

"정말 괜찮습니다."

나현이 한 번 더 강조하고 나서야 이한은 고개를 끄덕였다.

"여기 서 있겠어. 견학이 끝날 때까지."

버마 교수에게 경고하듯 말하는 이한의 눈빛은 여전히 매서웠다.

***

버마 교수의 실험실 소개는 바깥의 긴장된 분위기에 아랑곳없이 계속되었다.

이 사람 정말 이상해….

나현도 남 말할 처지는 아니었지만, 연구를 하는 사람들은 특이한 사람들이 많았다. 이한이 자주 하는 말이 있었다.

"기획팀에 들어온 이상 변해야 해, 함나현 씨."

연구만 하던 사람들은 사고방식 자체가 연구에 맞추어져 있다. 연구만 하고, 연구만 생각한다. 사람 위주의 생각을 하지 않는다. 사람을 만날 일이 거의 없다. 일반적인 사람들과 달리 모난 부분에 정을 맞을 기회가 없어, 성격이 점점 독특해진다.

지금 버마 교수가 그랬다. 왜 연구소장이 그를 학회에 나서지 못하게 했는지 알 것 같았다. 그는 괴짜였다. 이한을 화나게 하고도, 신경 쓰지 않는다는 듯 신나게 연구이야기를 떠들어대고 있었다.

"그래서 HIA와 연결되어 있는 면역억제 유전자 IS의 경우 아무래도 이런 경우에 유용하게 작용할 수 있기 때문에 저는 이번 실험에 사용하기로 결정했죠."

"실험을 설정하는 데 있어서, 다른 유전자를 사용하는 것은 고려하지 않았나요?"

괴짜 같은 행동과 달리, 연구에 관해서 그는 최고였다. 그의 입에서 나오는 말 하나하나가 나현의 뇌세포를 자극시켰다. 그러다 그의 말이 뚝 멈췄다. 그리고 흥미로운 듯 나현을 바라보았다.

"정말 이 연구에 관심이 있군요?"

버마 교수의 이상한 말에 나현이 고개를 갸웃거렸다.

"당연히 관심이 있으니까 여기까지 왔습니다."

"아니, 아니, 보통은 일이라서 오죠. 이곳에 오는 사람들, 특히 기업에서 일하는 쓰레기 같은 연구자들은 당신처럼 즐거워하지 않아요."

쓰레기 같은 연구자들이란 말에 나현이 인상을 찌푸렸다. 그러자 버마 교수가 손을 휘저었다.

"아아, 실례! 당신을 쓰레기라고 폄하하는 건 아닙니다. 하지만 그렇지 않아요? 기업에 소속되어 있으면 기업이 원하는 일을 해야 하잖아요. 기업의 이익과 반하는 일이라면, 사회 전체, 인류에 이익이 되는 일이라도 진행할 수 없죠. 그런데 기업에서 일하는 연구자라면, 실력이 없는 사람이거나 돈만 밝히는 바퀴벌레 같은 놈들뿐인 경우가 많거든요."

이 얼마나 거만한 이야기인가. 기업에서 일하는 사람들은, 돈을 위해서 일하는 사람도 있지만, 각자의 명분을 위해 일하고 있다. 그리고 학계에 남고 싶다고 누구나 학계에 남을 수 있는 것은 아니다. 박사, 포스트닥터가 끝나고 학교에 고용이 되지 않으면 어쩔 수 없이 기업 연구소로 발을 틀어야 하는 사람들이 많다.

그처럼 천재로 자라 늘 연구의 최첨단을 달린 사람으로서는 이해가지 않는 일이겠지만.

"하지만 당신들은 좀 다르더군요."

교수의 눈이 가늘어졌다. 아주 신비로운 생명체를 관찰하듯, 나현을 바라보았다.

"당신들이 개발하는 약에 대해 나도 좀 알아봤죠. 진이한 사장도 매력적이었지만, 경제적인 이유였다면 벌써 버려야 했던 그 약을 다시 살려보려고 하는 게 흥미롭더군요."

교수가 씩 웃으며 말을 이었다.

"덕분에 이렇게 매력적인 연구자도 만나게 되고, 이번 프로젝트는 기대가 크네요."

교수의 멀쩡한 말에 나현은 뭐라 대답을 해야 할지 몰라 멍해졌다. 정말… 이상한 사람이었다.

***

"후…."

호텔방으로 들어오자마자 나현은 깊은 숨을 몰아쉬고는 곧바로 몸을 침대 위로 던졌다. 길고 피곤한 하루였다.

퍼듀 대학으로 온 뒤, 쉬는 시간도 없이 실험실 견학을 하고, 그후 도착한 다른 직원들과 질의응답 시간을 가졌다. 세 시간이 넘는 회의가 진행 된 끝에, 저녁 일곱 시가 지나서야 일정이 끝이 났다.

호텔에 도착하니 여덟 시가 넘었다. 일정이 너무 늦어진 덕에,

내일 스케줄을 위해 룸서비스로 각자 저녁을 해결하기로 하고 해산했다. 종일 목을 꽉 죄고 있던 블라우스의 첫 번째 단추를 풀고 얼굴을 푹신한 베개 위에 올렸다.

밥이고 뭐고 그냥 자고 싶다. 내일은 또 연구 일정을 상의하기 위해 하루 종일 계획이 잡혀 있었다. 그 일을 프리뷰 하기 위해서는 아침 7시에는 일어나야 한다. 10분 정도 눈만 깜빡거리며, 손끝 하나 움직이지 못한 채로 숨만 쉬었다.

얼굴이 답답했다. 화장을 지워야 해. 샤워까지는 힘이 없어서 못 하더라도 클렌징만큼은….

"아아, 피곤해…."

겨우 몸을 일으켜 맨발로 비틀비틀 화장실로 걸어가는데, 전화가 울렸다.

누구지? 협탁 위의 전화를 받으며, 침대에 다시 주저앉았다.

"여보세요?"

영어로 응답하자, 건너편에서 익숙한 목소리가 들려왔다.

-함나현 씨.

이한이었다. 그의 목소리를 듣자마자, 차분히 가라앉아 있던 신경이 곤두섰다.

"사장님."

-뭐하고 있지?

그의 질문에 흐트러진 옷차림과 발을 내려다보며 대답했다.

"그냥 있습니다."

-저녁은?

"아직 안 먹었습니다. 오늘은 걸러도 괜찮을 것 같은데…."

귀찮아서 식욕이 없다고 말하려다 창피해서 말을 줄였다.

-같이 먹지 않겠어?

"…네."

-그럼 10분 후, 당신 방으로 가지.

거절할 명분이 없었다. 더군다나 오늘 버마 교수의 일이 있고 나서 그와 제대로 말도 못 한 게 마음에 걸렸다. 그의 전화를 끊고, 나현은 서둘러 옷을 챙겨 입었다. 누워 있느라 구겨진 셔츠를 벗고, 캐리어에서 니트를 꺼내 입었다.

"옷을 갈아입고 나가면 이상하게 생각할까?"

그렇다고 주름 진 블라우스를 입을 수도 없고, 내일 입으려 했던 블라우스를 입을까? 옷을 두고 고민하다 니트를 서둘러 입는 순간, 초인종이 울렸다.

벌써 10분이 되었나? 나현이 목청을 돋워 답했다.

"잠시만요!"

화장이 무너졌을 텐데…. 서둘러 화장실로 뛰어나가 번진 마스카라를 티슈로 조금 닦아내며 상태를 확인했다. 얼빠진 얼굴이었다. 이대로 만나기는 싫은데… 다시 초인종이 울렸다.

"네, 나갈게요!"

서둘러 구두 안에 부은 발을 밀어 넣고 문고리를 돌렸다. 문이 활짝 열리자, 서 있는 사람은 의외의 사람이었다.

"안녕, 나를 기다렸어요?"

문 앞에 서 있는 사람은 버마 교수였다. 그는 씨익 웃으며 손 인사를 했다.

"누구, 기다리는 사람이 있었나 봐요?"

나현의 손에 들린 재킷을 보며 교수가 말했다. 구두까지 신고, 화장을 다시 한 게 티가 났던 걸까?

"여기를 어떻게 알고 오셨나요?"

놀라움과 꺼림칙한 기분이 섞여 입이 다물어지지 않았다. 일행이 모두 함께 묵는 호텔이야 쉽게 알아낼 수 있겠지만, 방 호수까지 어떻게 알아냈지?

버마 교수가 다시 그 특유의 눈웃음을 지었다.

"박마리 씨요, 할 얘기가 있다고 몇 호인지 말해달라고 부탁했더니 알려주던걸요?"

박마리는 이번 출장을 서포트하고 있는 미국지사의 직원이었다.

"아아, 오해 말아요. 사적인 이야기가 아니라, 공적으로 할 이야기가 있어서 온 거니까."

사적이고 공적이고 간에, 이렇게 방으로 찾아오다니. 정말 이상한 사람이다.

한국 사람이어도 이해가 어려운데, 사람 사이의 거리감을 중시하는 미국인이 이런 행동을 할 줄은 꿈에도 몰랐다.

"아까 올라오기 전에 전화 했더니 통화중이더군요."

이한이 전화 했을 때 마침 전화를 한 모양이었다.

"무슨 이야기이신지 몰라도, 이렇게 갑자기 찾아오시면 곤란합니다. 내일 이야기하면 안 될까요?"

언제 이한이 올지 모르는데, 호텔 방 앞에서 이렇게 대화하는 것 자체가 불편했다.

"글쎄요, 나는 생각 난 건 그때그때 말해야하는 타입이라."

마치 아이처럼 억지를 부리는 행동에 더욱 난감해졌다. 논문에서는 성격이 보이지 않는다. 그래서 막연히 그를 존경했던 나현은 그가 이렇게 어린아이 같은 사람일 거라곤 상상하지 못했다.

"그럼…."

어떻게 해야 할지 몰라 재킷을 손에 꽉 쥔 순간, 서늘한 시선이 느껴졌다. 복도 끝에 이한이 서 있었다.

낮에 입었던 옷과 다른 정장을 입고, 오른손을 포켓에 넣은 채로 뻐딱하게 서 있었다. 그는 나현과 교수를 빤히 보고 있었다.

"사장님!"

곤란해하는 나현과 달리, 버마 교수는 이한을 발견하고 밝게 웃었다.

"아아, 진이한 씨. 마침 같이 하고 싶었는데, 잘됐네요."

***

음식이 넘어가질 않는다. 시내의 한 레스토랑에서 이한과 버마 교수 그리고 나현이 한 테이블에 앉아 있었다.

호텔방 앞에서 버마 교수는 이한이 오히려 반가워했다.

"같이 저녁이나 하면서 이야기를 나누면 어떨까요?"

이한이 흐응하듯 살짝 미소 지었다. 나현은 그게 비즈니스용 미소인 것을 금세 알아챘다. 복도 저편, 거리가 제법 있음에도 그의 눈빛이 차갑게 식어 있는 걸 눈치 챌 수 있었다. 낯선 눈빛이 버마 교수와 나현을 훑었다.

나현은 자신도 모르게 몸을 떨었다. 그런 상황에서 같이 하게 된 식사 자리라 음식이 제대로 넘어갈 리 없었다. 먹음직스러운 요리가 가득 차려졌는데도 식욕이 전혀 돋질 않았다.

"아까 나현 씨에게도 말했지만, 연구에 관해서 이야기해보고 싶었습니다. 먼 길 오시느라 피곤하시겠지만, 하고 싶은 말이 많아서요."

공적인 문제 때문에 만나고 싶었다는 말이 거짓이 아니었는지, 그는 들뜬 목소리로 실험에 대해 떠들기 시작했다. 시스테람의 실험 일부를 공동으로 하자면서, 그가 내놓은 아이디어는 신선했다.

대화는 재밌지만… 옆에서 묘한 미소만 머금은 채 차가운 눈빛으로 뚫어지게 쳐다보는 이한이 불편했다. 버마 교수의 말에 맞장구를 치면서도 나현의 온 신경은 그에게 쏠려 있었다. 식사가 끝나고, 이한이 잠시 화장실을 간 사이 버마 교수가 나현을 바라보며 속삭였다.

"이제야 샤프롱(젊은 여인이 사교장에 나갈 때 보살펴 주는 이)이 사라졌네요."

"무슨 말씀이신지?"

"감시하는 사람 말이에요, 어찌나 당신을 애타게 바라보던지…."

나현이 얼굴을 붉혔다. 낮부터 계속된 오해 아닌 오해에 뭐라 답해야 할지 모르겠어서 그저 어색한 웃음으로 상황을 넘겼다. 그때, 뒤에서 이한의 목소리가 울렸다.

"무슨 이야기 중이었죠?"

마치 들켜서는 안 될 장면을 들킨 것 같아 나현이 어깨를 움츠렸다.

"별거 아닙니다, 식사가 끝났으니 가시죠."

서둘러 코트를 픽업하러 나갔다. 이야기를 더 나누고 싶은 마음도 있었지만, 가시방석이라 빨리 자리를 뜨고 싶었다.

"오늘 감사했습니다, 교수님."

"뭘요, 여성분을 데려다 드리지 않아도 될는지…."

교수의 말에 나현이 손을 저었다. 그러자 이한이 나현의 어깨를 감싸듯 그녀를 끌어당겼다.

"괜찮습니다. 여기서부터는 내가 맡죠."

단호한 이한의 태도에 버마 교수는 싱긋 웃으며 고개를 끄덕였다.

호텔로 돌아오는 차 안, 기사와 둘만 있는 공간인 데도 평소와 달리 이한은 단 한마디도 꺼내지 않았다. 밖을 바라보며 생각에 빠져 있었다.

나현도 이유 없이 불편함을 느꼈다. 차가 미끄러지듯 호텔 입구 앞에 멈춰 섰다. 차에서 내리던 그때, 나현의 핸드폰이 울렸다. 확인해보니, 규성이었다.

"사장님, 잠시 전화 좀 받겠습니다."

나현은 그에게서 몇 걸음 떨어진 곳에서 전화를 받았다.

"여보세요?"

-아, 나현아. 출장 중에 미안한데.

"네, 무슨 일 있으세요?"

-전화 받을 수 있니?

이한이 조금 떨어진 곳에서 자신을 바라보고 있지만, 그를 좀 기다리게 해도 어쩔 수 없었다. 규성이 지금 전화를 걸었다는 건 보통일이 아닐 가능성이 컸다.

"네."

-혼자니?

"아니요…."

-잠깐 나올 수 있겠어?

이한에게서 몇 발자국 더 떨어져서 속삭이듯 전화기 건너편의 규성에게 말했다.

"네."

-다름이 아니라, 네 말대로 시스테람 임상시험 결과를 다시 보고 있는데….

나현이 미국으로 떠나올 때, 자료실에서 사라진 회차의 임상시험 테스트 결과를 누가 했는지 정확히 알아봐 달라고 규성에게 부탁했었다.

-그런데, 그때 주로 시험을 컨트롤 했던 사람이….

말하기가 어려운 듯, 규성이 말을 흐렸다.

-아직 아무에게도 이야기하지 마. 사장님에게도, 기획팀장님에게도. 확실한 건 없으니 네가 돌아오면 알아보자.

대체 누구기에 이렇게 규성이 어려워하나, 긴장이 되었다. 멀리 있는 이한을 바라보며 꼴깍, 침을 삼켰다.

-그 사람이 누구냐면… 개발 3팀장….

개발 3팀장? 그는 나현의 직속상사였고, 지금도 멘토와 같은 사람이었다. 그런 사람이 왜?

"선배, 아시겠지만 개발 3팀장님은 개발 때부터 팀에 계셨던 분이에요. 그런 분이 왜…."

-물론 그분이 한 게 아닐 수도 있어. 그냥 우연찮게… 그러니까 아무에게도 말하지 말라는 거야. 좀 더 파보자.

가슴이 울렁거렸다. 이 일이 도대체 어디까지 가는지 불안했다.

"네, 알았어요. 모레 돌아가니 그때 다시 얘기해요."

-응, 조심히 다녀와.

전화를 끊자마자 서늘한 눈초리로 바라보며 기다리는 이한에게로 돌아갔다.

"먼저 올라가시죠."

"이렇게 날 호텔 입구에서 기다리게 하는 여자는 처음이야."

비아냥거리는 말투에 나현이 울컥했지만, 일단 기다리게 한 것은 사실이니 사과했다.

"죄송합니다, 개발 4팀장한테서 급한 전화가 와서…."

"무슨 내용이지?"

이한이 묻자 아차 싶었다. 업무 관련 내용이라면 당연히 이한에게 보고하는 것이 맞다. 하지만, 아직 확실하지도 않은 내용을 보고 할 수는 없었다.

"저… 서류가 어디 있는지 모르겠다고 해서요. 중요한 서류라서…."

분명 거짓말이라는 것이 티가 나겠지만, 다른 방법이 없었다. 이한이 날카로운 눈으로 검사하듯 나현을 훑어 내렸다.

엘리베이터에 탄 나현이 그를 보며 떨리는 목소리로 물었다.

"사장님은 몇 층이시죠?"

"18층."

숨이 막히는 듯한 분위기에 나현은 초조하게 엘리베이터 문을 바라보며 발을 굴렀다. 드디어 8층에 도착하자, 서둘러 인사를 했다.

"그럼 내일 뵙겠….'

그러나 나현의 인사는 끝맺지 못했다. 이한이 엘리베이터에서 내리던 나현의 손목을 끌어당겼기 때문이다. 반동으로 나현의 몸이 엘리베이터 벽에 닿자, 그가 팔로 가림막을 쳤다. 그러는 사이, 엘리베이터 문이 닫히고 18층을 향해 올라가기 시작했다.

"왜….'

놀라 쳐다보자, 그가 나현의 턱을 잡아 올렸다.

"왜냐고?"

이한의 말투가 비틀려 있었다.

"함나현 씨, 당신은 시스테람 연구에만 관련되면 앞뒤 못 가리는 것 같아. 버마 교수도, 개발 4팀장인 임규성 씨도. 연구를 위해서 비위를 맞춰주고 있는 것 아니야?"

갑자기 무슨 소리지? 아까 받은 전화 때문에 그가 이렇게 화를 내는 것일까?

당황해 고개를 저었다.

"아니에요, 그건…."

그러나 나현의 말은 금세 가로 막혔다.

"상관없어, 그 남자들에게 어떤 눈웃음을 짓는지 그런 건. 더 중요한 건…."

턱에 닿은 손가락에 살짝, 힘이 들어갔다.

"나한테 당신이 이렇게 안기는 것도, 혹시 시스테람 때문인가? 약 때문에… 날 이용하는 건가, 함나현 씨?"

05
사랑에 빠지다

"그럴 리가…."

목소리가 떨리긴 했지만, 단호한 대답이었다. 생각도 못한 일이었다. 내가 그를 이용하다니.

"그럴 리가 없잖아요."

물론 나현에게 있어서 시스테람 개발은 중요한 문제였다. 하지만 그렇다고 이한을 이용하다니, 나현의 눈에 단단하게 굳은 이한의 턱 근육이 보였다. 얼마나 긴장을 했는지, 볼 근처가 파르르 떨렸다.

애초에 이 남자가 내가 이용한다고 순순히 이용하게 내버려둘 사람도 아닌데, 왜 이렇게 화를 내는 걸까?

그의 눈빛이 번쩍였지만, 나현은 물러서지 않았다.

"그럴 리 없다는 거 잘 아시잖아요."

"버마 교수, 개발4팀 팀장…. 그 사람들과 사적인 시간에도 이렇게 연락을 주고받는데, 그걸 내가 어떻게 믿지?"

나현의 눈에 분노가 어렸다.

"남자를 홀려서 당신이 원하는 일을 다 이루려는 것 아니야?"

이한의 손길이 뺨에 닿자, 나현이 차갑게 그의 손을 거두어 냈다.

"그만하세요."

"그게 아니면, 뭐지?"

"그 사람들은 아무 관계없는 사람들이에요, 일 때문에 만나는."

"나도 일 때문에 만나는 사람이 아니던가?"

나현은 있는 힘껏 노려보았다. 그렇게 말하는 그가 미웠다. 가슴이 터질 것 같았다.

"아니라는 것을 아시면서 그렇게 말씀을 하시네요."

"일 때문에 나에게 다가와서 날 흔들어 놓고 그리고 다른 남자를 만나니…."

이한이 나현의 허리를 끌어당겼다.

"내가 그렇게 생각할 수밖에."

나현이 웃었다. 실소에 가까운, 허망한 미소였다.

"다가온 것은 제가 아니라 사장님이시죠."

숨을 크게 들이마셨다. 그가 자신을 바라보고 있다. 꾹꾹 눌러 왔던 감정이 봇물 터지듯 쏟아져 나왔다.

"제약 회사에 내려온 것도, 저를 집으로 불러들이신 것도 사장님이세요. 누가 먼저 다가갔는지, 사장님이 더 잘 아실 것이라고 생각합니다."

"당신은 늘 그렇게 나에게 넘기지. 당신 자신이 정말 하고 싶은 일이 뭐야?"

"전…."

갑을 관계. 그는 사장이고, 자신은 그저 사원일 뿐이다.

"사장님 손에 제 목이 달려 있어요. 그런데 제가 제 맘대로 행동하시길 바라시는 건가요?"

"그래."

이한의 입술에 작은 미소가 서리더니 슥 다가온 얼굴이 나현의 목을 간지럽혔다.

따끔따끔한 수염이, 부드러운 나현의 턱, 목 그리고 쇄골을 쓸고 지났다. 열기 때문인지, 마찰때문인지 붉게 달아올랐다.

"도대체 뭘 원하는지, 진짜 당신 속마음이 뭔지 알고 싶어."

진짜 나의 속마음?

"보이는 그대로가… 제 마음이에요."

엘리베이터 문이 열렸다. 이한이 그녀에게서 한 걸음 멀어졌다. 몸을 엘리베이터 밖으로 향한 채 그녀를 바라보았다. 눈썹을 살짝 끌어올리고, 입술을 비튼 채.

처음이었다. 늘 오만하고 강인한 손길로 나현을 잡아 끌던 손을 내리고, 그녀의 선택을 기다리고 있었다.

"내겐 보이지 않아, 당신 마음이. 늘 내 손에 따라오기만 하지. 그러니까 보여줘."

엘리베이터에서 나온 그가 손을 내밀었다. 그 손끝은 단호하고 떨림이 없었다. 나현의 발이 살짝, 움직였다. 그러나 그녀의 구두가 밖으로 향하기 전, 엘리베이터 문이 닫혔다. 서서히 닫히는 문 사이로 여전히 비틀린 미소를 띤 이한의 얼굴이 보였다.

늘 그의 손에 따라가기만 했다고?

달달 떨리는 손이 엘리베이터의 열림 버튼을 눌렀다. 문이 열리자, 이한의 단단한 등이 보였다. 소리가 들렸을 텐데, 그는 돌아보지 않았다. 뛰듯 밖으로 발을 내딛고, 그의 팔을 잡아 돌렸다.

"난 당신을…."

나현의 말이 다 나오기도 전에 입이 막혔다. 이한의 촉촉한 입술이 순식간에 덮쳐와 입안으로 밀려들어왔다.

평소였다면 그를 밀어냈을 것이다. 하지만 약 때문에 그를 이용한다니, 그 말이 너무 화가 나 앞이 어지러울 정도로 눈이 뜨거워졌다. 그리고 그 분노는 날카로운 흥분으로 이어졌다.

미친 듯이 그의 입술을 탐했다. 혀로 안을 훑으며, 단단한 표정 밑에 숨어 있던 부드러움을 탐했다. 방문 앞에 다다르자, 그의 손에서 키를 빼앗아 문을 열고 그의 팔을 잡아끌었다.

방안의 풍경은 소박한 나현의 방과 달랐다. 들어가자마자, 큰 창문이 눈에 들어왔다. 스위트룸의 위용에 맞게 화려하게 꾸며져 있었다. 하지만 이 넓고 고급스러운 방보다 시선을 끄는 것은, 자신을 잡아먹을 것처럼 바라보면서도 손을 내밀지 않는 남자, 이한이었다. 나현은 문을 닫고 몸을 기댔다. 그리고 그를 올려다보았다.

"내가 사장님을 이용한다고요? 사장님이 제게 이용당하실 분이던가요?"

"당신은 이미 알아, 내가 얼마나 당신에게 끌리고 있는지. 그게 내 약점이지."

나현은 손을 들어 머리를 풀었다.

"근데 왜…."

눈을 천천히 감았다 떴다. 고개를 흔들자 풀린 머리가 사르르 자리를 찾아갔다.

"내가 당신에게 얼마나 끌리는지는 모르죠?"

나현의 목소리가 탁해져 있었다. 그는 나현을 안 이후로 처음 당황한 모습을 보였다.

"이용이라니…. 당신이 우리 회사 사장님이 아니면 얼마나 좋을 지, 얼마나 마음껏 당신을 사랑할 수 있을지, 그걸 내가 얼마나 바라고 원하는지도 모르면서."

손끝이 블라우스의 단추를 매만졌다. 톡, 단추가 그를 유혹하듯 튀어나왔다.

그가 재벌이 아니었다면, 처음 만난 이후 단 한순간도 그에게서 떨어지지 않았을 것이다. 그를 온전히 사랑하고, 진이한이라는 남자를 만났다는 사실에 감사했을 것이다. 그리고 세포 하나하나가 자신을 흥분시키는 그 느낌을 온전히 즐겼을 것이다.

하지만… 그는 아니었다. 단추를 하나 더 풀어 내렸다. 가슴골이 비쳤다. 하지만 나현은 멈추지 않았다. 단추를 하나 더 풀었다. 그리고 고개를 쳐들어 이한을 쳐다보았다. 그의 소매를 잡았다. 그리고 그 속으로 얇은 손가락을 밀어 넣어 연약하고 얇은 피부를 쓰다듬었다. 그를 도발시키는 데는 그것으로 충분했다.

흥분으로 달아올라 눈가가 붉어진 이한이 나현의 블라우스 사이로 손을 넣었다. 아직 풀리지 않은 단추들이 터져나갔지만 개의치 않고 말캉한 나현의 가슴을 쥐었다.

"진심인가?"

얇은 속옷 너머로 그의 손길을 느끼며 나현은 눈을 감고 나른한 숨을 뱉었다.

"네."

뜨거운, 아니 불타오르는 듯한 그의 입술이 그녀의 가슴을 깊게 빨아들였다.

이대로라면 평소와 다를 바 없이 그의 손에 모든 것이 끌려가게 돼.

그의 어깨를 두 손으로 집어서 밀어냈다. 그가 자신을 쳐다보자, 고개를 흔들었다.

"오늘은 제가… 사장님, 아니 이한 씨는 가만히 있어요."

평소 같으면 쑥스러워 하며 물러설 그녀였지만, 오늘은 적극적으로 그에게 다가갔다.

그 순간, 전화가 울렸다. 주머니 속에 있는 핸드폰이 울리고 있었다. 무시하고 그의 단단한 허벅지에 말캉한 다리를 꼬아 넣었다. 그러나 핸드폰은 그녀의 노력을 무시라도 하는 듯, 멈추지 않고 울렸다. 결국 입술을 깨물며 주머니 속을 휘휘 저어 핸드폰을 꺼냈다.

규성 선배.

개발 4팀장인 선배였다. 아까 그가 자신에게 속삭였던 내용이 떠올랐다. 임상 시험을 망친 주범이 개발 3팀장이라고 했고, 무언가 발견되면 바로 연락하겠다고 했다. 한국은 지금 새벽시간이다…. 무슨 급한 일이 생긴 걸까.

잠시 화면을 보며 망설이는 나현은 이한의 시선을 느꼈다. 뜨겁게 닿은 둘의 몸 사이에 어느새 한기가 돌았다.

이 전화 한통 받는다고 이 관계에 무슨 일이 생기는 것은 아니야. 시스테람을 생각해, 네가 그렇게 아끼는 그 약을. 전화를 받고 다시 그에게 돌아가면 되잖아.

그러나 나현은 손에 쥔 핸드폰을 그대로 바닥에 떨어트렸다. 그리고 핸드폰을 들고 있던 손으로 그의 머리를 감싸 안았다.

그에게서는 묘한 향기가 났다. 코끝을 알싸하게 맴도는 스킨의 향기 그리고 그의 몸에서 뿜어져 나오는 매력적인 체취가 합쳐지면 단순히 사람을 매료시키는 것뿐 아니라, 입안에 침이 감돌 정도로, 원초적인 무언가를 자극했다.

이한의 머리카락 속을 헤매는 나현의 손가락이 뜨거웠다. 사이사이를 스칠 때마다 그의 향기가 나현의 폐 속 깊은 곳까지 잠식해왔다.

달아오른 입술을 다시 그의 입가에 가져다댔다. 입술과 입술이 겹쳐지며 끈적이는 타액이 질척거리는 소리를 냈다.

"읏…."

아랫입술이 부드러운 점막에 닿자, 몸의 아래쪽이 급격히 뜨거워졌다. 나현의 다리가 그의 단단하고 두꺼운 허벅지 사이에 끼어들어가 있었다. 말캉거리고 부드러운 허벅지가 그의 근육 위를 문질렀다.

"당신…."

분노가 깃들었던 그의 눈빛이 어느새 욕망에 불타오르고 있었다.

"당신이란 여자는 정말…."

그는 마지막 말을 끝내지 않았다. 이를 악물며, 입꼬리를 올린 것이 다였다. 그는 평소와 달리 움직이지 않았다. 대신 나현을 흥미롭다는 눈빛으로 탐색했다. 얼마나 노골적인지, 나현은 그의 시선이 자신을 핥는 느낌을 받았다.

그동안은 욕망으로 정신없이 그를 탐하다 갑자기 현실로 돌아왔다.

내가 뭘 한 거야… 이렇게 노골적으로 그를 유혹하는 것은 처음이었다. 나현이 창피함을 느끼며 힘을 빼고 다리를 내리려 하자, 이한이 막았다.

"왜 멈추지?"

그의 손이 나현의 발목에서부터 종아리 그리고 허벅지를 쓸고 올라왔다.

"왜 그만 두냐고 묻잖아."

이한이 다시 그녀의 다리 사이를 누르면서 나직이 물었다. 나현의 무릎이 파르르 떨렸다.

"그냥…."

"싫어진 건 아니고?"

추궁이 아니라 놀리는 듯한 목소리에 나현은 몸을 비틀어 그에게서 빠져나왔다.

"여기서는 싫어요. 침대로…."

자신의 방이었으면 좋았을걸. 한껏 용기를 내 그의 손목을 잡아

끌었는데, 문에서 침대까지 거리가 너무 멀었다. 문 사이로 보이는 침대를 보고 나현은 당황했다.

저기까지 갈 자신이 없었다.

이한이 지금은 나현의 손에 자신을 맡긴 건 같지만, 언제 그가 자신을 돌려 세울지 알 수 없었다. 결국 가까이 있는 소파로 그를 끌었다. 그 앞에 이한을 세우고, 반쯤 풀어 헤쳐진 셔츠 사이로 보이는 그의 가슴을 밀었다.

그가 씩 웃었다. 가녀린 손이 힘을 주어봤자 얼마나 세겠냐마는, 그 손짓에 간단히 소파 위에 누웠다. 이한이 나현을 유혹하듯이 한쪽 팔로 상체를 세우고 까닥였다.

달리 한 것도 없는데 이렇게 자신이 달아올랐다는 사실을 이한에게 들키고 싶지 않았다. 하지만 그의 말대로 자신의 마음을 보이고 싶었다. 나현은 사장님이라고 부르려다 입을 닫고 미소를 지었다.

"진이한 씨."

늘 키가 큰 이한이 내려다보았지만, 지금은 자신의 시선 아래 그가 있었다.

그가 자신을 오해한다면 풀어주리라. 서툰 몸짓이라 마음이 잘 전달될지는 모르겠지만, 후회하고 싶지 않았다.

뜨거워진 몸만큼이나 마음도 달아올라 있었다. 언젠가는 그와 다시 만나지도 못하는 거리가 생길 것이다. 자신의 어머니가 그랬듯, 텔레비전 속 그를 그리워할지도 모른다.

하지만… 사랑하게 되었다.

손끝으로 그의 날렵한 코끝을 집었다. 간지러운 듯, 그가 코를 찡긋거렸다. 불도저 같은 남자, 눈앞의 일에 몰두하는 남자. 스페인에서 처음 만났을 때, 소매치기를 당해 울먹이는 그녀를 위로해 주기보다는 그녀가 잃어버렸다는 돈을 내밀며, 담담하게, 술이나 먹으러 가자고 하는 남자.

평생 대접받으며 군림하고 살아 누구에게도 숙일 줄 모르지만, 그럴 수 있다고 말해주는 남자. 처음으로 자신을 믿어주고 일을 맡겨준 남자, 그녀의 약에 대한 집착을 무섭다고 말하면서도 지원해주는 이 남자….

사는 세계가 다르다고 말하는 자신에게 지금 같은 공간에서 같이 숨 쉬고 있다며 키스를 퍼붓는 남자… 그를 사랑하게 되었다.

언젠가 그를 그리워하며 엄마가 그랬듯 방구석에서 우는 한이 있어도, 그렇게 되더라도 좋았다. 한 번이라도 더 그와 피부를 겹치고 싶다, 그에게 이 마음을 전하고 싶었다, 후회하지 않게… 사랑하고 싶었다.

"진이한 씨."

"응?"

나른하고 매력적인 저음이 자신의 귓가를 홀리자, 나현이 미소 지었다.

"진이한 씨가 좋아요."

생각지도 못한 말에 이한이 미간을 찌푸렸다.

"내 감정과 사장… 아니 이한 씨의 감정은 같은 게 아니겠지만, 난 진이한 씨가 좋아요. 오해 받는 거 싫어. 이한 씨는 다른 누구와도 달라요. 당신 같은 사람은 여태 없었어….”

충격과도 같은 전율에 고개를 뒤로 젖히며 작게 소리를 흘렸다.

그에게 지금 나는 어떻게 보일까, 매력적으로 보이긴 할까? 아니면….

혼란한 상태에서 그녀가 허리를 살짝 흔든 순간, 그저 바라보고만 있던 이한이 몸을 일으키며 그녀를 안았다.

“정말 못 말리겠군.”

낮게 으르렁거리는 듯한 그의 목소리에, 나현의 어깨가 움츠러들었다.

“각오해, 오늘 밤. 단 한숨도 재우지 않겠어.”

나현은 완전히 이성을 잃고 그에게 매달렸다. 더 사랑해 달라고, 더 꼭 안아달라고….

그러는 동안, 바닥에 떨어진 나현의 핸드폰에 진동이 계속 오고 있었다. 그러나 사랑에 집중한 그녀의 귀에는 아무것도 들리지 않았다.

06
한국으로

소파 위에서 한 번 몸을 겹친 후, 이한이 흐트러진 차림의 나현을 들어 침대 위에 눕혔다.

옷매무새를 만져준다는 핑계로 이한은 나현을 알몸으로 만들고, 태초 그대로의 그녀를 다시 한 번 탐했다.

격렬한 정사였다. 손가락 하나 까닥할 수 없을 정도로 지치고 나서야 이한은 나현을 놓아주었다. 장시간 비행기를 탄 피로감과 정사 끝의 노곤함이 겹쳐 나현은 쓰러지듯 깊은 잠에 빠졌다.

그의 품에 안겨 곤한 잠을 잤다. 스페인에서 그가 누군지 몰랐을 때, 그에게 기대어 잔 적은 있었지만, 그와 재회하고 나서 이렇게 그의 품에 안겨 잔 것은 처음이었다. 그에게 마음을 열지 말자 다짐했던 것이 무색하게 방심하고 있었다.

나현이 잠에서 깬 건 완전히 아침이 되어서였다. 쇄골 근처가 간질거렸다. 눈을 찡그리면서 살짝 눈을 뜨니 이한이 보였다. 이미 씻었는지 축축하게 젖은 머리카락이 흘러내렸다. 그가 코끝으로 그녀의 쇄골을 간지럽히고 있었다.

"이한 씨…."

"일어났나?"

그의 숨결이 목 근처에 닿자 오싹거렸다.

"네."

그에게서는 상쾌한 향기가 났다. 나현은 어제 샤워도 못하고 정사를 치른 참이었다. 관계를 맺으며 자신에게서 흐른 사랑의 증거들이 온몸을 덮고 있었다. 깨끗한 그에 비해 자신은 온몸이 끈적거렸다.

"저 샤워 좀 하고 올게요…."

부드럽게 그의 몸을 밀어냈다. 하지만 그는 꼼짝도 하지 않았다. 오히려 강하게 그녀의 몸을 두 팔로 감싸 안았다.

"안 돼요, 저 정말…."

몸을 비틀어 겨우 빠져나왔다. 그를 밀어내고 하얀 시트를 끌어당겨 몸에 감았다. 밝은 호텔방, 붉은 흔적으로 가득한 알몸을 그의 시선에서 감추고 싶었다. 조심히 화장실로 걸어가는 데, 거실에서 진동소리가 울렸다.

지이이잉.

그러고 보니, 어제 그의 방에 들어왔을 때 전화가 왔었다.

선배인가? 잠들기 전에 전화부터 확인해봐야 했는데.

입술을 깨물며 시트를 두 손으로 꼭 잡은 채, 거실로 달려갔다.

바닥에서 요란하게 진동으로 몸을 떨고 있는 핸드폰을 주워들었다. 당연히 선배일 거라고 생각했는데, 전화기 화면에는 의외의 이름이 떠있었다.

엄마.

안 좋은 예감이 스쳐 지나갔다. 지금 미국 출장에 온 것은 엄마도, 쌍둥이 동생 유현이도 잘 알고 있었다. 일을 하러 갔을 때는 절대 연락을 하지 않는데….

거기다 엄마가 먼저 전화를 하는 일은 별로 없는데…

이한의 집으로 이사 오고 나서, 연락은 엄마보다는 늘 유현과 했다. 떨리는 손길로 통화 버튼을 눌렀다.

"여보세요?"

-나현아, 아직 미국이니?

엄마의 다급한 목소리에 나현의 심장이 점점 빠르고 크게 뛰었다.

"응, 엄마. 무슨 일 있어?"

-그게… 유현이가 너한테 말하지 말라고 했는데.

불길한 예감에 주저하는 엄마를 다그쳤다.

"무슨 일인데? 엄마, 빨리 말해봐."

-유현이가 쓰러졌어….

***

나현은 소파 위에 털썩 주저앉았다. 이런 날이 올 줄은 알았지만, 이렇게 빨리 올 줄은 몰랐다. 아직 20대인데….

쌍둥이 동생인 유현은 10대 때 발병했다. 루푸스 병이란 자가면역질환으로 면역계에 문제가 생겨 자신의 몸을 스스로 공격하는 것이다. 온몸에 증상이 나타나게 되지만, 가장 문제가 되는 것이 신장에 생기는 증상이었다.

면역계가 신장을 공격해 신부전이 올 수도 있었다. 루푸스 병은 굉장히 괴로운 병이라 지금까지는 유현도 제대로 된 직장 생활이나 공부를 할 수 없었지만, 그래도 다른 증상들은 목숨과는 관계가 없었다. 하지만 신장에 문제가 생기면….

-며칠 전부터 몸이 퉁퉁 부어, 병원에 가봐야겠다고 생각했는데, 집에 와보니까 쓰러져 있었어. 병원에 가니까 이미 신장에 문제가 생겼다더라. 아까는 놀라서 전화했는데, 입원 잘했으니 걱정 말고 일 봐.

아까 엄마가 하던 말이 머릿속을 맴돌았다. 쓰러질 정도면 대체 얼마나 아팠던 거야….

고개를 숙이고 숨만 몰아쉬는 나현의 어깨 위에 따뜻한 손이 올라왔다.

"무슨 일이지?"

나현은 고개를 들고 이한을 올려다보았다. 눈동자가 떨렸다. 하지만 약한 모습을 보이고 싶지 않았다.

"그냥 엄마가 안부 차 전화한 거예요…."

이한이 미간을 찌푸렸다.

"나한테 거짓말하지 마. 당신 감정이 어떤지 눈치 채지 못할 거라고 생각해?"

나현이 씁쓸하게 웃었다. 사람을 유난히도 잘 꿰뚫어보는 그 앞에서 이런 서투른 거짓말이라니….

최대한 마음을 꾹 누른 채, 담담히 입을 열었다.

"동생이 좀 아프다고 전화가 왔어요. 엄마가 놀라셔서…. 별거 아니에요."

"별거 아니라고?"

이한의 추궁에 나현의 입술이 파르르 떨렸다. 하지만 회사 일도 복잡했다. 입원했다고 했으니, 나현이 지금 유현의 곁에 날아서 간다 해도 할 수 있는 건 없을 것이다. 오늘은 나현이 주재하는 세미나도 있었다. 이 프로젝트를 성공시키는 것이 장기적으로는 유현을 위한 길이었다.

"별거 아니에요."

이한은 그녀의 서툰 거짓말에 그냥 넘어가주기로 했다.

나현은 고개를 숙이고 크게 심호흡을 했다. 약을 개발해서 유현이를 낫게 하는 거야, 정신 차려, 함나현.

***

샤워를 하고 마음을 다스렸다. 다른 생각은 하지 않으려고 노력했다. 오늘 대학에서 할 면역조절제 시스테람의 세미나에만 집중했다. 유현의 상태가 궁금해 엄마에게 연락하고 싶은 마음도 들었지만, 마음이 흐트러질까 봐 하지 않았다.

다행히 실수 없이 일은 완벽하게 끝냈지만, 표정까지 숨기지는

못했다. 전날의 장난기 넘치던 버마 교수조차 걱정하며 물어볼 정
도였다.

"무슨 일이 있어요?"

나현이 희미하게 미소를 지으며 고개를 저었다.

"아무 일도 없습니다."

나현의 답변에도 버마 교수는 고개를 갸웃거리며 중얼거렸다.

"표정이 좀 이상한데…. 어쨌든 오늘 세미나는 좋았습니다. 시
스테람에 대한 기대가 크네요."

세미나가 끝나고, 서류를 정리하며 나현은 무사히 끝나 다행이
라는 안도감에 크게 한숨을 내쉬었다. 어서 호텔에 가서 전화해야
겠다. 미국 일정도 내일이면 끝나니, 모레는 서울에 갈 수 있었다.

서류를 정리하고 있는 나현에게 이한이 다가왔다.

"오늘 세미나 수고했어요, 함나현 씨."

"감사합니다."

"잘해줬어, 대학 측에서도 만족하더군."

그의 말에 겨우 웃었다. 긴장이 풀려 일어서기가 힘들 정도였다.
내일 있는 일정은 대부분 미국지사에서 진행하는 일정인지라 그
녀가 책임지는 부분은 거의 다 끝이 났다. 혼란한 상황에서 일을
제대로 끝내 다행이었다.

"내일 함나현 씨가 진행하는 일은 없지?"

"네? 네, 내일은 미국지사 직원이 주로 진행합니다."

나현의 답변에 이한이 고개를 끄덕였다.

"그럼, 함나현 씨는 지금 호텔로 가서 짐 정리해서 한국으로 가도록."

생각지 못한 말이라 당황스러웠다.

"무슨 말씀이신지?"

"지금 퍼듀 대학 공항에 내 비행기가 대기 중이니까, 준비 끝나는 대로 공항으로 출발해."

"일정은 내일까지인데…."

이한이 고개를 끄덕이며 웃었다.

"당신이 퍼듀 대학에서 해줘야 할 일은 완벽하게 잘했어."

"하지만…."

이한이 말허리를 끊었다.

"이건 권유가 아니라 명령이야. 이미 비행 허가까지 다 받고 당신을 기다리고 있으니까, 얼른 출발하도록 해."

나현은 고개를 끄덕일 수밖에 없었다.

*　*　*

짐을 정리하고 퍼듀 대학 공항으로 향했다. 퍼듀 대학의 공항은 작아서 활주로를 걸어가 계단을 통해 비행기를 타야 했다. 이미 활주로 위에는 이한의 개인 자가용 비행기가 나현을 기다리고 있었다.

한시라도 빨리 유현이 어떤 상태인지 확인하고 싶은 마음도 있었지만, 정말 이렇게 해도 되나 불안한 마음도 있었다.

나현이 자신의 눈앞의 비행기를 바라보았다. 올 때는, 이한과 동행했기 때문에 거부감이 덜 했지만, 지금은 너무 부담스러웠다. 혼자 비행기를 사용하게 되면 어마어마하게 돈이 들겠지…. 이런 생각 자체가 그녀를 주눅 들게 했다.

비행기를 바라보며 망설이는 나현의 뒤에서 익숙하고도 나지막한 목소리가 그녀를 불렀다.

"함나현 씨."

몸을 돌려, 이한을 바라보았다. 그의 코트가 강한 바람에 나부꼈다. 하지만 눈동자는 흔들림 없이 그녀를 바라보고 있었다.

"사장님…."

지금이라도 됐다고 말하려 입을 여는 순간, 눈치 챈 이한이 선수를 쳤다.

"명령이라고 했어. 거절할 생각도 하지 마."

나현이 입술을 깨물었다.

"하지만 비행기 비용도 있고, 그냥 차를 타고 공항에 가거나 아니면…."

"더 빨리 동생 곁에 가고 싶지 않나?"

가고 싶었다. 하지만, 마음을 짓누르는 부담감이 너무 컸다.

"하지만, 제가 이 비행기를 사적으로 이용해도 되나요?"

이한이 호탕하게 웃었다.

"회사 비행기도 아니고, 내 소유인데, 왜 안 되지?"

차라리 회사 소유라면 더 마음이 편할 것 같았다. 여전히 망설이는 나현의 뺨에 이한의 차가운 손끝이 닿았다.

"내가 사랑하는 여자에게 이 정도는 당연하지 않아?"

그의 말에 나현의 눈이 커졌다.

"지금 뭐라고?"

내가 사랑하는 여자라니…. 사랑이라는 말은 처음이었다. 소란
스런 비행기 소리에 잘 못 들은 걸까, 나현은 자신의 귀를 의심했
다. 뭐라고 했는지 되물으려던 나현의 입술이 이한에 의해 막혔
다. 뜨겁고 부드러운 입술이 그녀의 입술을 삼켜버렸다.

한참이나 이어진 뜨거운 키스가 끝나서야 차가운 바람이 불고
있다는 걸 느꼈다. 이한이 그녀를 부드럽게 밀어내며 놓아주었다.

"가."

"사장님…."

그의 말에 겨우 몸을 돌렸다. 발걸음이 떨어지지 않았다. 출장을
끝내고 함께 돌아가고 싶었다. 담당한 일은 마무리되었지만, 이렇
게 큰 프로젝트를 맡게 된 이상 일을 제대로 끝내고 싶었는데….

등에 따스한 손길이 닿았다. 그리고 비행기를 향해 나현을 밀었다.

"어서."

거부할 수 없는 힘이 담긴 목소리에 나현이 무거운 발걸음을 뗐
다. 그렇게 홀로 비행기에 타 헤어진 곳을 바라보았다. 이미 그는
떠나고 없었다.

* * *

나현은 비행기가 착륙하자마자 핸드폰을 꺼내 엄마에게 전화를
걸었다. 두 번의 신호음이 가자 전화를 받았다. 미국에서 전화했
을 때보다 한결 밝아 안심이 되었다.

-그래, 나현아.

"엄마, 유현이 지금 어때? 나 인천공항이야. 바로 출발하려고. 대후병원으로 가면 되지?"

집에서 가까운 대후병원은 그동안 유현이 정기적으로 다니던 병원이었다. 엄마가 서둘러 대답했다.

-나현아! 그 병원 말고 서울 삼세병원으로 와.

"삼세병원?"

-그래, 김상철 교수님이 진료를 봐주시기로 했어.

김상철 교수라는 말에 나현이 고개를 기울였다. 삼세병원은 루푸스에 관해서는 국내 최고 병원이었고, 거기 루푸스 신부전을 전공한 김상철 교수님은 워낙 대기 환자가 많아 들어가는 게 거의 불가능하다고 들었다.

"주치의 선생님이 추천해주셨어?"

이미 몇 번인가 삼세병원으로 옮기고 싶다고 해서 방법을 찾아봤었다. 대기명단에 이름을 올렸을 뿐, 연락은 오지 않았는데.

-응, 사장님한테 못 들었어?

나현이 고개를 갸우뚱했다. 사장님이라니, 누구를 말하는 거지?

"사장님이라니?"

-너희 회사 사장님 말이야.

그 말이 누구를 뜻하는 것인지 알고 나현은 인상을 찌푸렸다. 진이한 사장을 말하는 것이었다.

-어제 너한테 연락하고 나서 비서실에서 오셨어. 사장님께서 삼세병원으로 전원도 시켜주시고, 병실도 얻어주셨는데. 이야기 못 들었어?

그에게 말한 것은 동생의 건강이 좋지 않다는 것뿐이었다. 그녀가 입원했다는 걸 말한 적은 없었다. 더군다나 유현의 병원도 입 밖에 꺼내본 적이 없었다. 어떻게 병원까지 알아내 찾아간 것일까. 하긴, 이름만 안 상태에서 자신이 다니는 회사까지 알아낸 사람이다. 동생이 입원한 병원을 알아내는 것쯤이야 일도 아니었을 것이다.

나현은 한숨을 내쉬었다.

***

병실 한쪽에 앉아 엄마가 설명해주는 유현의 상태를 들었다.

"얼마나 심각하대?"

"다행히 생각보다 나쁘지는 않대, 그래도 앞으로 치료를 계속 받긴 해야지."

이미 유현의 신장은 면역세포에 의해 공격당하고 있었다. 계속 관리를 잘 해왔지만, 우려했던 날이 오고야 말았다. 루푸스에 의한 신부전의 치사율은 10%. 낮다고 할 수도 있지만 아예 없는 것도 아니다. 그 수치가 주는 무게감이 나현의 마음을 짓눌렀다.

유현은 방 한편에서 곤히 잠을 자고 있었다. 나현이 동생의 여윈 얼굴을 바라보며 한숨을 쉬었다.

평소였다면 이한이 해주는 배려가 부담스러웠을 것이다. 그가 사주는 옷도, 그가 태워주는 자가용 비행기도 그녀에게는 마음의 부담, 그 이상도 이하도 아니었다. 하지만 유현이 편한 1인실에서 지내는 것은… 솔직히 고마웠다. 유현이 더 좋은 환경에서 치료를 받게 된 것도 고마웠지만, 다른 무엇보다 그가 이렇게 신경써주고 있다는 사실이 좋았다.

"정말 좋은 회사야. 직원에게 이렇게 신경을 써주고."

엄마의 말에 작게 웃어 보였다. 직원이어서 그가 신경을 써준 것이든, 아니면….

-내가 사랑하는 여자에게 이 정도는 당연하지 않아?

공항에서 헤어지기 전, 그가 했던 말을 떠올렸다. 휘날리는 그의 날리는 머리카락을, 미소를 바라보며, 자신에게 했던 말이 진심인가를 가늠했다. 정말일까, 정말 내가 그를 사랑하는 것처럼 그를 보면 가슴이 떨리는 것처럼 그도 나를 볼 때 같은 눈으로 바라보고 있을까.

확신은 없었다. 하지만 그의 그런 마음이 순간이라 해도, 입에 발린 말이라 해도 나현은 이미 그에게 빠져 있었다. 돌이킬 방법은 없었다.

***

간병을 하느라 피곤이 쌓인 엄마를 보내고, 나현이 병상을 지켰다. 유현은 자다 깨서 이야기를 나누다 다시 잠이 들었다. 동생이 안정을 찾았다는 것을 확인하고 회사일로 정신을 돌렸다.

회사 메일에 접속해 그동안 쌓인 일을 처리하기 시작했다. 피곤하긴 했지만 버마 교수의 연구실에서 받아온 자료들을 정리했다. 그러던 중에 메일이 왔다는 알림이 왔다.

개발 4팀장, 규성이 보낸 메일이었다.

시스테람의 임상시험 조작에 관한 내용이었다. 수기로 작성한 메모들을 규성이 정리한 내용과 시험 내용들을 디지털화 한 것 중 눈에 띄는 것들을 체크한 목록이었다.

임상시험 중 가장 크게 문제가 되었던 건 3차 때였다. 시험 전체 결과가 어그러지고 신뢰도가 낮아지면서 결과적으로 일본 제약회사와의 계약이 파기된 것도, 3차 결과의 영향이 컸다.

3차 임상시험을 컨트롤한 사람은 상사였던 개발 3팀장이었다.

-물론 그분이 한 게 아닐 수도 있어. 하지만….

규성이 전화로 했던 말이 떠올랐다. 나현이 인상을 찌푸리며 데이터를 확인했다. 규성이 보내준 자료를 보니 결과가 더 확실했다.

이걸 왜 발견하지 못했던 것일까. 오래 생각하지 않아도 이유를 알았다. 회사에 있는 직원이 설마 시험결과를 안 좋은 쪽으로 만질 것이라고 생각하지 못했던 것이다. 거기다가 시스테람 프로젝트 전체를 끌고 가는 팀장이 그럴 것이라고는 지금도 선뜻 믿어지지 않았다. 그럴 사람도 아닐 뿐더러, 그럴 이유도 없었다.

-나현 씨, 이 프로젝트가 나현 씨한테 얼마나 중요한지 알아. 늘 열심히 해줘서 고마워.

개발이 난항을 겪어 다들 조금씩 날카로워져 있을 때도 늘 팀원들을 다독이던 그였다. 여전히 믿기지 않았다.

자료를 잘 받았다고 답신을 보내고 노트북을 닫았다. 정말 누군가 건드린 것이라면 용서할 수 없는 문제였다. 나현이 잠든 유현의 얼굴을 손으로 쓸었다.

점점 더 나빠질 것이다. 새 약이 출시되어야 한다, 그걸 방해하는 사람은 누구라도 용서할 수 없었다.

***

밤새 병실을 지켰다. 유현의 상태를 수시로 확인하느라 피곤에
지친 나현이 침대 옆에서 까무룩 잠이 들었다.

얼마나 지났을까, 따가운 햇살이 얼굴을 간지럽히는 느낌에 잠
에서 깨어났다.

"으음…."

벌써 아침이구나, 나현이 손으로 눈을 비비며 고개를 흔들었다.
어제만 해도 부어서 보기 안쓰럽던 유현의 얼굴도 조금 나아진 듯
보였다. 출근을 하려고 일어나려다, 자신을 쳐다보는 시선을 느끼
고 고개를 돌렸다.

병실 문에 기댄 채, 자신을 바라보고 있는 한 남자….

"이한 씨."

출장을 끝내고 바로 왔는지, 손에는 작은 서류가방이 들려 있었
다. 이한이 살짝 미소 지었다.

"내가 깨웠나?"

"아니요, 그런데… 공항에서 바로 오신 거예요?"

"으음…."

그사이 유현이 신음을 흘리면서 몸을 뒤척였다. 이한이 그 모습
을 보고는 고개를 살짝 기울였다.

"나가서 얘기할까?"

234

***

　병실 문을 닫고 나와 그의 앞에 섰다. 자다 깬 상태라 민낯을 보이기 싫어 살짝 고개를 돌렸다.

　"병실까지 오실 줄은 몰랐어요."

　"놀랐나?"

　나현이 고개를 살짝 끄덕였다.

　"오늘 와주신 것도 그렇지만, 삼세병원으로 옮겨주신 것도 감사합니다."

　이한이 한쪽 입술을 끌어올리며 웃었다.

　"고마워할 것 없어."

　그의 눈빛이 찌르듯 나현을 바라보고 있었다. 이틀 만에 만나서인지, 그 눈빛이 조금 낯설었다.

　"난 이기적인 놈이야. 당신이 어두운 표정 하는 것도 싫고, 다른 걱정 때문에 나한테 집중 못하는 것도 싫어. 그래서 지시한 거니까 당신이 나한테 고마워할 필요 없어."

　나현이 살짝 웃었다.

　"왜 웃지?"

　"대답이 너무 이한 씨다워서."

　이한이 인상을 찌푸리고 고개를 돌렸다. 그의 입술은 약간 비틀려 있었다. 웃는 것도, 아닌 것도 같은 미묘한 표정. 처음으로 나현은 손을 뻗어 그의 입술을 만져주고 싶었다. 하지만 병원에 있다는 걸 의식해 손가락을 들어 올리다 다시 내릴 수밖에 없었다.

"어쨌든."

이한이 가방 안에서 서류 파일을 꺼냈다.

"여기에 온 건 당신 상황을 확인하고 싶기도 했지만…."

나현이 그의 손에 있는 서류를 받아들었다.

"이걸 전해주고 싶어서였어. 나도 미국에서 돌아오는 길에 받은 자료라 대충 읽어본 게 다지만."

첫 장을 읽어봐도, 무슨 자료인지 감이 오지 않았다.

"이게 무슨 서류죠?"

"진솔제약의 보안 서버를 추적한 자료. 당신이 자료실에 갇힌 날, 보안 서버를 누군가 해킹해서 당신을 가뒀어. 그 전에도 마음 대로 건드려 인증 없이도 자료실을 드나든 적이 있더군. 그 서류 안에 어떻게 그게 가능했는지 적혀 있어."

나현이 놀라 눈으로 바라보자, 그가 입술을 끌어올리며 웃었다.

"누가 당신을 가뒀는지, 알고 싶지 않나?"

"회사 보안팀이 추적해서 알아낸 거야."

이 서류를 보면, 누가 나현 자신을 가뒀는지, 누가 자료실을 건드렸는지, 길게 봐서는 누가 임상시험 자료를 건드렸는지까지 알 수 있다. 그럴 거라 생각하니 심장이 두근거렸다. 조심스럽게 페이지를 넘겼다. 몇 장을 넘기자, 형광펜으로 체크된 곳이 있었다. 아이피 주소였다.

"아이피 추적 끝에 나온 곳이야."

"어디인가요?"

이한이 잠시 말을 멈췄다가 턱을 쓸어내린 뒤, 입을 열었다.

"PS코퍼레이션."

처음 듣는 이름이었다. 나현이 모르겠다는 듯 쳐다보자, 이한이 다시 입을 열었다.

"필승그룹의 산하 회사지."

"필승그룹? 설마 필승제약과 관계가 있는 건가요?"

필승제약은 진솔제약과 비슷한 규모의 제약회사였다. 타 제약 회사들이 독자경영을 하고 있거나 아니면 외국계인 것과 달리 대기업 산하에 있는 것도 진솔제약과 비슷했다. 당연히 여러모로 진솔제약과 비교되는 회사였다.

"우리 회사와 계약했던 사키요미제약이 얼마 전에 필승제약의 면역조절제 개발과 관련해 계약을 맺었지."

진솔제약이 일본 사키요미제약회사과 계약을 한 것이 6개월 전이었다. 시스테람의 지지부진한 임상시험 결과를 토대로 해지되었다. 진솔제약은 약 5000억 원의 손해를 입었고, 엄청난 폭의 주가 하락이라는 고배를 마셔야만 했다. 그 일로 기존의 사장이 물러났고, 이한이 새로 온 것이다.

사키요미제약은 진솔제약과 계약을 해지하고 필승제약과 계약을 맺었다. 그 영향으로, 필승제약의 위상이 진솔제약을 넘어서게 되었다. 시스테람의 임상시험 실패가 결국 필승제약에 엄청난 이익을 안겨주게 된 것이다.

"누군가 시스테람이 실패하도록 조작하고 그 자료를 숨기기 위해 자료실 보안을 건드린 거네요."

"그래, 회사에 산업스파이가 있다는 뜻이지."

심증은 있었지만 물증이 나온 것은 처음이었다. 이한의 미간에 주름이 깊어졌다.

"개발 3팀 내에 있었겠지. 누군지 짐작 가는 사람이 있나?"

그의 말에 개발 3팀장의 얼굴이 스쳐 지나갔다. 하지만 확실치 않았다. 그가 가장 문제가 된 시기였던 임상시험 3차에 관여되어 있다는 것 외에는 심증조차 희미했다. 물증이 없는 상태에서 이한에게 그의 이름을 올렸다간, 팀장이 모든 것을 뒤집어쓰고 물러날 가능성도 있었다. 나현이 망설이자, 이한이 말을 이었다.

"마음에 짚이는 사람이 있군."

"아직 물증이 없습니다."

조금만 더 알아보고 싶었다. 알게 된 지 이제 고작 일주일이었다. 자료를 더 모아서 보다 보면 허점이 있을 것이다. 만약 팀장님이 정말로 산업스파이였다면 방대한 시험 자료 중에 어딘가에는 흔적을 남겼을 테니까.

"조금만 기다려주시면, 물증과 함께 보고하겠습니다."

각오가 엿보이는 나현의 말에 이한이 입술을 비틀었다.

"지금 바로 말하도록 해."

"하지만…."

"개발 3팀이었던 모든 사람을 다 해고할 수도 있어."

나현의 눈썹이 파르르 떨렸다.

"왜 갑자기 그런 말을…."

"다른 회사가 얽혔다는 증거가 나온 이상, 주먹구구식으로 조사를 계속할 순 없어. 조사팀을 꾸리고 누가 이 일을 기획했는지 알아내야 해."

나현이 급한 마음에 그의 팔을 잡았다.

"하지만 그렇게 대대적으로 했다간 더 빨리 증거인멸을 할 수도 있어요."

"당신이랑 개발 4팀장 둘이서만 이 조사를 진행해나가는 것은 무리야."

조사팀이 신속하게 결과를 낼 수도 있겠지만, 이미 손을 써뒀기 때문에 나현은 그보다 빨리 찾아낼 자신이 있었다. 미국 출장 때문에 거의 손을 못 댔으나 이젠 마음먹고 조사를 마무리 지을 수 있었다.

"저를 믿어주세요. 꼭 밝혀내겠습니다. 시스테람에 대해서는 제가 누구보다 잘 압니다. 임상시험에도 다 참여했고요."

나현의 손에 힘이 들어갔다. 하지만 이한은 답답하다는 듯 한숨을 쉬었다.

"함나현 씨."

"네?"

"당신이 이 프로젝트에 얼마나 애정을 가지고 있는지는 알아. 그 애정과 노력 때문에 이 프로젝트를 맡긴 거야. 하지만…."

이한이 인상을 썼다.

"지금은 이렇게 할 때가 아니라는 걸 모르겠어?"

"하지만…."

항변하려 입을 연 순간, 뒤에서 익숙한 목소리가 들려왔다.

"나현아, 손님 오셨니?"

나현이 놀라 급하게 몸을 돌렸다. 내려가서 이야기를 나눴어야
했는데….

"어, 엄마!"

엄마가 이쪽을 지켜보고 있었다.

"누구? 회사 분이셔?"

나현은 떨리는 눈으로 이한과 엄마를 번갈아보았다. 사장이라
소개할까. 하지만 작은 중소기업도 아니고 대기업 회사 사장이 병
실까지 찾아왔다는 걸 바보가 아닌 이상 믿어줄 리 없었다. 거기
다가 상대는 그냥 사장도 아닌, 진솔그룹의 후계자 진이한이다.
뉴스에도 왕왕 나오는….

나현의 목소리가 떨려왔다.

"회사 상사…."

"어머, 그러시구나."

엄마가 활짝 웃었다. 이한이 그런 그녀를 보고 쓱 앞으로 나왔다.

"안녕하세요, 어머님. 전…."

그때 그의 말허리를 자른 엄마가 생각지 못한 인사를 건넸다.

"정말 감사합니다. 사장님께서 병실까지 신경 써주시고…. 정말
감사합니다."

엄마가 깊게 고개를 숙였다. 사장님이라는 말에 가슴이 덜컹거
렸다. 그가 누군지 알아본 게 분명했다.

"아닙니다. 불편한 것 있으시면 주저하지 마시고 언제든지 말씀
해주세요."

"아니요…."

기분 탓일까, 엄마의 눈빛이 순간 날이 선 것처럼 느껴졌다.

"괜찮습니다. 일개 평직원에게 이정도로 신경써주시다니, 정말 감사합니다."

완곡한 거절이었다. 이한 역시 그런 어머니의 뜻을 알았는지, 더는 말하지 않고 은은한 미소만 머금었다.

"아닙니다. 그럼."

"네, 들어가세요."

어색한 분위기에 나현이 엄마의 팔을 잡았다.

"엄마, 나 저 사장님 바래다 드리고 올게."

"그래, 아니 너도 들어가 봐. 밤새서 피곤할 텐데."

엄마가 부드럽게 나현의 팔을 밀었다. 나현은 고개를 끄덕이고 결국 이한과 엘리베이터를 탔다.

***

이한과 함께 그의 집으로 돌아왔다. 피곤하기도 했지만, 오는 내내 답답한 분위기에 숨이 막혔다. 집에 들어서 짐을 바닥에 내려놓자마자 긴 한숨을 내쉬었다. 엄마의 말이 계속 떠올랐다.

"일개 평직원에게 이렇게 신경을 써주시다니."

이한이 눈치 챘을지 모르지만, 나현은 알았다. 엄마가 둘의 관계를 비꼬고 있다는 사실을.

나현의 목을 조르는 것은 이뿐만이 아니었다. 지금은 시스테람이 더 문제였다. 이제야 간신히 증거를 잡았다고 생각하는데, 다른 팀으로 일을 넘겨야 할지도 모르는 상황이 되었다.

"쉴 건가?"

이한이 비스듬히 소파 등받이에 몸을 기대며 그녀를 보았다. 그의 눈가가 깊게 패여 있었다. 출장을 다녀오자마자 병원에 들른 것은 그도 마찬가지였다.

"피곤하시죠? 먼저 쉬세요. 전 자료 좀 더 보고 쉬겠습니다."

일이 넘어가기 전에 최소한 선배에게서 받은 자료는 다 확인하고 싶었다. 만약 증거를 잡게 된다면…. 그때였다.

"함나현 씨, 지금 어떤 줄 알아?"

나현이 그를 올려다보았다.

"당장이라도 쓰러질 것 같은 얼굴이야. 좀 쉬어."

"아닙니다, 전…."

"그 일에 더 신경 쓰지 마."

나현이 입술을 깨물었다.

"최소한 그 조사 팀에 제가 참여하고 싶습니다."

"당신은 빠져. 당신이 그렇게 하고 싶었던 루푸스 관련 임상시험만 진행하도록 해."

나현이 한 걸음 앞으로 다가가 고개를 흔들었다.

"저를 믿어주세요. 저만큼 잘 아는 사람은 없어요."

이한이 어이가 없다는 듯 고개를 저었다.

"내가 당신을 못 믿어서 그 팀에서 빠지라고 한다고 생각하나?"

"아니면… 왜?"

그가 다시 한숨을 쉬며 말을 이었다.

"불법적으로 해킹까지 하고, 회사에 침입까지 하는 이들이야. 이 일에 말려들었다가 위험해질 수 있어."

나현이 입술을 깨물었다.

"제가 위험해질까 봐 그런 거라는 말씀이신가요?"

"그래."

"저를 지키기 위해서?"

그가 슬며시 고개를 끄덕이더니 손을 뻗어 나현의 턱을 쓸어내렸다. 손가락이 스쳐 지나갈 때마다, 그에게 기대고 싶은 마음이 솟아났다. 하지만 그래서는 안 된다. 나현은 고개를 저었다.

"전 약하지 않아요. 제 앞에 오는 위험은 제가 피하겠습니다. 제가 할 수 있다는 걸 믿고, 맡겨주세요. 그게 저를 위한 길이에요."

둘의 시선이 날카롭게 부딪쳤다. 나현이 물러서지 않고 말했다.

"보호받으려고 회사에 들어온 것이 아닙니다. 제 일을 하게 해주세요."

"당신이라는 여잔… 정말 못 말리겠군."

이한이 한쪽 입술을 끌어올려 웃었다. 분명 저 남자 눈엔 이런 내가 이상하게 보이겠지?

하지만 이대로 발을 뺄 수는 없었다. 조금만 더 하면 손에 잡힐 것 같았다. 이 일을 얼른 밝혀내야 시스테람에 관한 임상시험을 진행해 허가를 받을 수 있을 것이다. 나현에게는 아주 중요한 일이었다.

"제가 여자라는 이유로 절 지켜주실 필요는 없어요."

"바보 같은 소리하지 마. 당신이 여자여서 지키려는 게 아니라!"

이한의 손가락이 나현의 턱을 톡톡 두드렸다.

"당신을 아끼니까 당신이 다치지 않길 바라는 것뿐이야."

말투는 딱딱했지만 다정한 말이었다. 이한이 그녀의 몸에서 손을 떼고 한 걸음 물러섰다.

"그게 당신이 그렇게 원하는 일이라면 하고 싶은 대로 해."

잠시 말을 멈추더니 한숨을 내쉬고 다시 말을 이었다.

"하지만 영원히 당신이 그 일을 붙잡고 있게만 할 수는 없어. 이 일은 회사의 사활이 걸려 있는 일이니까."

이한이 검지를 들었다.

"일주일. 일주일 기회를 주겠어. 일주일 뒤에도 증거를 찾지 못한다면, 당신이 밝혀낸 내용을 새로운 조사팀에게 넘기고 이 일에서 빠지도록 해."

"전 조사팀에 포함되지 못하는 건가요?"

"당신은 루푸스 임상시험을 진행해야 하잖아. 두 개를 다 하는 건 불가능해 보이는데."

이한이 최후통첩을 했다.

"일주일, 일주일이야. 당신이 해내는 걸 보고 싶군. 실망시키지 마."

***

실낱같은 기회를 붙잡고 나현은 발버둥 쳤다. 며칠 동안 정신이 없었다. 낮에는 앞으로 진행 될 임상시험의 준비와 퍼듀 대학 버마 교수팀과의 공동연구를 기획하는 일로 정신이 없었고, 밤에는 개발 4팀 팀장, 규성과 만나 가장 문제가 되는 임상시험 3차를 되짚어보는 일로 시간이 모자랄 지경이었다. 집에 돌아와서는 침대에 쓰러져 잠들기 바빴다.

그렇게 급하게 일이 진행된 지 사흘째 되던 날, 지금까지 여러 번 읽은 실험대상자 리스트를 보던 나현은 위화감을 느꼈다.

"여기 이 실험대상자, 58kg에 172cm. 장기이식한 지 6개월 된 환자, 아까 정확히 같은 조건의 실험 대상자가 있었는데…."

서둘러 데이터 검색을 했더니 같은 조건의 실험대상자가 명단에 떴다. 한 명도 아니고 두 명이나.

"세 사람이 체중, 키, 장기이식한 이력이 같아요."

임상시험에 들어간 실험 대상자는 수백 명이라 몇 가지 조건이 겹치는 사람은 있을 수 있어도 키와 몸무게, 이식 이력이 같은 사람이 세 명이나 있다는 것은 이상했다.

"하지만 다른 조건이 다른데. 성별이나, 나이 같은…."

"우연일까요?"

하지만 세 명이 같은 조건이라는 게 마음에 걸렸다. 지금까지는 부정이 있을 것이라고 생각하지 않았기 때문에 이상하게 보이지 않았던 것도, 이제는 의심스러웠다.

"다른 조건은 다른데, 여기 실험 결과 값 좀 보세요."

확실히 세 명의 다른 조건은 달랐지만, 투약 시험의 결과 값이 정확히 같았다. 그리고 그 시험 결과 값이 평균치보다 훨씬 낮아서, 전체 값을 끌어내리고 있었다.

"확실히 이상한데."

"다른 실험값도 확인해보죠."

평균치보다 낮은 효과를 본 사람들을 정리한 뒤, 그 중에 일부 결과값이 같은 사람들을 뽑았다. 아까 나현이 발견한 사람들보다 더 많은 사람들의 결과값이 같았다.

이럴 수는 없다. 하나같이 다 평균보다 낮은 결과 값… 확률적으로 있을 수 없는 일이었다.

"누가 데이터를 조작했는지까지는 확인이 어렵지만, 확실한 건 누군가 조작을 했다는 거야."

규성 선배의 확신에 나현은 길게 한숨을 쉬며 눈을 비볐다. 자료실 해킹에다 데이터 조작까지…. 임상시험이 조작으로 인해 어그러졌다는 것은 확실해 보였다.

"누가 왜 이런 짓을 저질렀을까?"

규성의 질문에 나현은 말없이 고개를 숙였다. 필승제약과 관련 있을 것이라는 추론은 아직 비밀로 하라는 이한의 지시가 있었다.

"내일 마저 보자."

나현은 조금 더 보고 싶어 서류를 만지작거렸다. 그런 그녀를 보고 규성이 쓴웃음을 지었다.

"어제도 열두 시까지 일했잖아. 오늘은 진척도 있었으니 먼저 들어가."

규성의 목소리에도 피곤함이 깃들어 있었다. 나현이 남겠다 하면, 규성 역시 남아 일할 게 분명했다.

선배도 쉬어야겠지…. 그리고 유현의 병원에 벌써 며칠째 가보질 못했다. 면회시간이 열시까지니, 지금 서둘러 가면 얼굴은 볼 수 있을 것이다. 결국 나현은 서류를 가방에 집어넣고 회사를 나섰다.

***

유현은 웃고 있었다. 신장질환 때문에 퉁퉁 부었던 얼굴의 부기가 많이 빠졌다. 얼굴색이 거의 평소와 같아졌다.

"의사 선생님이 이번 치료 반응이 좋대."

유현이 말에 나현이 그녀의 손을 꼭 잡았다. 빛을 쐬지 못해 더 하얘진 손이 매끄러웠다.

"언니 덕에 좋은 선생님 진료도 다 받고, 고마워…. 요즘 피곤하지? 언니 얼굴이 반쪽이야."

나현이 고개를 저었다.

"네 걱정이나 해. 나는 완전 건강하니까. 뭔 일 있으면 언니한테 바로 말하고, 알았지?"

마침 엄마가 들어왔다.

"나현아, 면회시간 다 끝나간다. 나가야 돼."

"아, 응… 엄마."

나현이 유현의 손을 다시 꼭 잡았다.

"주말에 다시 올게, 밥 잘 먹고 있어."

그리고 엄마를 쫓아 병실을 나섰다.

병실을 나서자마자, 엄마가 나현의 손을 마주 잡았다.

"근데 너 왜 이렇게 마르니? 밥은 제대로 먹고 있는 거니?"

"그럼, 회사 식당 밥도 잘나오고."

이한의 집 관리하시는 분들이 나현의 밥까지 다 준비해놓고 퇴근하신다. 하지만 이런 말을 엄마에게 할 순 없었다.

"지금 그럼 회사 기숙사에 있는 거 맞는 거지?"

"어? 어…."

나현은 어색하게 고개를 끄덕였다. 집에서 나올 때 기숙사에서 지낸다고 거짓말을 했었다.

엄마가 얼굴을 뚫어져라 쳐다봤다. 나현은 자신도 모르게 침을 한 번 꿀꺽 삼켰다. 엄마는 작게 한숨을 쉬었다.

"나현아."

"응?"

"병원 일은 너무 고마운데, 너무 빠지지 마. 그냥 잠깐 만난다고 생각해."

엄마도 알아 차리셨구나. 이한과 자신의 사이를 눈치 챈 엄마의 말에 나현은 입술을 잘근 깨물었다.

"그런 거 아니야."

"네가 말하기 싫으면 어쩔 수 없는데, 그냥 한순간의 달콤한 꿈이야. 영원히 이어질 거라고 생각하지 마, 알았지?"

엄마의 말이 비수가 되어 가슴을 찔러왔다.

이한의 달콤한 말을 들으며 그의 품속에 갇혀 있을 때는 모든 걸 잊고 이 시간이 영원하기를 바라기도 했다.

"알아, 엄마. 걱정마."

하지만 현실은 그렇지 않다는 걸 마음 깊은 곳에서는 알고 있었다. 누구보다 잘 알고 있는 것은 나현이었다. 엄마에게 희미한 웃음을 지어 보이고 고개를 끄덕였다.

***

집에 도착하니 열한 시가 넘었다. 한숨이 절로 나왔다. 아무리 정신력으로 버티고 있다지만, 매일 늦게까지 일하다 보니 피곤한 건 어쩔 수 없었다. 현관문을 열고 들어가 구두를 벗었다.

시계 초침이 돌아가는 소리가 들릴 정도로 집 안은 조용했다.

오늘도 이한 씨는 집에 없나….

그가 집에 있을 때는 몸의 세포 하나하나가 긴장해 편치 않았지만, 그가 없는 집에 들어가는 날은 쓸쓸해서 자신도 모르게 한숨이 나왔다. 그가 자신에게 얼마나 깊이 침투해 있는지 때때로 놀랄 정도였다. 다시 혼자인 삶으로 돌아갈 수 있을까…. 나현은 자신감이 없어졌다.

터덜터덜, 방으로 걸어가는데, 어둠 속에서 누군가 손을 잡아끌었다.

"꺅!"

인기척도 없이 나타난 그림자에 놀라 나현이 소리를 지르자, 남자의 손이 나현의 입을 덮었다.

"쉬잇."

낮게 귓가를 울리는 목소리. 입을 막은 손에서 나는 은은한 향수 향. 그 향을 맡자마자, 곤두서 있던 나현의 신경이 탁 풀어졌다.

놀란 나현의 눈이 어둠속에서 번뜩이고 있는 이한에게 닿았다.

"왜 이제 오지?"

그가 손을 풀어내며 물었다.

"회사 일… 그 다음에 병원 다녀오느라."

"그래?"

집 안인 데도, 순간 모르는 사람이 자신을 습격하는 줄 알았다. 나현은 눈을 얇게 뜨며 이한을 노려보았다.

"놀랐잖아요. 왜 불도 안 켜고, 소리도 안 내고…."

"오랜만에 집에 돌아와서 좀 쉬려 했더니, 당신이 없으니 집이 집 같지가 않아."

그의 엄지손가락이 나현의 손목을 간지럽혔다. 그의 말에 조금 놀라 나현은 입술을 달싹였다. 아무도 없는 집에 들어서면 늘 이한의 존재가 그리웠는데, 그도 같은 마음이었다고 생각하니 기뻤다.

이런 것에 익숙해지면 안 되는데…. 조금 전 엄마에게 들은 충고를 떠올렸다. 영원할 거라고 믿으면 안 되는데.

그런 나현의 마음을 꿰뚫어봤는지, 이한이 몸을 숙여 그녀의 귓가를 간지럽혔다. 그의 따스한 숨결과는 반대로, 목소리는 냉랭했다.

"나한테서 도망갈 생각하지 마. 함나현 씨."

"도망이라니, 제가 그럴 리가 없잖아요."

엄마의 말을 듣고 순간 그와 인연이 정리될 수도 있을까 생각했던 게 들킨 것처럼 뜨끔해 시선을 돌렸다. 그러자 그가 나현의 턱을 들어 눈을 맞추었다.

"당신 눈빛만 봐도 알 수 있어."

그의 눈빛이 따가웠다. 나현이 입술을 살짝 깨물고 고개를 저었다.

"오늘 피곤해서, 그래서 그런 거예요…."

도망이라니, 이제 그녀는 도망칠 길이 없었다. 어디로 간단 말인가. 한국에 있는 한 이한이 찾고자 하면 언제든 찾을 수 있을 것이다. 나현이 생각했던 건 그가 더 이상 그녀를 원하지 않을 때, 어디 있는지 알려고 하지 않을 때였다.

하지만 그런 마음을 이한에게 드러내기는 싫었다. 초라해질 것만 같은 마음에 고개를 흔들며 나현은 서류가방을 들어 보였다.

"사실 오늘 드릴 말씀이 있어요."

화제를 돌리려는 듯한 말에 이한이 날카롭게 쳐다봤다. 하지만 그녀가 어색하게 웃어 보이자, 한숨을 쉬며 항복했다.

"뭐지?"

"개발 4팀장님과 오늘 임상시험 조작에 대한 단서를 잡았습니다. 보여드리고 싶습니다."

"정말이야?"

"네."

그의 서재로 자리를 옮겨 아까 확인한 내용을 그에게 설명했다. 이한이 인상을 찌푸리며 서류를 다시 확인했다.

"확실하군. 당시 시험 담당자가 누구지?"

나현이 잠시 당황해 입을 열지 못했다.

"설마 함나현 씨인가?"

"아, 아니요, 전 아닙니다."

더 이상은 미룰 수 없었다. 어차피 금방 알게 될 일이었다.

"개발 3팀장입니다."

이한이 어이가 없다는 듯 되물었다.

"개발 3팀장이라고?"

그의 말에서 짜증이 느껴져 성급히 말을 이었다.

"하, 하지만 팀장님이 비리를 저질렀다는 증거는 없어요."

"알아, 이건은 내가 처리할 테니 함나현 씨는 이제 루푸스 관련 임상시험에만 집중해."

"그럼 팀장님은 어떻게 되는 건가요?"

나현이 서류를 정리하는 동안 그가 말을 이었다.

"팀장이 설사 비리에 연루되지 않았다고 해도 책임자로서 이 정도를 눈치를 못 챘다는 것 역시 무능이야. 비리에 연루되지 않았다면 좌천, 연루되었다면 당연히 사법조사를 받아야겠지."

죄가 없어도 좌천이 된다는 사실에 나현이 입술을 깨물었다. 이한이 자리에서 일어나 다가왔다. 나현이 깨물어 상처가 난 입술을 이한이 엄지손가락으로 문질렀다.

"지금 이 회사, 정상 아니야. 좀먹은 부분을 전부 들어내지 않으면, 회사 전체가 무너져버려."

"팀장님은 시스테람이 처음 개발될 때부터 회사에 계셨던 분이신데…."

이한이 차갑게 웃었다.

"그 사람은 시스테람이 실패해 회사가 무너져 내릴 때도 있었지. 책임자가 괜히 책임자인가? 회사가 망하면 어차피 자리는 없어."

그가 점점 다가와 나현의 귓바퀴에 입술을 대었다.

"당신이 맡은 일은 내가 바란 것 이상으로 잘해줬어."

그가 속삭일 때마다 저릿한 흥분이 온몸으로 퍼져나갔다.

"이제 일 얘기는 그만하지. 쉬어야 할 시간이야."

그의 입술이 귓불을 머금었다가 목을 스쳐 쇄골의 패인 곳으로 흘러 내려왔다. 그의 달큰한 숨결에 나현의 몸이 흔들렸다.

* * *

폭풍, 그렇게 부르는 것이 정확했다. 나현이 이한에게 보고를 마친 후 며칠간 회사에 몰아친 것은 그야말로 거센 폭풍이었다. 기획팀 전체가 소집되었고, 격렬한 토론 끝에 우선 개발 3팀장의 직위해제가 결정되었다.

반발도 있었다. 특히 개발 3팀 팀원들의 항의가 거셌지만, 회사 상황을 고려해 더 이상의 지체는 어렵다는 판단에 강행되었다.

"우리 목도 언제 날아갈지 몰라…."

개발 3팀에 있다 같이 기획팀에 들어온 직원이 속삭였다. 나현이 고개를 끄덕였다.

"그러게요…. 이 스캔들에 휘말렸다는 게 알려지면 다른 회사 취직도 어려울 텐데."

팀장이 직위 해제된 이후, 결국 개발 3팀도 해체될 것이라는 소문이 돌았다. 개발 3팀 출신들에게 책임을 물을 것이라는 말도 돌았다.

"그래도 나현 씨는 기획팀 와서 중요한 프로젝트도 맡고, 사장님이랑 출장도 다녀왔잖아? 괜찮겠지, 뭐. 내가 문제지."

그녀의 한숨에 나현은 고개를 저었다. 자신이 아는 이한은 아무리 자신이라 해도, 사업에 관련이 된 것이면 가만 놔둘 리 없었다.

며칠 전 그가 속삭였던 말들을 떠올렸다.

"내 기대보다 훨씬 잘해주고 있어."

그 말을 듣고 뿌듯하기도 했지만, 언젠가 기대에 못 미치는 날이 와 그를 실망시킬까 두려웠다. 옆 자리에 앉아 있던 직원이 몸을 숙여 나현에게 말했다.

"근데 소문 들었어?"

은밀한 속삭임에 나현이 고개를 갸웃거렸다.

"어떤 소문이요?"

"개발 3팀이 해체가 안 되고 유지가 된다는 소문."

"정말요? 잘됐네요."

좋은 소식이라고 생각했는데, 직원이 눈썹을 찡그리며 말을 이었다.

"근데 팀장 자리에 연구자 출신이 아닌 프로젝트 매니저가 온다고 그러던데?"

"개발팀장에요?"

개발팀장은 약의 개발을 책임지는 부서였다. 물론, 회사에 따라 연구자가 아닌 경영자가 오는 경우도 있지만, 진솔제약의 모든 개발팀장들은 연구자 출신이었다. 연구에 대해 잘 이해하고 있고, 전반적인 시험 계획을 짤 때도 주도적으로 할 수 있었다.

"응, 하긴 지금 당장 팀장급으로 끌어올 만한 개발자도 없을 거고, 이런 스캔들 직후에 문제가 된 개발팀 팀장을 맡아줄 사람이 없어서 그런 게 아닐까?"

"그건 그렇죠…."

앞으로 회사가 어떻게 돌아가는 걸까…. 나현의 눈동자가 불안하게 흔들렸다.

*　*　*

비서실에 한 여성이 들어섰다. 세련된 원피스를 입은 여자가 비서실에 들어오자, 직원이 친절한 미소로 그녀를 맞이했다.

"안녕하세요, 어떻게 오셨습니까?"

"3시에 약속한 김유영이라고 합니다."

예의바르지만 당당한 목소리. 비서실 직원은 그녀의 얼굴을 확인하고는 고개를 끄덕이며 인터폰을 눌렀다.

"사장님, 김유영 씨 오셨습니다."

-들어오라고 해요.

이한의 목소리에 유영의 입꼬리가 살짝 올라갔다. 비서가 안내해주는 대로 또각또각 구두소리가 낭랑하게 울려 퍼졌다.

책상에서 서류를 보던 이한의 날카로운 눈이 유영을 향했다.

"왔어?"

이한의 말에 기가 찬 나머지 유영이 피식 웃었다.

"3년 만에 날 한국으로 불러놓고, 겨우 하는 말이 왔어?"

"그럼 뭐라고 하지? 와주셔서 감사합니다. 정도는 해줘야 하나?"

이한이 비아냥거리자 유영이 졌다는 듯 고개를 저었다.

"그래, 이한 씨 입에서 그런 말이 나올 거라고 기대도 안 했어."

"어쨌든 와줘서 고마워."

유영이 사무실을 둘러보고는 소파에 털썩 앉았다.

"진솔그룹 황태자가 다 망해가는 제약회사에 왜 와 있는 거야? 자기 이름 걸고, 같이 이 회사랑 망해갈 생각은 아니겠지?"

직설적이며 노골적인 말인데 이한은 피식 웃는 정도였다.

"그럴 리가, 살려내려고 온 거야. 그래서 당신도 부른 거지."

유영은 눈을 날카롭게 떴다가 턱을 치켜들었다.

"그래서 내가 어떻게 해주길 원하는데?"

이한이 손에 들고 있던 서류를 건넸다.

"진솔제약 개발 3팀, 시스테람 개발팀을 당신에게 맡기고 싶어."

***

이한에게서 오후 늦게 연락이 왔다. 소개시켜줄 사람이 있다며, 퇴근 후 레스토랑으로 오라는 문자였다.

누구지? 이한이 지금까지 누구를 밖에서 소개시켜준 적은 없었다. 누구냐는 질문을 보내자, 건조한 문자가 돌아왔다.

-누군지는 와보면 알 거야. 복장은 비즈니스 복장이면 되니 너무 신경 쓸 필요 없어.

신경 쓸 필요 없다지만, 대체 상대가 누구인지 걱정이 되었다. 퇴근 후, 불안한 마음으로 알려준 레스토랑으로 향했다. 입구에 도착하자 지배인이 나와 깍듯이 인사했다.

"기다리고 계십니다. 2층으로 안내하겠습니다."

이름도 말하지 않았고, 처음 오는 곳인데 내가 누구 손님인 줄 어떻게 알았을까? 놀라웠지만 이한과 함께하며 상식이 통하지 않는 일을 너무 많이 겪었기에 말없이 지배인의 뒤를 쫓아갔다.

2층으로 올라가 안내 받은 문을 열자, 처음 보는 여자가 등을 지고 앉아 있었다. 누구지? 잘못 들어왔나 놀란 나현이 한 발짝 뒤로 물러섰다. 여자가 문 열리는 소리에 고개를 돌려 나현을 보았다.

"아…"

그녀의 눈이 나현을 확인하고, 아래위로 고개를 움직였다. 마치 품평당하는 느낌에 한 걸음 더 물러나자, 여성이 씩 미소를 지었다.

수수하고 귀여운 나현의 외모와 달리 그녀는 크고 진한 눈에 오뚝한 코, 전형적인 서구형 미인이었다. 당당하고 빛나는 눈동자는 그 외모를 한층 더 빛냈다.

"제가… 잘못 들어왔나 봅니다."

나현의 말에 여자가 고개를 저었다.

"아니에요, 맞습니다. 지금 이한 씨가 잠깐 자리를 비웠으니 들어오세요."

이한 씨라는 말에 나현의 눈동자가 흔들렸다. 이 사람이 소개시켜주겠다던 사람이구나.

"반갑습니다."

여자가 자리에서 일어나 다가오더니 손을 내밀었다.

"김유영이에요. 당신은?"

나현이 잠시 머뭇거리다 그녀의 손을 잡으며 대답했다.

"함나현입니다."

유영의 손이 나현의 손을 꽉 움켜쥐었다. 그녀가 낮게 속삭였다.

"그래요, 함나현 씨. 단도직입적으로 물을게요. 이한 씨랑은 무슨 관계죠?"

무슨 의미로 묻는 말인지 이해하지 못해 나현은 멍하니 유영을 바라보았다.

악수도 풀지 않은 상태로 상대가 놀란 표정을 짓자, 유영이 호탕하게 웃었다.

"미안해요, 너무 직접적인 질문이었나? 기분 상했어요?"

나현은 조심스럽게 손을 놓았다.

"아뇨, 그런 건 아닌데…."

기분이 상한 것보단 놀랐다고 하는 게 맞았다. 오늘 누구랑 만나는지조차 모르고 있었다. 처음 만난 여자가 이한과의 관계를 물어보니 무서웠다. 그녀가 어디까지 알고 있는지도 몰랐고, 그녀가 왜 그런 질문을 하는지도 알 수 없었으니. 아직 누구에게도 그와의 관계를 밝히지 않았다.

"난 누구를 만나기 전에 정보를 다 모으는 습관이 있거든요. 진이한 씨가 오늘 누구를 소개해준다고 해서 와보니, 나현 씨가 들어오니까. 궁금해서 물어봤어요."

"저는 진솔제약 기획팀 직원 함나현이라고 합니다."

유영의 눈이 반짝 빛났다.

"기획팀 직원? 그냥 진솔제약 직원이라는 건가요?"

유영이 무언가를 생각하는 듯하더니 이내 고개를 끄덕였다.

"너무 기분 나빠 하지 말아요. 진이한이란 남자는 뭘 생각하는지 모를 인간이거든. 그 사람이 파놓은 함정에 빠지는 거 아닌지 확인해봐야 하니까…."

계속 요령부득인 말에 나현의 입이 저절로 벌어졌다.

진이한, 진솔그룹의 장자로 실질적으로 그룹의 후계자라고 부르는 남자였다. 회사 안에서 뿐만 아니라, 밖에서도 그를 저렇게 쉽게 말하는 사람은 없었다.

"혹시 어떤…."

나현이 어떤 사이냐고 물어보려던 찰나, 문이 벌컥 열리고 이한이 들어왔다.

"둘이 이미 만났네? 잘됐군."

***

셋은 어색한 인사를 마치고 식사를 시작했다. 나현은 너무 긴장해서 요리의 맛을 느낄 수가 없었다.

도대체 이 자리가 어떤 목적으로 만들어진 건지 알지 못하니, 무슨 말을 꺼내야 할지도 몰랐다. 유영도 모른다고 했으니, 더 물을 수도 없는 노릇이었다. 두 여자의 시선이 허공을 떠돌다 교차했다.

"서로 자기소개는 했나?"

유영이 건조하게 대답했다.

"이름 정도는."

반말이 섞인 존댓말. 도대체 무슨 관계일까? 사적인 관계인 걸까. 부드럽게 떨어지는 머리카락, 크고 이지적인 눈, 아름다운 그녀의 얼굴을 옆에서 바라보던 나현은 입술을 깨물었다.

이한이 나현을 바라보다 입을 열었다.

"이쪽은 함나현 씨. 진솔제약 기획팀 직원이고, 원래 개발 3팀 직원이었어. 현재 면역조절제 시스템의 루푸스 임상시험 관리 중이고."

이한의 시선이 유영을 향했다.

"이쪽은 김유영 씨. 앞으로 개발 3팀의 팀장을 맡아줄 사람."

나현은 놀란 눈으로 유영을 쳐다보았다. 소문에 떠돌던 개발 3팀의 팀장을 맡을 프로젝트 매니저. 비연구자 출신으로 경영자가 온다더니, 이 여자구나. 경력이 화려하다고 들었는데… 앞에 앉은 여자는 아무리 봐도 또래거나 그 아래로 보였다.

"하아, 진이한이라는 사람은 정말. 먼저 알려주면 덧나나?"

유영이 한숨을 쉬며 이한을 흘겨보았다.

"공적인 자리인지 모르고 나와서 아까 결례를 저질렀네요, 개발 3팀 상황을 파악하기 위해 많은 도움 부탁드립니다."

나현이 어색하게 웃으며 고개를 끄덕였다. 이한이 유영을 보며 입을 열었다.

"또 무슨 일을 저질렀지?"

"별로."

이한이 고개를 저으며 짧은 한숨을 쉬었다.

"김유영 씨는 좀 직설적인 사람이니 함나현 씨가 이해해."

나현이 어색하게 웃었다. 사실 그렇게 큰 결례를 저지른 것도 아니었다. 여기 오기 전 불안했던 마음과 유영을 처음 만났을 때 흔들렸던 마음과 달리 셋의 식사는 건조한 비즈니스 디너였다.

유영은 이한의 말처럼 지나치게 직설적인 면도 있었지만, 확실히 유능했다.

"지금 진솔제약 상황을 오는 길에 좀 체크해봤는데, 개발 3팀과 4팀의 공조보다는 완전히 분리된 팀으로 하면서 서로의 임상시험에 영향을 끼치지 않는 것이 중요하다고 생각해요."

진솔제약에 대해 자세한 상황을 브리핑 받은 것이 불과 하루 전이라는 게 믿기지 않을 정도로 방대한 정보량과 분석력이었다.

"하여튼 앞으로가 기대되네요."

기대보다는 불안감이 더 컸다. 하지만 그런 마음을 누르기 위해 나현은 애써 환한 웃음을 지었다.

*　*　*

유영과 헤어지고 집으로 가는 길, 나현은 작게 하품을 했다. 딱딱한 분위기의 식사가 끝나자 긴장이 풀려 몸이 금세 노곤해졌다.

"피곤한가?"

"아, 아니요…."

이한의 말에 어색하게 웃으며 고개를 돌렸다.

"오늘 평소보다 말이 적던데?"

나현은 머릿속으로 신중하게 말을 골랐다.

"갑자기 새로운 분을 만나서 당황했어요."

"비즈니스 미팅이라고 말하지 않았던가?"

"아무 말도 안 해주셨잖아요, 개발 3팀의 새로운 팀장을 만나는 거라고 말해주셨으면 좋았을 텐데…."

약간 감정 섞인 말이었지만, 이한은 씩 웃기만 했다.

"당신 눈에 그 사람이 개발 3팀 팀장으로 잘 맞을 것 같은지, 선입견 없이 봐주길 바랐어."

"글쎄요, 제가 판단할 일은 아닌 것 같은데."

"당신이 누구보다 개발 3팀을 잘 알잖아, 연구자의 생리도 그렇고. 당신이 모르면 누가 알아?"

나현이 잠시 입을 다물었다. 연구자가 아닌 경영인이 연구팀의 프로젝트 매니저인 케이스는 사실 연구 자체에 해가 된다는 의견이 업계의 주된 의견이다. 하지만 지금 진솔제약은 비상상황인 데다가, 연구자의 매니징에 문제가 있었으니 경영자가 오는 것도 나쁘지 않은 선택이라는 생각이 들었다.

"괜찮은 것 같아요."

"솔직하게 말해줘."

"사장님이 정하신 거니 맞겠죠."

말이 뾰족하게 나갔다. 아까 유영을 만나 당황했던 마음이 툭 튀어나왔다.

이한이 묘한 표정을 지었다.

"말에 가시가 있군."

"아닌데요."

마음이 들킨 것 같아 나현의 얼굴이 붉게 달아올랐다.

"사적인 자리라고 해서 당황했을 뿐이에요."

"사적인 자리? 사적인 자리에 김유영 씨를 내가 부를 리가? 혹시 질투라도 한 건가?"

연신 웃으며 말하는 이한이 너무 얄미웠다. 나현이 눈을 내리깔고 중얼거렸다.

"저는 질투하면 안 되나요?"

그 말에 이한이 입을 다물었다. 그러다 곧 작게 웃음을 흘렸다.

"아니, 당신은…."

그가 입술을 깨물었다. 애써 웃음을 참는 모양새에 마음이 상한 나현이 인상을 찌푸렸다.

"비웃지 마세요."

"비웃는 게 아니야. 당신은 질투할 권리가 있지. 하지만…."

그가 어느새 진지한 얼굴로 나현을 바라보았다.

"할 필요 없어. 함나현 씨는 유일하거든."

그답지 않은 다정한 말에 나현이 잠시 눈을 크게 떴다 시선을 돌렸다. 불이라도 난 듯 새빨개진 귓가에 이한의 나지막한 웃음소리가 맴돌았다.

***

며칠 뒤, 유영이 정식으로 입사한 뒤 개발 3팀의 팀장으로 부임했다.

개발 3팀 팀원이었고, 시스테람의 전반적인 조사를 맡았던 나현이 유영의 적응을 돕기로 했다.

나현의 생각대로 유영은 나현보다 한 살 어렸다. 하지만 경력은 대단했다. 고등학교를 조기 졸업하고 대학에 일찍 진학하여 3년 만에 졸업, 22살에 일을 시작해서 엄청난 속도로 프로젝트 매니저 자리까지 꿰찬 인재 중의 인재였다.

"미국이니까 가능했던 거죠, 그 동네는 철저하게 실력만 보니까."

평범하게 대학을 졸업해 대학원을 다니고 입사한 나현과는 달리 유영의 스펙은 화려했다.

"대단하세요."

"그런가요?"

유영과 함께 일을 하게 돼 부담스러웠는데, 생각보다 대하기 편한 사람이었다. 20대에 팀장이 되었는데도 우쭐해하는 분위기도 아니었고, 미인이었지만 털털한 게 인간적인 매력적이 있었다.

"계속 미국에서 일하셨는데, 왜 갑자기 한국으로 오시게 된 건가요?"

지금의 개발 3팀은 거의 사고 뒤처리반이나 마찬가지였다. 들어오고 싶어 하는 직원이 없었다.

"천하의 진이한이 전화해서 부탁을 하니까…. 어쩔 수 있나요?"

갑자기 나온 이한의 이름에 나현이 당황해 살짝 눈동자를 떨었다. 다행히 유영은 다른 서류를 보면서 말한 터라 나현의 흔들린 모습을 보지 못했다.

"사장님이랑 잘 아시는 사이세요?"

"네, 그 사람이 진솔전자 미국지사에 있을 때 같이 몇 번 일을 했거든요."

하지만 상사나 동료를 말하는 것이라기엔 지나치게 친근한 말투였기에 나현이 잠시 고민하다 입을 열었다.

"친하신가요?"

어색하지 않게 물어보려 일부러 힘을 빼고 천천히 물었다. 유영이 서류에서 눈을 떼고 생긋 웃었다.

"친하다기보다는…."

턱을 살짝 치켜들며 유영이 작은 소리로 속삭였다.

"사실 내가 그 남자, 좋아하거든요."

예상치 못한 대답에 나현의 가슴이 철렁 내려앉았다. 뭐라고 해야 할지 몰랐다. 섣불리 말을 꺼내면 자신의 마음을 들킬 것만 같았다.

"사적으로도 친하신가요?"

나현의 간신히 묻자 유영이 살짝 입술을 끌어올렸다.

"글쎄, 그렇게 말할 수 있을까요? 그냥 일방적인 내 감정이죠."

유영이 하늘거리는 머리를 쓸어 올리며 말을 이었다.

"매력적이잖아요, 다른 남자들과 달리 어디로 튈지 모르고."

그 말에는 나현의 입꼬리가 살짝 올라갔다.

정말 어디로 튈지 모르는 남자기는 했다. 함께 갔던 스페인 요리가 먹고 싶어 셰프를 데려와 한국에 레스토랑을 차리고, 집에서는 혼자 인스턴트 라면을 끓여먹는다. 사람을 죽일 것처럼 살기등등한 눈초리로 쳐다보다가, 어느새 뜨거운 시선으로 사람을 녹인다.

"하지만…."

유영의 말이 이어졌다.

"안 될 사이죠."

유영이 잘 손질된 손톱으로 파일에 인쇄된 회사 로고를 콕콕 찍었다.

"진솔그룹을 이끌어 나갈 사람인데, 아마 정해진 여자가 있겠죠…."

나현의 눈이 조금 커졌다. 화려한 이력에다, 미국 유학까지 간 걸로 봐서 집안도 잘사는 편일 것 같은 유영이 그렇게 말하다니.

"팀장님도 좋은 집안 출신이실 것 같은데…."

"나요?"

유영이 한쪽 입술을 끌어올려 웃었다.

"뭐 그럭저럭. 근데 진이한 씨는 그냥 그런 수준이 아니잖아요. 비슷한 수준의 여자랑 결혼하겠죠, 그것도 아주 괜찮은 여자와…."

나현이 마른 침을 삼켰다. 유영이 긴장한 듯한 나현의 얼굴을 보고 씩 웃었다.

"쓸데없는 소리를 했네요. 다시 하던 얘기로 돌아가죠."

유영의 말을 듣고 나서부터 나현은 정신을 온전히 일에 쏟을 수가 없었다. 마치 자신을 겨냥한 말 같아서 가슴이 따끔거렸다.

***

저녁 여덟 시, 퇴근 시간이 한참 넘었지만 나현은 여전히 서류 더미에 파묻혀 있었다. 그동안 하던 일에 개발 3팀장을 보조하는 일이 더해져서 일이 줄기는커녕, 더 바빠졌다.

"하아, 피곤해…."

아무리 좋아하던 일이라도 이렇게 과중하면 하기 싫은 법, 서류 위를 헤매던 눈이 침침해졌다. 나현은 두 눈을 꾹 누르면서 숨을 깊게 쉬었다. 자꾸만 눈앞이 흐려져 일에 집중하기가 힘들었다.

한숨을 쉬며 의자에 깊게 몸을 묻는데, 핸드폰이 울렸다. 화면에 뜬 이름을 보고 놀라 잠시 눈을 의심했다.

개발 3팀장님.

시스테람 임상시험이 문제가 되어 얼마 전 자리에서 물러난 그 팀장이었다. 전 상사이기도 하고, 멘토였다. 하지만 이 문제가 터지고 나서는 한 번도 그와 연락한 적이 없었다.

잠시 망설이다가, 조심스레 전화를 받았다.

"여보세요?"

-아, 나현 씨.

"팀장님…."

임상시험의 조작사건이 수면 위로 떠오르면서 그 조사를 규성과 나현이 주도했다는 것은 이제 공공연하게 다 아는 얘기였다. 그 일로 그가 좌천되었기 때문에 대화를 나누는 게 부담스러웠다.

-바쁜데 전화해서 미안해. 지금 바빠?

"아니요, 그런 건 아닌데…."

아직 조사결과가 나오지 않아 확실하지는 않지만, 지금 상황으로서는 그가 조작에 관련되어 있을 확률이 높았다.

-나현 씨, 잠깐 만나서 얘기할 수 있을까?

"지금요?"

-내일이나 나현 씨 시간 될 때.

마음 같아서는 만나고 싶기도 했지만, 조사가 한창 진행되고 있는 상황이었다. 이 와중에 그를 만나면 일이 커질 것 같았다.

"죄송한데, 만나 뵙는 건 어려울 것 같아요."

갑자기 전화기 건너편에서 다급한 목소리가 튀어나왔다.

-나현 씨도 잘 알잖아! 내가 그럴 리 없다는 거.

"팀장님…."

난감함에 입술을 깨물었다.

-한번만 만나줘. 내가 안 했다는 증명을 할 테니까.

"팀장님, 혹시 하실 말씀이 있으면 조사팀에 직접 자료를 넘기시는 게 좋을 것 같아요."

-나현 씨, 우리 이정도 사이 아니잖아. 내 얼굴 봐서 한 번만 도와줘, 응?

한숨이 나왔다. 머리가 지끈지끈 아파와 더는 말을 이을 수가 없다.

"제가 어떻게 도와드리면 될까요?"

-지금 조사팀에 넘어간 자료, 혹시 확인할 수 있어? 그 중에….

조사팀에 넘어간 자료를 확인해 달라는 말에, 나현은 피곤에 반쯤 감았던 눈을 크게 떴다.

"그런 건 해드릴 수 없어요."

-나현 씨, 정말 내가 했다고 생각하는 거야?

그 말에 속이 쓰려왔다. 멘토처럼 여기던 팀장이 이렇게 보잘 것 없이 무너지는 게 마음 아팠다. 지금까지 어떠한 증거에도 그가 이 일에 관련이 없을 거라는 믿음이 있었다. 하지만 이 말을 들은 지금은….

"죄송합니다, 팀장님. 이런 대화 자체가 부적절한 것 같네요."

-나현 씨, 그러지 말고….

"죄송합니다, 전화 끊을게요."

서둘러 전화를 끊었다. 나현은 한숨을 내쉬며 두 눈을 눌렀다. 어깨가 뭉쳐서 딱딱했다. 물이라도 마셔야겠다는 생각에 자리에서 일어나 정수기로 가려던 순간, 갑자기 속이 울렁거리기 시작했다.

뭐지? 저녁을 잘못 먹었나? 속에서 쓴물이 올라오며 눈앞이 하얗게 변했다. 급하게 화장실로 가 몸을 기울이자마자, 가슴을 태우는 듯한 뜨거운 물이 쏟아졌다.

"웃…."

왈칵, 한바탕 게워내고 나자 기운이 쑥 빠지며 다리가 후들거렸다.

벽을 잡고 잠시 숨을 헐떡였다. 아무래도 일이 너무 힘들어서 아픈 모양이었다.

오늘은 그냥 들어가야겠다. 나현은 가방을 챙기기 위해 비틀거리며 책상으로 다가갔다.

***

집에 돌아오니 이한이 거실에서 일을 하고 있었다. 편한 옷으로 갈아입은 모습이었다. 그의 뒷모습을 보자, 문득 오늘 낮에 유영과 한 대화가 떠올랐다.

"근데 진이한 씨는 그냥 그런 수준이 아니잖아요. 비슷한 수준의 여자랑 결혼해야죠, 그것도 아주 괜찮은 여자와…."

나현은 그냥 그런 수준은커녕, 땅굴 아래의 존재나 마찬가지였다.

이 연애의 끝은 어디일까? 얼마나 그를 더 볼 수 있을까? 얼마나 그와 더 함께 할 수 있을까?

이런 날이 올 줄 알고 그를 밀어낸 건데, 기어코 마음속에 비집고 들어와 자리를 잡았다. 나현이 한숨을 내쉬며 천천히 다가가 그의 어깨에 손을 올렸다.

"이한 씨."

이한이 고개를 돌렸다.

"들어왔는지 몰랐어."

"뭘 그렇게 집중해서 보고 있어요?"

"그냥 서류지, 뭐."

그냥 서류라기엔 양이 너무 많았다. 진솔제약이 흔들리고 있는 이상, 그의 어깨에 실린 짐도 가벼울 수 없었다.

"피곤하지 않아요?"

"지금 이 시간에 집에 들어온 사람이 날 걱정하는 거야?"

농담이긴 했지만 그 안에 자신을 걱정하는 마음이 담겨 있다는 걸 알았다. 나현은 살짝 웃었다.

"그러게요…."

"식사는?"

아까 한바탕 게워낸 터라 식욕이 없었다. 아직도 속이 울렁거려 그냥 눕고 싶었다. 하지만 휴식을 취하기 전에 이한에게 할 말이 있었다.

"식사는 했어요. 그런데 오늘 전 개발 3팀장에게 연락이 왔어요."

"뭐라고?"

나현은 잠시 바닥을 내려다보았다. 숨겨봤자 소용없는 일이었다.

"조사팀에 넘어간 자료를 확인해달라고 부탁했어요."

이한이 잠시 인상을 찡그렸다가 한숨을 내뱉었다.

"그래서 뭐라고 대답했지?"

"부적절한 것 같다고 전화를 끊었습니다."

나현의 말에 이한이 고개를 저었다.

"정말 뻔뻔한 사람이군."

이한이 담담하게 내뱉었다.

"그럴 상황이 아니라는 건 당신도 잘 알고 있잖아. 그 사람, 오랫동안 당신의 상사였지?"

나현이 고개를 끄덕였다. 그가 의심의 눈초리를 보낼까 봐 서둘러 덧붙였다.

"멘토였어요."

"알아, 그래서 확실해지기 전까지 말하는 걸 꺼려했던 것도 알고 있었어."

이한이 손을 뻗어 나현의 머리카락 끝을 만졌다. 천천히 아래서부터 위로 올라오던 손이 턱 끝에 닿았다.

"고마워, 말하기 힘들었던 것 알아."

"알고 있었다고요?"

"그래."

그가 한 번 누군가 의심 가는지 물은 적이 있었다. 그러나 이르다고 생각해 시간을 더 달라고 했다. 평소라면 더 캐물었을 텐데, 그냥 지나간 것이 이상하긴 했다.

이미 알고 있어서 그랬던 거구나….

"어떻게…."

"당신이 말하기 어려워하기에 팀장인 걸 눈치 챘지."

이한의 손이 천천히 나현에게서 떨어져 나왔다. 그는 나에 대해서 뭐든지 다 알아채는 것 같다. 나는 그에 대해 아무것도 모르는데.

"곧 조사팀 조사결과가 나오면, 확실해지겠지."

고개를 끄덕이고 바닥에 내려놓은 가방을 챙겨들었다.

"그럼 씻으러 갈게요…."

타박타박 욕실로 걸어가는데, 갑자기 몸이 천근만근 무거워지는 것 같았다. 걸음을 내딛을 때마다 눈앞이 일렁였다. 요즘 너무 일이 많았나 보다고 생각하는 순간, 앞이 보이지 않아 발을 헛디뎠다.

"앗!"

몸이 기우뚱 기울면서 넘어질 것 같다는 생각에 무언가를 잡으려 손을 뻗었지만, 그곳에는 아무 것도 없는 벽뿐이었다. 손이 미끄러지며 나현의 몸이 힘없이 무너져 내렸다.

"함나현!"

그의 목소리가 들렸지만, 모든 게 그저 아득하게 느껴질 뿐이었다.

07
흔들리다

차가워, 나현은 이마에서 느껴지는 서늘한 기운을 느끼며 깨어났다. 몸이 한없이 무거웠다. 간신히 눈을 뜨자, 그 사이로 빛이 쏟아졌다.

"더워…."

마치 잠꼬대처럼 입에서 말이 스르륵 흘러나왔다. 갑자기 몸이 화끈화끈 달아올랐다. 유일하게 그녀를 식혀주는 것은 이마 위에 얹어진 물수건뿐이었다. 몽롱한 나현의 귀에 멀리서 전화를 받는 이한의 목소리가 들렸다.

"지금 당장 오도록 해."

이한의 목소리에는 날카롭게 날이 서 있었다. 누구와 통화를 하는 것일까…. 왜 화를 내는 걸까, 몸을 일으켜 전화를 하는 이한을 바라보았다. 나현의 기척을 느낀 그가 인상을 찌푸리며 고개를 돌렸다.

"깼나?"

"네…."

"기다려. 지금 의사가 오는 중이니까."

나현은 잠시 멍하니 그의 얼굴을 바라보았다. 상황판단이 되지 않았다. 의사? 갑자기 무슨 말이지? 그러고 보니 아까 방으로 들어가는 참에 정신이 흐려졌었다. 쓰러진 건가….

그렇게 생각하다 갑자기 눈을 크게 떴다. 의사가 온다는 건, 나현이 이 시간에 집에 있다는 걸 다른 사람이 알게 된다는 소리였다.

"의사를 부를 필요는 없어요."

나현이 다급하게 말하자, 이한의 표정이 굳어졌다.

"말도 안 되는 소리하지 마, 우선 진찰을 받아야 해."

"너무 피곤했나 봐요, 정말 괜찮아요."

나현이 침대에서 내려왔다. 다리가 살짝 떨리긴 했으나, 다행히 일어설 수 있었다. 그가 의사를 부르면… 밤에 그와 함께 있는 것을 아는 사람이 늘게 된다. 보는 눈들이 늘어봐야 좋을 게 없었다. 언젠가는 다 끝날 사이인데….

천천히 걸어 다가가자, 그가 전화를 끊고 나현을 바라보았다.

"지금 당신 꼴이 어떤 줄 알아?"

나현이 일부러 웃으며 흘러내린 머리카락을 쓸어 올렸다.

"어떤데요?"

사실 물어보지 않아도 눈에 그려졌다. 머리는 산발에 하얗게 질려 있고, 입술은 다 터서 퍼석퍼석할 것이다. 이런 모습을 그에게 보이고 싶진 않았는데… 함께 사는 이상 어쩔 수 없는 일이었다. 늘 예쁜 모습만 보이고 싶지만, 지금은 불가능했다.

"어쨌든, 의사는 부르지 말아주세요, 그냥 쉬고 싶어요."

미국 출장부터 매일 업무가 넘쳐났으니 어쩔 수 없는 일이었다. 지금까지 용케 아프지 않고 잘 버텼다 싶었다. 피곤해서 쓰러진 모양이었다. 그에게 다가가 열에 달아오른 손을 그의 팔 위에 얹었다. 이한이 한숨을 쉬며 그녀를 내려다보았다.

날 걱정하는구나. 늘 오만한 그의 표정에 불안한 감정이 서린 것을 처음 보았다. 그런 그의 표정이 싫진 않았다. 나현은 늘 집의 가장이나 마찬가지였다. 철이 들고 나서부터는 아프기도 쉽지 않았다. 유현이 아픈데, 자신마저 아픈 모습을 보이긴 싫었다.

누군가 나를 걱정하기보다는, 누군가를 늘 걱정하는 입장. 이한의 손이 그녀를 감싸 안았다. 그의 손이 나현을 감싸 안았다. 작게 흔들리던 어깨가 그의 몸에 닿았다.

흔들리는 자신을 단단히 안아주는 손, 이 손이 좋았다….

***

다음 날, 정시에 출근하고 싶었지만 이한이 명령에 가까운 권유로 반차를 내고 오후에 출근을 했다.

"그런 상태로 일이 제대로 되겠어?"

이한이 직접 회사에 전화를 한다는 걸 겨우 막았다. 기획팀 팀장에게 그가 전화하면 의심을 살 것이 분명했다. 나현은 출근하자마자 개발 3팀으로 내려가 유영을 만나러 갔다.

아침에 회의를 하기로 계획되어 있었다. 회의실에서 기다리던 유영이 안부부터 물었다

"아팠다면서요?"

나현이 고개를 끄덕였다.

"중요한 땐데, 몸이 약한가 봐요."

"아니요, 그런 건 아닙니다. 정말 죄송합니다."

삐뚜름한 그녀의 말에 서둘러 고개를 저었다. 유약한 사람이라는 인상을 주긴 싫었다. 아픈 걸 욕하진 않겠지만, 허약한 사람을 굳이 회사에서 쓸 이유가 없었다. 누구보다도 지금 자리가 소중한 나현은 약점을 보일 수 없었다. 아프다는 것은 회사에서는 일을 맡기는 데 큰 결격 사유 중 하나였다. 특히 지금처럼 바쁘게 돌아가는 상황에서는.

"죄송할 건 없고, 어디가 아파요?"

"속이 울렁거리고 어지럽고 해서⋯ 어제 뭘 잘못 먹었나 봐요."

식중독인 것처럼 둘러댔다. 그런데 유영이 인상을 쓰며 쳐다봤다. 왜 저렇게 보는 거지? 그녀의 시선에 나현이 물었다.

"왜 그러세요?"

"아니, 혹시 함나현 씨 남자 친구 있어요?"

뭘 물어보고 싶은 건지 몰라 눈을 껌벅였다. 어제의 대화 내용으로 보아 이한과 사귀는 걸 모르는 것 같은데, 왜 저런 질문을 하지?

"아니요, 없습니다."

상황이 상황인지라, 사소한 것에도 민감해졌다. 다른 것도 아니

고 회사에 이한과의 관계가 퍼지는 것만큼은 막아야 했다. 그러자 유영이 별일 아니라는 듯 중얼거렸다.

"아, 그래요?"

금세 다시 회사 일로 넘어갔다. 나현의 불안한 마음을 아는지 모르는지 유영이 태연하게 말을 이었다.

"시스테람 임상시험 말인데, 개발 3팀에서 계획만 짜고 실제적인 시행은 외부에 주는 게 좋다고 봅니다."

아직 계획만 잡혔을 뿐이었다. 임상시험을 외주에 주는 일도 아주 없는 일은 아니었지만, 최소한 진솔제약은 지금까지 외주를 준 적이 없었다. 회사 내에 개발팀이 탄탄하게 구축되어 있어, 굳이 비용을 더 지출할 이유가 없었다. 지금까지는.

하지만 비리가 외부에 밝혀질 것은 시간문제였다. 이렇게 되면 회사 내에서 임상시험을 한다고 하면 그에 대해 불신하는 사람들도 많을 것이다. 어쩌면 당연한 처사였다.

"생각하시는 데가 있으세요?"

나현의 질문에 유영이 여유로운 미소를 지었다.

"그래서 지금 함나현 씨 불러온 건데…."

"제가 선정하라는 말씀이신가요?"

그렇게 중요한 일을 나현 혼자 정할 순 없었다.

"그럴 리가. 물론 공개회의에서 정해야겠죠. 하지만 리스트 정도는 정리해줄 수 있겠죠? 대학이나 연구소 등의 리스트도 만들어서 나한테 보고해줘요."

간단한 것처럼 말하지만, 그렇게 쉬운 문제가 아니었다. 우선 시

험을 진행해줄 수 있는 크기의 연구소도 많지 않거니와 대부분의
연구실들은 한동안 일정이 꽉 차 있을 것이었다. 비용 문제도 그
렇고 여러 가지 고려해야 할 사안이 많았다.

이미 하고 있는 일이 너무 많아 더 이상 일을 추가할 자신도 없었
다. 유영이 서류를 정리하다가 망설이는 나현을 뚫어지게 보았다.

"왜요? 어려워요?"

"아, 저…."

일이 많아서 못한다는 말은 할 수 없었다. 해야지, 몸이 부서져
도 해야지. 다른 일도 아니고 시스테람인데….

애초에 일이 이렇게 커진 것은 나현이 개발 3팀에 있을 때 눈치
채지 못해서이기도 했다. 그렇게 결심을 하고, 나현이 입을 열려
는 찰나, 유영이 선수를 쳤다.

"무리라면 안 해도 괜찮아요."

"네? 아닙니다. 몸은 괜찮아졌습니다."

"맞는데, 뭘."

맞다니, 무엇이? 유영의 말이 이해가 가지 않았다.

"임신한 거 아니에요?"

머리를 망치로 한방 탁 맞은 듯했다. 생각지 못한 말에 나현이
몸을 움츠렸다.

"임신이요? 아뇨, 그럴 리가…."

임신일 리 없었다. 몸이 피곤한 것뿐이지, 다른 변화도 없었다.

"속 울렁거리고 피곤하다면서요. 그리고 얼굴빛, 피곤한 것 같
은데 얼굴에서 빛이 반짝거리면 거의 임신이에요. 나, 감 좋거든

요. 지금까지 여럿 맞췄어요."

나현이 망연자실한 얼굴로 그녀를 쳐다보았다.

"한 번 검사해봐요."

"아뇨…."

확실히 생리예정일이 조금 지나긴 했지만…. 가끔 몸이 안 좋을 때면 종종 있던 현상이었다. 파리하게 질린 나현의 얼굴을 보고 유영이 인상을 찌푸렸다.

"정말 감잡히는 데가 없어요?"

아예 마음에 걸리는 때가 없는 것은 아니었지만, 그래도 그럴 리 없었다. 대부분의 경우 피임기구를 사용했다. 유영이 나현의 반응을 살피고는 어깨를 으쓱했다.

"아니면 말고. 미안해요, 내가 너무 난감한 얘길 했나?"

"아닙니다, 어쨌든 임상시험 외주 리스트는 준비해보겠습니다."

"그래요, 잘 부탁해요."

회의실을 나오는 나현의 발걸음이 무거웠다. 아니야, 아닐 거야. 유영이 원망스러웠다. 괜한 말을 해서…. 피임기구 없이 한 건 딱 한 번뿐이었다. 재회 후 처음 몸을 겹친 날뿐이었다. 그 이후에는 단 한 번도 그런 적이 없었다.

아닐 거야. 아니어야만 해….

불안한 마음에 근처 약국으로 달려갔다. 이대로라면 일도 손에 제대로 잡히지 않을 것 같았다. 임신테스트기를 사서 서둘러 근처 화장실로 들어갔다.

검사를 한 나현은 손에 들고 있던 테스트기를 쓰레기통에 집어 던졌다. 그리고 다시 약국으로 달려가, 이번에는 테스트기를 잔뜩 샀다.

검사를 하고, 또 하고… 쓰레기통에 테스트기가 산처럼 쌓이고 나서야 벽을 잡고 깊은 한숨을 쉬었다.

어떻게 이런 일이….

바보 같다 정말, 감정에 휩싸여서 이런 일을 저지르다니. 화장실 벽에 몸을 기댄 나현의 눈에서 눈물이 한 방울 떨어져 내렸다.

모든 게 현실로 느껴지지 않았다. 노란 화장실 등과 쌓여 있는 임신테스트기 그리고… 뚜렷한 두 줄의 선도 모든 것이 너무나도 비현실적이었다.

임신이었다, 사랑하는 남자와의 사이에서 생긴 아이. 그리고 가장 사랑하지 말았어야 하는 남자와의 사이에서 생긴 아이…. 그 아이가 몸 안에 자리 잡고 있었다.

***

나현은 아버지가 없었다. 원래부터 없었기에 왜 없는지 궁금해하지 않았다. 없는 게 슬프지도 않았다. 부유하진 않았지만 먹고 살 만했고, 사랑도 충분히 받았다. 처음으로 그의 부재를 느낀 건 초등학교 입학 후였다. 부모님의 정보를 적어오라는 가정통신문을 받아 엄마에게 내밀었다.

"엄마, 이거 적어 오래."

종이를 받아든 엄마의 눈동자가 흔들렸다. 아버지 란에는 아무것도 적히지 않았다. 그날 밤, 엄마는 술을 마시며 거실에서 소리

없이 울었다. 아버지의 존재를 알게 되고, 엄마가 첩이었다는 사실을 알게 되었다. 그 후 아버지라는 단어는 나현에게 늘 엄마의 눈물을 연상하게 만들었다.

그렇게는 살지 않을 거야. 평생 누군가를 그리워하며, 그 사람을 떠올리며 살진 않을 거야. 그 남자가 남기고 간 선물, 아니, 짐을 보면서 평생 거실 한쪽에서 울진 않을 거야.

퇴근 후, 집에 돌아오는 나현은 마음이 편치 않았다. 문을 열고 들어가는 발걸음이 너무나 무거웠다.

아직 마음의 준비가 되지 않았는데 이한에게 이 사실을 알려야 할지 말지조차 정하지 못했다. 이한이 집에 와 있을까? 만나서 뭐라고 이야기를 해야 할까? 조금만 더 생각하고 마음을 가다듬고 나서 만나고 싶었다. 평생 그를 피할 수는 없는 노릇이었다. 다행히 집 안에 이한의 흔적은 없었다.

샤워를 하고 침대 위에 누웠다. 임신의 영향인지, 아니면 심리가 불안정해서 그런지 눕자마자 속이 울렁거렸다. 정말 이상해, 달라진 게 없는데, 이렇게 모든 것이 다르게 느껴지다니….

***

이불도 덮지 않은 채 깊은 잠에 빠져들었다. 그러다가 바스락거리는 소리에 잠에서 깼다. 싸늘해진 방 안 공기를 가르고 무언가 나현에게 다가왔다. 확인하고 싶었지만, 마치 누가 침대에 꽁꽁 묶어놓기라도 한 것처럼 몸이 무거워 움직일 수 없었다. 불쑥, 이마에 손이 닿았다.

따뜻해…. 섬세하게 나현의 이마를 쓸어주었다. 마치 그녀의 얼굴이 보물이라도 되듯 애틋하게 쓸어내리던 손이 점점 내려와 쇄골에 닿았다. 그러다 곧 그 그림자가 몸을 감싸 안았고, 단단한 가슴 안에 갇혔다. 낯익은 감촉… 이한이었다.

그가 자신을 끌어안는 것을 느끼자 이상하게 눈물이 났다. 그럴 일이 아닌데, 가슴이 아팠다. 그에게 익숙해진 만큼 떠나는 게 괴로웠다.

***

새벽에 잠에서 깬 나현은 자신이 여전히 이한의 품에 안겨 있는 것을 깨닫고는 한숨을 쉬었다. 침대에서 벗어나려 그의 팔을 밀어도, 꿈쩍도 하지 않았다. 결국 한숨을 쉬고 멍하니 천장을 바라보고 누워 있었다. 한참 그러고 있다 그를 다시 밀어냈다. 그러자 굳게 닫혀 있던 그의 눈이 슬며시 열렸다.

이한은 눈을 떴는데도 아무 말 없이 지긋이 쳐다볼 뿐이었다. 뭐라고 해주면 좋으련만, 아무런 말이 없어 애가 탔다.

"저…."

결국 나현이 잔뜩 가라앉은 목소리로 먼저 입을 뗐다.

"깼어요?"

여전히 대답이 없었다. 그 후로 한참 동안이나 나현을 바라보던 이한의 입가에 살짝 미소가 걸렸다.

"응."

"더 자도 되는데…."

몇 시에 들어온 걸까, 피곤한 사람을 괜히 깨웠나?

"괜찮아. 어차피 오늘은 아침에 결정해야 할 일이 있었어."

"그럼 다행이구요."

나현이 몸을 비틀어 품안에서 나가려 하자, 놓아주지 않고 더 강하게 끌어안았다.

"가지 마."

"하지만…."

"조금만 더 이렇게 있자."

반항한다고 해서 놓아줄 그가 아니었다. 결국 얌전히 그의 팔에 기댔다. 그러다 스르륵 다시 잠에 빠져들었다.

***

향긋한 냄새가 나현의 후각을 자극했다. 눈이 번쩍 뜨였다. 겨울인데 봄나물 냄새가 나….

나현은 자신도 모르게 냄새를 따라 부엌으로 걸어갔다. 로브를 걸친 이한이 요리를 하고 있었다.

"뭐하시는 거예요?"

이한이 씩 웃으면서 고개를 젓자 앞머리가 살랑거렸다.

"그냥 만들어진 것 데우기만 하는 거지."

이한은 익숙한 손길로 음식을 차렸다. 밥솥에서 밥을 뜨고, 숟가락과 젓가락을 놓고….

"밥 먹어."

나현이 고개를 끄덕이며 자리에 앉았다.

모락모락 김이 나는 음식이 식욕을 돋웠다. 어제 입덧 때문에
아무것도 먹지 못해 속이 쓰렸다. 숟가락을 들며 이한의 얼굴을
바라보았다.

"왜?"

"아니…."

"어서 먹어. 당신 요즘 너무 말랐어."

그가 차려주는 밥을 먹는 것도 벌써 세 번째였다. 참 비싼 밥상
이었다, 진솔그룹의 진이한이 차린 상….

개인주의적이라고 해야 할까, 낯을 가린다고 해야 할까… 이정
도 크기의 집이면 응당 집을 관리해줄 사람이 늘 상주하는 게 맞
을 듯한데, 그는 그런 것이 거추장스럽다고 했다. 늘 그가 집을 나
설 시간이 되어야 사람이 왔고, 그가 돌아오기 전에 갔다.

그러니 집에서 일하는 사람들이 대부분 준비를 해놔도 그가 직
접 손을 대야 하는 부분이 있었다. 음식을 데우고, 먹은 그릇을 설
거지통에 담가 놓고, 옷을 준비하는 등의 일을 그는 직접 했다. 나
현이 함께 있는 데도 미루는 법이 없었다. 하긴, 일 할 때도 마찬가
지긴 했다.

말투는 오만하지만, 사실 합리적인 사람이다. 이성적이라서 하
나하나 따지는 것뿐, 이 집에 와 살게 한 것도, 자신을 기획팀으로
데려온 것도 결국 옳았다. 지지부진하던 사업이 지금 속도를 내는

것만 봐도 알 수 있었다.

그렇게 배우고 자란 걸까, 아니면 원래 그런 성향인 걸까. 아마 결혼해도 그렇겠지….

"진이한 씨랑 결혼하실 여자 분은 참 좋겠어요."

해서는 안 되는 말이… 진심 섞인 농담이 툭 튀어나왔다. 그와 함께할 사람이 너무 부러웠다. 그와 마주 앉아 음식을 먹으며 웃음을 나눌 아침들이, 그와 함께 손을 잡고 보낼, 수 없이 많은 날들이. 그의 뜨거운 키스를 받으며 녹아내릴 밤을 함께 보낼 미래의 신부가 부러웠다.

이한의 평온하던 눈썹이 꿈틀거렸다. 그가 퉁명스럽게 물었다.

"무슨 의미지?"

나현은 서둘러 고개를 흔들며 얼굴을 붉혔다. 치졸하고 속 좁은 생각이었다. 언젠가 이런 날이 끝날 것을 알고 있었다. 그의 품에서 미래를 꿈꿨던 것은 딱 이틀뿐, 스페인에서 그를 처음 만나고, 그를 알게 되고 그의 품에 안겼을 때…. 그때는 운명의 상대를 만난 줄 알았다.

하지만 그가 진솔그룹의 진이한이란 걸 알고 난 이후로 언젠가 끝이 날 인연이라는 것을 알았다. 알고 있는데, 왜 자꾸만 이렇게 미련을 가지게 되는지 모르겠다.

"아무 의미도 없어요. 그냥… 사장님은 생각보다 좋은 분이세요."

"생각보다?"

나현이 장난처럼 넘기려 살짝 웃었다. 가슴 한쪽이 콕콕 쑤셔왔지만 애써 무시하며 다시 말을 이었다.

"표현이 좀 직접적이죠? 하지만…."

"그래서 생각보다 내가 괜찮은 남자다?"

"하하, 제가 너무 주제 넘는 말을 하고 있나요?"

생각보다 괜찮은 남자라니, 누가 감히 진이한한테 그렇게 말하겠어….

"내가 그렇게 말하는 게 싫어?"

"그런 게 아니라….'

심기에 거슬린 걸까, 미간의 주름이 깊어졌다. 그가 작게 한숨을 쉬고 나현의 말을 가로 막았다.

"그럼 나도 당신에 대해 싫은 점 하나 말하지."

그의 말에 가슴이 덜컹 내려앉았다. 무슨 말을 하려고 하는 거지? 괜한 말을 꺼냈다. 괜히 이상한 말을 내뱉어서 그렇지 않아도 심란한 아침, 마음을 더 괴롭게 해버렸다. 나현이 시선을 내리깔았다.

"왜 함나현 씨는 매번 나 따위가, 나 까짓게… 이런 식으로 당신과 내가 다른 것처럼 선을 긋지?"

그거야 다르니까…. 그는 날 때부터 부와 명예를 손에 쥐고 있었다. 빈손으로 태어나 아무것도 가지지 못한 사람들이 겪는 일은 전혀 모를 것이다. 그리고 그걸 이해하는 날은 영원히 오지 않겠지….

이한이 손을 내밀어 나현의 턱을 들어 올렸다. 시선을 곧게 맞춘 그가 물었다.

"내가 결혼할 여자, 당신 표현대로 나랑 결혼해서 참 좋을 그 여자…."

나현의 턱 끝을 매만지던 이한이 씩 웃었다.

"그 여자가 함나현, 당신이 될 거라는 생각은 안 해봤나?"

나현이 미소를 지었다. 한껏 쥐어짜낸 웃음이었다.

"아니요."

나현의 부정적인 대답에 이한이 눈썹이 다시 꿈틀거렸다. 그의 눈에 분노가 어렸다. 웃으면서 말하고 있지만, 둘이 나누는 이야기는 더 이상 가벼운 농담이 아니었다.

"전 현실적인 여자거든요."

"그러니까…."

이한의 입술이 다시 움직였다. 그러나 나현은 듣고 싶지 않다는 듯, 숟가락을 바닥에 내려놓았다.

"아침부터 이상한 이야기를 했네요. 저 아침에 회의가 있어서 얼른 회사에 가봐야 할 것 같아요."

나현이 서둘러 식탁의 그릇을 치우고 부엌에서 빠져나왔다.

이한의 말을 끊은 것은 처음이었다. 하지만 더 이상 이 주제에 관해 말하고 싶지 않았다. 비참해지기도 싫었고, 뱃속의 아이에게 이런 이야기를 들려주고 싶지 않았다.

***

출근길, 흔들리는 차 안에서 나현은 초점 없는 눈동자로 바깥을 응시했다. 연말 분위기로 가득한 길거리는 온갖 장식과 들뜬 분위기로 가득했다. 하지만 그 어떤 것도 나현의 마음을 위로해주지 못했다. 그저 추울 뿐이었다.

문득 스페인에서의 일이 떠올랐다. 그와 함께했던 둘째 날….

그날 하루는 여러모로 꿈같았다. 코르도바의 성곽을 거닐다가 뜨거운 햇살을 피해 그늘 밑 한 벤치에 앉았다. 살랑거리는 바람이 땀을 식혀주었다.

저 멀리, 한 아이가 뛰어오고 있었다. 동양인이 흔치 않은 코르도바에서 까만 머리에 까만 눈동자를 하고 있었다. 뒤따라오던 부모가 혹여 아이가 넘어질까 걱정하면서도 귀여운 아이의 모습에 따뜻하게 웃고 있었다.

"귀엽네요."

나현이 웃으면서 중얼거렸다.

"언젠가 저런 가정을 꾸렸으면 좋겠어요. 아이랑 사랑하는 남편… 따뜻해 보이잖아요."

그때는 그가 누군지도 몰랐고, 이정도로 깊은 관계가 될 줄 몰랐기에 쉽게 결혼 이야기를 꺼냈다. 그때는 오히려 아무 생각 없이 말할 수 있었다.

이한은 아무 말도 하지 않고 그저 가족을 바라볼 뿐이었다.

"당신은 어때요?"

"난…."

이한이 손바닥으로 머리를 쓸어 올렸다. 난감한 표정이었다.

"저런 화목한 가정에 난 맞지 않는 사람이야."

나현이 고개를 갸웃거렸다.

"그런 사람이 어디 있어요? 언젠가 결혼하고 싶지 않아요?"

나현은 아버지의 부재 속에 자랐기 때문에 행복한 가정을 꿈꿨다. 이한은 선뜻 대답하지 못하고 머뭇거렸다.

"정확하게 말하면 난 저런 걸 꿈꿔 본 적도 없어. 언젠가 결혼을 하긴 하겠지. 하지만 필요에 의해서 하는 것이지 하고 싶어서 하는 건 아닐 거야…."

염세적인 그의 대답에 그때는 웃을 수 있었다. 하지만 지금은 그 추억의 순간까지도 마음에 상처를 줬다. 마음을 정해야 했다. 더 늦어지기 전에 낳아야 할지 아니면 보내줘야 할지…. 늦어질수록 마음도 몸도 더 크게 다칠 뿐이었다.

사랑하는 사람의 아이를 가졌다. 그저 스쳐 지나가는 남자의 아이여도 쉽게 포기하기 어려운 데, 인생에서 가장 사랑한 남자의 아이를 포기할 만큼 나현은 단단하지 못했다.

하지만 현실은 냉정하다. 재벌 3세인 그와 결혼할 수 있을 거라고 생각할 만큼 순진하진 않았다. 그렇다고 아이를 혼자 키울 자신도 없었다. 지금 벌이로는 유현의 치료비와 생활비를 대는 게 고작이었다. 아이의 양육비를 감당할 자신이 없었다. 심지어 이 회사에 언제까지 다닐 수 있는지도 모른다.

이한에게 말하면 아마 양육비를 넉넉하게 줄 수도 있을 것이다. 하지만 그러고 싶지 않았다.

머리로는 정답을 알면서도 마음은 아직도 결론을 내지 못하고 있었다.

***

회사에 출근하자마자 메일을 확인했다. 각 대학에 임상시험을 맡아줄 수 있냐는 연락을 어제 돌렸다. 답변 메일이 와 있었다.

대부분 거절했다. 하나같이 스케줄 문제로 거절했지만, 시스테람의 부정적인 소문을 들은 각 연구실들이 시험 자체에 부담을 느끼고 있는 게 분명했다.

어쩔 수 없지…. 쓴웃음을 지으며 마지막 메일을 열었다. 영어로 적힌 메일. 퍼듀 대학 제임스 버마 교수의 메일이었다.

산학협력이라도 그들의 연구 성과를 셰어하기로 한 것일 뿐, 그 유명한 버마 교수 연구실이 임상시험을 진행해줄 거라는 기대는 애초에 하지 않았다. 그래도 혹시 몰라 요청을 보내기는 했다. 답장을 확인한 나현이 멍한 표정을 지었다.

'연락 감사합니다. 일정을 조정한 후에 확답을 드릴 수 있겠지만, 시스테람의 임상시험은 저희 측에서도 관심이 있는 문제였기 때문에 꼭 참여하고 싶습니다. 함나현 씨와 만나는 날을 고대하고 있습니다.'

짧지만 강렬한 메시지.

잘못 읽었나 의심해야 할 정도로 믿기지 않았다. 몇 번이나 더 읽어본 후에야 유영에게 연락 했다.

***

유영은 나현의 보고를 받고 뛸 듯이 좋아했다.

"정말 잘됐다!"

연신 잘됐다를 외치던 유영이 사무실을 나서는 나현에게 들뜬 목소리로 말했다.

"함나현 씨, 잘해줬어요. 우리 시스템랑 제대로 살려봐요!"

나현은 절로 웃음이 났다. 동생이 입원해 있는 병원으로 향하는 길에도 내내 미소가 떠나지 않았다. 면회를 위해 병실로 들어서자, 침대에 앉아 있던 유현이 반겨주었다.

"왔어?"

여전히 여위었지만, 창백하게 질려 있던 얼굴에 생기가 돌아왔다. 손을 뻗어 유현의 손을 잡았다. 쌍둥이로 태어났지만, 나현의 손에 비해 유현의 손은 너무나 앙상했다.

"잘 있었어?"

"응, 언니 바쁜 거 아니야?"

"괜찮아."

손끝으로 유현의 손을 한참이나 매만졌다. 오랜만에 대화를 나누었다. 둘이 아직 건강하고 즐거웠던 학창시절의 이야기를 주로 했다.

"그러고 보니 놀이공원 안 간 지도 한참 된 것 같아."

"가고 싶어?"

"우리 어렸을 때 외삼촌 가족이랑 갔었잖아. 그때 가고 안 갔으

니까. 많이 변했을까 싶어서. 얼마 전에 광고 보니까 그때 생각이
나더라."

그런 생각은 하지도 못했다. 유혁은 10대 후반에 발병하고 나서
는 병원을 제외하고 밖에 거의 나가지 못했다. 나현이 말없이 동
생의 얼굴을 물끄러미 바라보자, 그녀가 서둘러 손을 저었다.

"아니야, 언니. 왜 또 그렇게 봐…."

"퇴원하면 꼭 가자."

"이 나이에 무슨 놀이동산이야, 갑자기 생각나서 말해본 거야.
신경 쓰지 마."

"그래도…."

유현이 길게 늘어뜨린 머리카락을 넘기며 말을 이었다.

"언니는 태어난 거 후회하지 않아? 내 뒷바라지 하면서…."

"갑자기 무슨 말이야, 그게."

나현이 발끈해서 말하자, 유현이 밝게 웃었다.

"사실 지금까지 아프니까, 아플지도 모르니까 어디 나가지도 못
하고 살았잖아. 늘 갇혀 살았지만, 이제 변하고 싶어. 한번 사는 거
후회하지 않도록 열심히 살고 싶어."

유현이 작은 한숨을 쉬고 말을 이었다.

"이번에 많이 아프고 나서 생각한 게… 태어난 것에 감사해. 언
니를 만난 것에 감사하고, 하늘이 준 생명 소중히 하고 싶어."

나현은 멍하니 그녀의 얼굴을 바라보았다. 유현이 손을 놓고 천
천히 그녀를 밀었다.

"언니, 얼른 가봐. 내일도 출근해야지."

병실을 나서는 나현의 귀에 유현이 한 말이 계속해서 맴돌았다.

**

집에 돌아온 나현은 배 위에 손을 올렸다. 물론 아무런 느낌도 없었지만 그렇게 하면 무언가 느낄 수 있을 것 같았다.

"이번에 많이 아프고 나서 생각한 게… 태어난 것에 감사해. 언니를 만난 것에 감사하고, 하늘이 준 생명 소중히 하고 싶어."

유현의 말을 듣고 계속 아기 생각이 났다. 나는 왜 이 아이를 포기하려고 했지…. 태어나서 불행할까 봐, 잘해줄 수 없을까 봐, 놓으려 했다.

나현은 고개를 저었다. 아니, 거짓말, 다 거짓말이다. 사실은 자기 자신을 위해서 그랬던 것이다. 아이를 빌미로 삼는 것처럼 보여 그에게 경멸당할까 봐, 그에게 버려지고 자존심이 다 구겨진 채, 아이를 껴안고 꾸역꾸역 세월을 보낼까 봐. 그게 무서웠다. 그에게 거절당하는 게 두려워 말도 못한 채, 그에게 선택권도 주지 않은 채 포기하려 했다.

나약하다, 나약해. 입술을 깨물었다. 상처를 받을지도 모른다. 그에게 버림받을 게 확실하다. 하지만 상처받는 게 두려워서 도망가는 것은 이젠 싫었다.

집에 돌아와 현관에 가지런히 놓인 이한의 구두를 보고 다시금 결심을 다졌다. 조심스레 방 안으로 들어가 서재로 향했다. 그는 오늘도 비스듬히 의자에 앉은 채 서류를 검토하고 있었다. 인기척에 그가 고개를 들었다.

"왔어?"

다른 말을 하려다가 고개를 저었다. 용기가 생겼을 때 부딪쳐봐야 해. 안 되겠지만, 그렇다고 해서 시도하지 않을 수는 없어.

"이한 씨, 저 할 말이 있어요."

나 자신을 위해서, 이한을 위해서 그리고 아이를 위해서 그들에게도 선택할 기회를 줘야 했다.

"뭐지?"

"아이를 가졌어요…."

그가 반응을 보이기 전에 숨을 크게 들이마시고 다시 말을 뱉었다.

"아이가 생겼어요, 당신 아이가."

인사처럼 나현의 입에서 튀어나온 고백에 그의 표정이 굳었다. 둘이 서 있는 거실에 차가운 바람이 불었다.

그의 반응을 상상할 수 없었다. 곤란해할까, 아니면 화를 낼까. 기뻐할 수는 없을 거야. 혼란스럽겠지…. 계속된 침묵에 나현은 가슴이 타들어가는 것 같았다. 뭐라 말을 덧붙여야 할까. 미안하다고 해야 할지도 몰라….

나현이 고개를 들었다. 아니, 그러고 싶진 않아. 난 잘못한 일이 없어. 내 뱃속에 자리 잡은 아이는 사랑의 결실일 뿐이다. 내가 잘못했다면, 그에게도 잘못은 있다. 사과하고 싶지 않았다. 무거운 공기가 나현의 목을 졸라 숨이 막힐 즈음, 그가 천천히 서류를 놓았다.

"언제 알았지?"

나현이 어렵게 입을 뗐다.

"이틀 전…."

목이 메여 작게 기침을 했다.

"이틀 전에 알았어요."

그의 담담한 눈동자 안에 어떤 생각이 담긴 걸까. 덜덜 떨리는 나현의 몸과 달리 이한은 미동도 없었다.

"병원은?"

"아직 안 가봤어요."

"하아…."

그의 입에서 깊은 한숨이 흘러나왔다.

"내일 아침에 같이 병원에 가지."

그 한숨에 모든 답이 들어 있다. 순간 몸이 바닥으로 꺼질 것처럼 무겁게 느껴졌다.

그럴 만도 해. 나현만 해도 아이의 존재를 알고 기쁜 마음보다는 답답하고 막막한 감정이 먼저 들었다. 그런데 어떻게 그에게 좋은 반응을 기대할 수 있겠어.

활짝 웃으면서 안아주길 기대한 건 아니었잖아, 그렇게까지 순진하지는 않잖아. 목소리에 물기가 베어들었다.

"아니, 괜찮아요. 혼자 갈게요."

나현의 말에 이한이 손을 내밀었다. 잠시 방황하던 손이 결국 나현의 팔뚝에 닿았다.

"함나현 씨 입으로 그 아이가 내 아이라고 하지 않았던가?"

나현이 힘없이 고개를 끄덕였다.

"내가 동행해서는 안 되는 자리야?"

그의 말투는 담담했지만, 비꼬는 게 틀림없었다. 그의 동행을 거절할 명분이 없었다.

"아니요, 그런 건…."

"그럼 아침 눈 뜨자마자 같이 가지. 마음 같아선 지금 당장이라도 의사를 부르고 싶지만 당신도 피곤할 테니까."

피곤한 몸보다도 그의 말이 더 무거웠다. 고개를 끄덕였다. 점점 이 관계에도 끝이 다가오고 있다는 것을 느꼈다.

***

캄캄한 밤. 바로 등 뒤에 이한이 있었다. 그의 온기가 자신의 등에 아련히 닿았다. 그와 나현의 거리는 고작 10cm. 그러나 지금처럼 그와의 거리가 멀게 느껴진 적이 없었다. 몇 번이고 몇 번이고 그에게 임신했다고 이야기를 했을 때의 그의 얼굴을 머리 속에서 재생했다.

당신 아이가 생겼다, 그렇게 말하자 그는 살짝 눈썹을 움직였을 뿐, 더 이상의 감정을 표현하지 않았다. 그리고 이어진 한숨. 거기엔 기쁨도 슬픔도 담겨 있지 않았다.

아직 매끈한 배 위에 손을 얹고 숨을 내쉬었다.

침착해, 쓰러지지 마. 아이를 낳겠다고 생각한 이상 그리고 아이가 생긴 것을 이한에게 말한 이상 앞으로 헤쳐 나갈 일이 산더미처럼 많았다. 그의 굳은 표정 정도에 울기에는 갈 길이 너무나 멀었다.

단단해지자, 성숙해지자. 엄마와 동생 유현이 그리고 이 아이.

이렇게 작은 일에 흔들려서는 그들을 지켜낼 수가 없었다. 지금까지 잘해왔잖아. 할 수 있어, 함나현.

단 하나… 등 뒤에 있는 이 남자, 이한을 평생 그리워하지 않을 수 있을까. 엄마처럼 비련의 여주인공처럼 평생을 울며 보내지 않을 수 있을지 자신이 없었다. 그럴 수 있다면 참 좋을 텐데….

그런 생각을 하다가 까무룩 잠이 들었다.

***

이한의 집안이 소유한 대형병원에 도착했다. 그냥 집 앞 병원에 갈 걸…. 작은 병원에서 간단하게 확인하자는 나현의 말에 전반적인 검사를 해봐야 한다고 우기는 그의 성화에 못 이겨 결국 여기까지 오게 됐다.

이한이 왔다는 소식에 담당의사가 가운을 휘날리며 달려왔다. 사람들로 복작거리는 로비를 바라보았다. 의사뿐 아니라 사무장과 몇 명의 직원도 내려와 있었다. 입술을 깨물었다. 그래서 혼자 오겠다고 한 건데…. 나현의 어깨가 움츠러들었다.

모두에게 알려지면 어쩌려고 이러는 걸까. 임신 소식이 다른 사람에게 흘러가기라도 하면…. 잔뜩 긴장한 나현과 달리 이한만은 담담한 표정이었다.

"검사실로 바로 올라가시죠."

담당의사는 나이가 지긋한 여성이었다. 검사실로 들어가니 마중 나왔던 직원들이 앞에서 대기하겠다며 서 있었다. 검사실에 들어가려던 이한이 문득 걸음을 멈추고 몸을 돌려 사무장에게 말했다.

"실례인 줄은 알지만…."

그의 시선이 담당의를 훑었다.

"잘 보시는 분입니까?"

그러자 사무장이 고개를 끄덕였다.

"그럼요, 김혜정 교수는 저희 병원 계열뿐 아니라 한국에서도 손꼽히는 산과 전문의입니다."

"아, 그래요."

이한의 얼굴에 희미하게 미소가 번졌다.

"이제 들어가 보세요, 급하게 연락드린 건데…. 여러모로 마음 써줘서 고맙습니다."

"아닙니다, 본부장님. 저희 병원에 와주셔서 감사합니다."

나현이 먼저 검사실로 들어섰다. 의사가 의자 위에 앉으라고 안내하면서 살짝 웃었다.

"걱정이 많이 되시나 봐요."

무슨 말인지 모르겠다는 표정을 짓자, 그녀가 문간에 서 있는 이한 쪽을 눈짓했다.

"그러게요…."

다른 이들에게는 임신을 확인하러 오는 이 순간이 그저 행복한 때일 것이다. 하지만 나현에게는 불안하고 괴로운 시간이었다. 이렇게 주목을 받는 것도 숨통을 조이기만 했다.

간단한 문진을 끝내자 의사가 검사를 받는 의자를 가리켰다.

"누워보시죠."

옷을 주섬주섬 끌어올려 차가운 젤을 바르고 초음파 기계를 배 위에 댔다. 까만 화면이 모니터에 비치자 나현은 입술을 깨물었다. 혹시 잘못 됐으면 어쩌지, 요즘 일도 많았고 몸 상태도 안 좋았는데…. 임신 사실을 알고 나서는 걱정이 되어 잠도 제대로 자지 못했다.

며칠 전만 해도 임신이면 어쩌지 했는데, 이제는 아기가 걱정이 되어 어쩔 줄 몰랐다. 나현이 긴장한 것을 느꼈는지 의사가 안심하라는 듯 미소 지었다.

"괜찮아요, 긴장하지 마세요."

"아, 죄송합니다."

"보통 처음에는 다들 긴장하기 마련인데, 너무 걱정하시는 것 같아서요. 어디 보자…."

나현이 어색하게 마주 웃으며 모니터로 시선을 돌렸다. 까만 화면에 하얀색 점들이 떠올랐다. 화면 사이로 까만 동그라미가 보였다.

"응, 아기집이 보이네요."

테스트기로 여러 번 확인하기는 했지만, 역시 임신이었구나. 이상한 기분이었다. 기쁘기도 하고, 슬프기도 하고….

"아기집도 있고, 난황도 예쁘게 자리 잡았고."

"난황이 뭔가요?"

"임신 초기에 태아에게 영양분을 공급하는 부분인데, 이게 처음에 잘 안 잡히면 유산 될 가능성이 있거든요."

그때, 뒤에서 가만히 듣고 있던 이한이 끼어들었다.

"아이가 제대로 잘 크고 있다는 건가요?"

의사가 웃으면서 대답했다.

"다음 주쯤 오시면 심장 소리도 들으실 수 있겠네요."

***

병원을 나오는 길, 나현은 초음파 사진을 꼭 쥐었다. 아기집….
별것 아닌데 왜 이렇게 손에서 놓을 수가 없는지 모르겠다.

"오늘 회사는 휴가 냈지?"

"반차만 냈어요."

이한이 한숨을 쉬었다. 아침에 휴가를 쓰라고 몇 번이나 당부했다.

하지만 일이 산적해 있는 이 시기에 그럴 수는 없었다. 출산 때
문에 언젠가 휴가를 받아야 한다는 걸 생각하니 마음이 급해졌다.

"병원에도 다녀왔는데, 좀 쉬는 게 낫지 않겠어?"

마음에 들지 않는다는 말투였다.

"제가 뭘 했다고…. 일이 많아서 회사 나가봐야 해요."

그저 초음파 검사 한 게 다인데, 쉴 게 뭐가 있어. 걱정해서 한
말이라는 것을 아는 데도 퉁명스럽게 대답하고 말았다.

"오늘 나도 외부에서 일이 있으니까 퇴근 후에 집에서 만나서 얘
기 좀 해."

나현은 숨을 크게 들이마셨다. 임신을 확실히 확인했으니, 이제
그가 뭐라 말할지 두려웠다. 마음이 죄여왔다. 나현은 쳐다보지
않고 고개만 끄덕였다. 지금 눈을 마주쳤다간 이렇게 불안하고 괴
로운 마음을 다 들킬 것만 같았다.

이한의 손이 어깨에 닿았다. 예고 없는 터치에 놀라 살짝 떨었

지만 여전히 그를 쳐다보지는 않았다.

"함나현…."

결국 돌아보고 말았다, 나현의 눈가에 눈물이 맺혔다. 왜 눈물이 나는지 모르겠다. 차가운 그의 태도 때문일까, 아니면 앞으로의 미래가 막막해서일까….

이한이 손을 들어 젖은 나현의 눈가를 훔쳤다.

"당신은 너무 생각이 많아."

그 말에 눈물이 또르르 흘러내렸다. 그가 손끝으로 눈물방울을 짓이겼다.

"그래서 매력적이지만."

그렇게 말하고는 씩 웃었다. 서서히 몸을 숙여 눈물로 얼룩진 나현의 입술에 키스했다. 어루만지듯이, 부드럽게….

그의 입술이 닿으면 아무 생각도 할 수 없게 된다. 늘 감정을 한계까지 밀고 가 정신을 흐트러트린다. 그러나 오늘만큼은 그의 입맞춤이 서글프게 느껴졌다. 눈물이 흘러 맞닿은 이한의 뺨을 타고 흘렀다. 그가 얕은 숨을 내뱉으며 떨어졌다.

"이상한 생각하지 마."

그의 손가락이 나현의 턱을 톡톡 쳤다.

"지금 당신 표정이 어떤지 당신도 봐야 하는데."

내 표정? 화장은 번졌고, 퉁퉁 부어서 흉할 것이다. 그가 포켓에서 손수건을 꺼내 건넸다.

"닦아, 출근할 거잖아. 다른 사람에게 그런 얼굴 보이지 마."

나현이 손수건을 받아들자, 그가 말을 이었다.

"할 말이 있으니 퇴근한 뒤 집에서 봐, 그때는….."

이한이 잠시 말을 고르는 듯 입술을 달싹이다 말았다.

"어쨌든 저녁에 봐."

대체 무슨 말을 하려는 걸까. 퇴근까지의 시간이 아득하고 멀게
만 느껴졌다.

✳✳✳

퇴근 중에 어지러움을 느끼고 주저앉았다. 이렇게 몸이 힘들 때
마다 몸 안에 다른 생명이 있다는 걸 실감했다. 그럴 때마다 이한
이 할 말이 무엇인지 두려웠다. 어쩌면 오늘이 모든 관계가 끝나
는 날일지도 몰랐다.

"다녀왔습니다."

현관 문을 열고 들어가자, 익숙한 신발이 보였다. 이한의 구두였
다. 나현은 그 옆에 나란히 자신의 신발을 벗어놓고 거실로 갔다.
거실 테이블 위에 그의 재킷과 가방이 아무렇게나 던져져 있었다.

어디에 있는 걸까? 이한을 찾아 두리번거리다 서재로 가려는데
테라스 쪽에 비스듬히 서 있는 그가 보였다. 바람에 나부끼는 머
리카락 때문에 표정은 잘 보이지 않았지만, 그는 바깥 풍경을 내
려다보고 있었다.

나현은 긴장을 가라앉히려 숨을 크게 들이쉬었다. 종일 일이 손
에 잡히지 않았다. 가방도 무거운 짐처럼 느껴졌다. 발소리도 안
내고 다가가 테라스 문을 열었다.

달칵, 문이 열리는 소리에 먼 곳을 바라보던 이한이 고개를 돌렸다.

"왔어?"

"네."

그는 지금 무슨 생각을 하고 있을까. 흑요석 같은 그의 눈동자가 반짝였다.

"추운데 들어갈까."

나현은 고개를 저었다. 실내로 들어갔다간 숨이 막힐 것 같았다. 시원한 바람이 부는 이 테라스가 더 좋았다.

"괜찮아요."

"그래?"

이한의 곁에 다가가 섰다. 그가 기대던 난간에 손을 올리고 그가 바라보던 곳으로 시선을 옮겼다. 저녁 여덟 시, 도시는 퇴근하는 차들로 가득했다. 빨간 불빛들이 춤을 추듯 너울졌다. 말없이 도시의 밤 풍경을 굽어보는 나현과 달리 이한의 시선은 그녀에게 닿아 있었다. 잠시 말없이 서 있던 그가 다시 입을 열었다.

"회사 일이 힘들지는 않아?"

그 말에는 임신 때문에 힘들지 않느냐는 뜻이 함축되어 있었다.

"아니요, 아직 초기라…."

나현이 고개를 저으며 대답하자 이한이 자조적인 웃음을 지었다.

"이런 말을 하고 싶었던 게 아니었는데…."

이한이 망설이고 있다는 게 느껴졌다. 대체 무슨 말을 하려고 저렇게 주저하는 걸까. 늘 거침없는 남자였다. 그가 이렇게까지

뜸을 들이는 이유가 무언지 몰라 그저 숨만 죽이고 있었다.

"우리는 처음부터 서로에게 선택지를 주지 않았어."

이한이 손을 뻗어 난간 위에 있는 나현의 손 위에 포갰다.

"내가 누군지 알아채자마자, 당신은 나를 두고 도망가 버렸지."

스페인에서 나현이 몰래 떠나버린 이야기였다.

"그리고 다시 만났을 때 억지로 이 집에 불러들여 당신을 내 품에 가뒀어. 당신 생각은 묻지 않았지."

그의 엄지손가락이 나현의 손바닥을 쓸었다.

"알고 싶지 않았거든. 그저 내가 회사 사장이라서…. 시스테람의 개발 때문일지도 모른다는 생각도 있었거든. 당신에게 다른 선택지를 주었다간 그대로 날아가 버릴까 봐 차마 묻지 못했어…."

나현의 고개가 천천히 흔들렸다. 직접적으로 사랑한다는 말을한 것은 아니지만, 용기가 없었을 뿐이다. 그가 사장이기 때문에, 그가 회사를 책임지기 때문에 더욱 그에게서 벗어나고 싶었지만 그를 사랑했기에 모든 것을 감수했다. 그가 시스테람과 상관없는 이였다면 오히려 그를 받아들이기 쉬웠을 것이다.

"난 두려워."

그의 입에서 의외의 말이 흘러나왔다.

"이 관계에 여지를 주면, 당신이 가버릴까 봐."

믿을 수 없었다. 그처럼 오만한 남자가, 세상 모든 것을 다 가진 남자가 두려운 게 있을 리 없었다. 설사 있다 한들 그 이유가 나라는 여자일 리 없었다.

"하지만 이제 처음으로 우리에게 선택지를 주려고 해. 아니, 당신에게 선택지를 주고 싶어."

이한의 몸이 서서히 기울었다. 나현은 그저 그를 멍하니 쳐다볼 뿐이었다. 몸을 숙인 그가 한쪽 무릎을 꿇고, 나현의 손을 잡은 채 올려다봤다.

"함나현, 나랑 결혼해줄래?"

***

머리가 마비돼서 아무 생각도 할 수 없었다. 바람이 스커트 자락을 흔들지 않았다면, 머리카락이 날리지 않았다면 이 모든 것이 꿈이라고 생각했을 것이다.

결혼을 떠올리지 않은 것은 아니었다. 하지만 그것은 그저 망상일 뿐이었다. 재계 1위 진솔그룹 회장의 외동아들, 재계의 황태자라고 불리는 남자 진이한.

그가 평범한 회사원인 자신과… 비록 아이라는 매개체가 있다 한들 결혼을 선택할 리 없다고 생각했다.

헛된 기대를 하다 무너져 내리지 않도록 마음을 굳게 먹어야 했다. 하지만 생각과 달랐다. 진이한, 그가 선택한 답은 결혼이었다. 자신 앞에서 무릎을 꿇고 올려다보는 그의 눈동자를 바라봤다.

"왜…."

왜냐는 말을 내뱉으려다가 주워 삼켰다. 아기 때문인 게 분명한 것을 바보같이 그에게 왜냐고 묻다니. 고개를 끄덕여, 함나현. 이유는 어떻든 간에 뱃속의 아이에게 아버지를 뺏을 순 없잖아. 좋다고 말해. 그러면 다 괜찮을 거야.

하지만 나현의 입에서는 아무 말도 나오지 않았다. 고개를 끄덕일 수도 없었다.

"왜 그런 표정이지?"

난 지금 어떤 표정인 걸까. 그저 놀랍기만 했다. 슬픔도 기쁨도 아닌 놀라움에 가득 차 그의 얼굴을 바라보기만 했다. 이한이 몸을 일으켰다.

"임신했다고 말할 때도, 임신을 확인했을 때도, 그리도 지금도… 당신은 왜 그런 표정이지?"

그의 목소리가 날카로워졌다.

"내가 억지로 당신을 탐했던 건가?"

그의 말에 고개를 저었다.

"아니, 그런 게 아니라…."

"아니라면 왜? 왜 좋다고 하지 않는 거지? 왜 그렇게 슬프게 당장이라도 울 것 같은 표정을 짓는 거냐고."

나지막하지만 가시가 서 있는 그의 말에 나현이 입을 열었다.

"너무 놀라서, 당신이 결혼을 하자고 할 줄은 예상도 못해서…."

그녀의 말에 이한이 한숨을 쉬었다.

"사랑하는 여자가 내 아이를 임신했다는데 당연한 거 아닌가?"

그의 말이 콕 나현의 귀에 박혔다. 이한이 그녀에게서 멀어져, 테라스 안을 초조한 발걸음으로 걸어 다녔다.

"쉽지 않을 거라고 생각은 했어. 오늘 당신이 우는 걸 보고 어려울 거라고 생각은 했지만, 제기랄! 당신이 거절할 수 있다는 생각까진 못했어."

그가 주먹을 쥐고 숨을 몰아쉬었다. 화가 난 걸까. 흐릿한 조명 아래 어른어른 보이는 그의 뺨이 발갛게 달아올라 있었다. 그가 흥분한 것은 처음 보았다. 그의 말에 충격을 받아 잠시 멈춰 있던 나현이 떨리는 목소리로 입을 열었다.

"지금 뭐라고 하셨어요?"

"당신이 거절할 줄…."

그 말이 아니다, 그녀에게 충격을 준 것은 그 말이 아니라.

"절 사랑한다고요?"

이한이 의아한 표정으로 되물었다.

"무슨 말이지?"

"절 사랑한다고 말한 거…."

잘못 들은 걸까. 너무 간절해져서 귀가 고장 나기라도 한 걸까. 이한이 몸을 돌려 그녀를 똑바로 바라보았다. 그녀의 양 어깨 위에 손을 올리고, 이한이 입술을 비틀었다.

"당연한 거 아니야? 스페인에서부터 회사까지 당신을 쫓아오고, 내 집에 당신을 들이고, 이렇게 프러포즈까지 하는데…."

이한의 입술 사이에서 한숨과도 같은 탄식이 흘러나왔다. 그는 나현의 어깨를 끌어당겨 단단하고 큰 품에 가두었다.

"똑바로 들어."

멍하니 허공에 시선을 두고 가만히 그의 말을 경청했다.

"함나현 씨, 당신을 사랑해. 나 진이한이 당신을 사랑한다고…."

08
오만한 고백

"당신이 나를…."

"그래, 내가 당신을."

이한의 말이 믿기지 않는다. 어쩌면 그가 결혼을 하자고 할지도 모른다는 생각을 하긴 했다. 그러나 어디까지나 그건 아기를 책임지기 위한 방편이라고 여겼다.

"나를 사랑해서 결혼을 하겠다는 말인가요?"

"내 말 어디에 오해할 여지가 있지?"

그의 손가락이 나현의 턱을 쓸었다.

"우리가 만난 이후로 나한텐 당신밖에 없다고 했잖아."

엄지로 나현의 입술을 톡 건드렸다. 여전히 흔들리는 눈빛을 보며 그가 진지한 눈으로 속삭였다.

"그러니까 좋다고 말해."

달콤한 목소리에 정신이 아득해졌다. 모든 것이 현실처럼 느껴지지 않았다.

"당장 좋다고 말해."

그의 집요한 입술이 목에 닿았다. 뜨거운 숨결이 귀 밑에서 천천히 내려가 마침내 쇄골에 닿았다. 건조한 그의 입술이 붉은 흔적을 남겼다.

"함나현…."

나현이 그를 마주 안았다. 손가락으로 하나씩 그의 근육을 마음에 아로새기듯 천천히 훑었다.

"나… 괜찮을까요?"

그동안 숨겨온 진심이 툭 튀어나왔다. 쑥스러워 차마 말하지 못했던 것이 참지 못하고 터져 나와 입술 사이로 흘렀다.

"나 같은 게 괜찮을까요?"

"당신이 뭐 어때서."

이한의 탄탄한 가슴에 얼굴을 댔다. 눈을 감아 흔들리는 눈동자를 숨겼다. 그의 품에 머리를 기댄 채 작게 중얼거렸다.

"당신이랑 다른 세상의 사람이잖아요…."

이한의 몸이 살짝 흔들렸다. 피식, 그의 웃음소리가 작게 들렸다.

"자랑은 아니지만…."

그가 몸을 숙여 나현을 꼭 품에 안았다.

"나랑 동등한 환경, 나랑 비슷한 환경에서 자란 사람이 얼마나 있을 것 같아? 환경이 전부가 아니잖아. 당신이 내 환경을 보고 결혼하는 것이 아니듯, 나 역시 그래."

나현은 그의 품에서 몸을 떼 그를 올려다보았다. 그는 정말 한 번도 의심이 없었을까? 진솔그룹 후계자로 그는 개인적인 유명세도 대단했다. 지금까지 다가오는 여자, 아니 단순히 여자가 아니라 수많은 사람들이 있었을 것이다. 그의 세계에 대해 전혀 모르는 나현조차 그정도는 쉽게 상상할 수 있었다.

그는 왜 날 믿는 걸까.

"내가 당신 환경을 보고 다가왔다는 생각은 안 했나요?"

나현의 말에 이한이 웃었다.

"당신이 다가왔다고? 내가 누군지 알고 당신은 도망갔지. 내가 진이한이란 걸 알자마자 도망가고, 지금 결혼하자는 것도 망설이는 당신이? 내 배경을 보고 다가왔다면, 그건 또 나름대로 재밌긴 하겠군."

이한의 입술이 다시 슬며시 다가왔다. 맞닿은 입술 사이로 촉촉한 혀가 들어와 나현의 치열을 훑었다. 그의 혀와 격렬하게 마주하자, 불안하게 떨리던 마음이 가라앉았다. 그의 손이 뺨을 감싸쥐었다. 따스한 온기가 전해져왔다.

"당신이 내 배경을 보고 다가왔대도 상관없어. 나도 당신의 이 입술…."

말캉말캉한 입술을 이한이 툭 건드렸다.

"부드러운 볼, 뭘 생각하는지 모를 눈빛에 홀려 여기까지 왔어. 내 배경이 당신에게 매력적이라면 다행이야."

"배경을 원해서 당신을 사랑한 게 아니…."

배경 때문에 이한을 사랑한 것이 아니다. 그렇게 생각되는 것은 싫었다. 오해 받고 싶지 않아 했던 말이었다. 그러자 이한이 다 안다는 듯 미소 지었다.

"아니란 거 알아. 그리고 그렇게 매력적인 것도 아니긴 하지."

그가 한숨을 쉬며 손등으로 나현의 머리를 쓸었다.

"돈이라는 거, 적당히 있을 때나 행복하고 좋은 거지, 너무 많으면 오히려 압도돼서 자유가 없어. 그래서 당신이 망설이는 것도 이해해. 다른 세계에서 살고 싶진 않겠지."

"그런 게 아니라…."

"그럼?"

말해도 될까… 이미 그에게 숨길 것은 없었다. 아이를 가지고, 그를 사랑하고, 그에게 사랑을 고백 받은 지금, 마음속의 짐을 내려놓고 싶었다. 이 무거운 것을 바닥에 내려놓고 편안해지고 싶었다.

"저는… 우리 엄마는…."

그러나 막상 말하려고 하니 차마 입이 떨어지지 않았다.

"아버지가 어머니를 떠나간 것 때문에 그런 건가?"

나현이 눈을 크게 뜨고 그의 얼굴을 올려다보았다.

어떻게 알았지? 동생인 유현조차 모르는 이야기였다. 어떻게 알아낸 걸까, 물론 나에 대해 알아보긴 했겠지만…. 나현의 아버지였던 사람이 모든 흔적을 지워, 연결고리는 전혀 없는 상태였다. 이한에게야 언제가 됐든 그 비밀을 털어놓긴 해야 했지만….

엄마는 경제적 보조를 완강하게 거절하고 있었고, 엄마가 싫다면 나현도 그에게 땡전 한 푼 받을 생각이 없었다. 알려지면 오히려 고생만 할 것이라 숨기고 싶었다. 특히 아직 건강을 완전히 회복하지 못한 유현이 이 사실을 알게 되는 것만은 피하고 싶었다.

"누구에게 그 이야기를 들었죠?"

"놀랄 필요 없어, 당신을 찾으러 다닐 때 당신의 배경에 대해서 체크했지만 아무것도 나오지 않았으니까."

이한이 힘주어 나현의 어깨를 꼭 쥐었다.

"지난번에 병원에 갔을 때 당신의 어머님 반응을 보고 느꼈지. 날 보고 굉장히 경계하시더군. 보통은…."

그가 미간을 찌푸리며 살짝 웃었다.

"보통 그런 반응을 하는 사람들은 없으니까."

엄마가 이한을 알아보고 말했던 게 떠올랐다. 아마도 자신과 같은 길을 걷게 될까 봐 걱정이 된 엄마의 기분이 표정에서 드러난 모양이었다.

"왜 그렇게 날 보시나 생각했는데, 뭐 여러 가지. 당신이 내가 누군지 보고 도망간 것 그리고 아버지가 안 계신 것. 생각해보니 그런 결론이 나오더군…."

그가 다정한 손길로 나현의 머리를 매만졌다.

"그 남자가 재벌가의 사람이었나?"

무겁게 고개를 끄덕였다.

"설마 진솔그룹의 인간이라든지?"

그의 말에 고개를 저었다.

"아니에요! 그럴 리가."

"당신이 너무 이야기를 해주지 않길래."

나현은 입술을 꾹 다물었다. 아버지의 이름을 말해야 하는 거겠지. 하지만 너무나도 수치스러웠다. 아버지가 그렇게 책임감 없는 남자라는 것이. 어머니가 얼마나 고생했는지 알기에 더욱 아버지가 원망스럽고 창피했다.

한참을 입술을 달싹였다. 말이 나올 듯 나오지 않고 입술 끝에 걸려있었다. 고민 끝에 작게 한숨을 쉬고 입을 열었다.

"사실…."

"괜찮아."

이한이 떨리는 그녀의 입술을 톡톡 쳤다.

"그렇게 말하기 싫은 거라면 말하지 않아도 좋아. 진솔그룹의 인간만 아니라면 상관없어. 언젠가 마음의 준비가 되거든 이야기하도록 해."

그의 배려에 고개를 끄덕였다. 더 쉽게 말할 기회가 있을 것이다. 그가 그녀를 안고 몸을 숙여 귓가에 속삭였다.

"그나저나, 대답을 못 들었는데."

그의 말에 살짝 미소를 지었다. 오늘 처음으로 굳었던 표정이 펴지는 것 같았다.

"진심으로 날 원한다면… 좋아요."

이한이 두 팔로 그녀의 여린 몸을 꽉 껴안았다.

"다시 무를 수 없어. 알지?"

"무를 생각도 없어요."

진이한, 당신이야말로 괜찮은 걸까. 불안한 눈동자로 그를 올려다보았다. 그러나 흔들리는 그녀와는 달리 그의 단단하고 올곧은 눈이 보였다. 그가 손을 들어 이마에서부터 눈두덩이, 뺨, 그리고 턱까지 쓸어내렸다.

"이 눈, 이 뺨, 이 턱도…."

이한이 나현의 턱을 잡으며 미소 지었다.

"다 내 거야. 알겠어?"

뭐가 그렇게 기쁜 것일까?

"다 내 거라고."

그녀를 번쩍 들더니 성큼 안으로 들어갔다.

"꺄!"

그녀를 두 손으로 품에 안고 그가 향한 곳은 침실이었다. 침실 문을 거의 차듯 열고 들어가 그녀를 조심스레 침대 위에 올려놓았다. 나현은 고개를 저었다.

"아직 초기라 무리하면 안 돼요…."

이한이 고개를 갸웃거리며 웃었다.

"무슨 생각을 하는 거야?"

놀리는 듯한 말에 나현이 입술을 깨물자, 그가 다시 피식 웃었다.

"당신을 느끼기만 할게."

이한의 입술이 천천히 나현의 발 쪽으로 향했다. 그녀의 종아리에 살짝 입술을 대며 중얼거렸다.

"다신 놓아주지 않을 거야."

모든 게 꿈만 같았다.

몇 개월 전만 해도 빛이 보이지 않는 깜깜한 어둠 속을 끝없이 걷는 것만 같았다. 이 모든 걸 악몽이라고만 생각했다. 동생 유현의 몸 상태는 점점 나빠지기만 하고, 나현이 기대하던 약, 시스테람의 계약은 무산됐다. 회사가 망할지도 모른다는 두려움, 해고될 지도 모른다는 불안감 속에 보내던 하루하루….

진이한이라는 남자가 나타났다. 스페인에서 스치듯 만났던 남자였다. 아니, 스쳤다는 표현은 적절하지 않았다. 잊을 수 없었던 남자 진이한, 그와 3일 동안 얼마나 농후한 시간을 보냈는지, 그 없이 살던 긴 시간들보다 그와의 사흘이 더 강하게 나현의 가슴에 남았다. 그의 얇은 눈꺼풀에 수없이 입맞춤을 하며 혀를 섞었던 뜨거운 밤들을 잊을 수가 없었다.

"사람을 그렇게 흔들어놓고 멀리 도망가다니, 내가 못 찾을 줄 알았어?"

이한이 회사로 나타나 그녀에게 속삭였다. 이국의 땅에서 사흘간 밀애를 즐겼을 뿐이다. 그렇게 끝났어야 할 인연이었지만, 그는 그녀를 놓아주지 않았다. 그녀에게 기회를 주고, 그녀를 집으로 데려오고, 사랑을 속삭였다.

그는 대단한 남자고, 나현은 평범한 회사원이다. 아무리 서로를 운명이라 느꼈다고 해도 순간의 착각이고, 잠시의 망설임이었다. 사는 세계가 다른데, 당신이 뭐가 부족해서 나 같은 여자에게 집착을 하겠어…. 언젠가 끝날 인연이라고 생각했다.

잠든 이한의 얼굴을 물끄러미 내려 보았다. 날카로운 콧날, 긴 속눈썹, 늘 오만한 미소를 짓는 그의 입술까지…. 그가 자신을 사랑한다고, 결혼해달라고 한 게 몇 시간 전이었다. 도저히 믿기지가 않았다. 그뿐 아니라 시스테람의 임상시험 결과에 따라 루프스 약으로의 출시도 가능할지 몰랐다. 회사도 아직 정상적인 궤도에

오르지는 않았지만, 곧….

이 남자가 없었으면 그 어떤 것도 가능하지 않았을 것이다. 나현이 멍하니 이한의 얼굴을 바라보았다. 그런 시선을 눈치 챘는지, 그의 속눈썹이 파르르 떨렸다. 곧 눈꺼풀이 천천히 열리고, 그 안에 잠으로 살짝 흐려진 눈동자가 이쪽을 향했다.

"음…."

나현이 다정한 목소리로 물었다.

"깼어요?"

"음… 응."

그가 손을 들어 나현의 앞머리를 쓸어내리며 살짝 웃었다.

"더 자요."

"당신이야말로 왜 깨 있어?"

"그냥요."

그냥, 그냥 눈이 떠졌다. 시스테람 임상시험을 앞두고 마음이 불안해서일까, 임신 때문에 몸이 고단해서일까. 아니면 당신이 나에게 사랑한다고 해서일까…. 가슴이 자꾸만 일렁여서 잠이 오지 않았다.

"내가 더 피곤하게 만들어줘야 잠이 들겠어?"

그의 손이 나현이 입은 느슨한 셔츠 사이로 파고들었다. 말캉한 가슴을 지분거리면서 뜨거운 숨을 쇄골에 불어넣었다. 이미 그가 어제 남겨놓은 붉은 흔적이 뚜렷했다.

"아, 아니에요. 자요, 그만…."

나현이 그를 살짝 밀었다. 하지만 그는 멈출 의향이 없어 보였다. 그의 긴 손가락이 부드러운 가슴을 스치고 옆구리를 지나 아래로 향했다.

"홋…. 하지 마요. 자고 일어나서 회사 가야 하잖아요."

"이미 늦었어."

그가 다리를 밀어 넣었다. 그의 중심이 이미 단단하게 부풀어 올라 잔뜩 성이 난 게 느껴졌다. 단단한 허벅지에 마주 닿자 그녀의 은밀한 부위도 달아오르기 시작했다. 그가 귓불을 물자, 신음이 입술 사이로 흘러나왔다.

"하아…."

"사랑해."

이한이 작은 소리로 귓가에 속삭였다. 귓바퀴를 입술로 쓸자 찌르르, 흥분이 온몸으로 퍼져나갔다. 나현은 살짝 눈을 감았다.

너무 완벽했다. 모든 것이 평온했다. 살면서 단 한 번도 이렇게 고요한 적이 없었다. 이유를 알 수 없이 불안했다. 무언가가 다가오고 있다는 동물적인 감각이 고개를 치켜들었다.

너무 깊이 생각하지 말자, 지금을 즐기자…. 나현은 이한의 단단한 팔뚝을 잡고 눈을 꼭 감았다.

***

월요일 아침, 나현은 늘 그랬듯 출근하자마자 메일을 열어보았다.

임상시험에 관련된 메일들과 사내 메일 사이로 눈에 띄는 메일이 보였다.

시스테람 임상시험 부정에 관련되어 조사를 받고 있는 전 개발 3팀의 팀장에게서 온 메일이었다.

볼까, 말까….

잠시 마우스의 포인터가 화면 위에서 떠돌았다. 보면 수신확인이 될 것이었고, 괜히 마음만 더 복잡해질 수 있었다.

"그 사람하고 접촉하지 않는 것이 조사를 위한 길이고, 임상시험을 위하는 거야…."

처음 임상시험 조사에 들어갈 때 이한이 한 말을 떠올렸다. 그의 말이 맞았다. 아예 열어보지도 않는 것이 상책이었다. 그러나 메일은 한 번으로 끝나지 않았다. 다음 날도, 그 다음 날 아침에도 계속 메일이 도착했다. 휴지통에는 그가 보낸 메일이 가득 쌓였다.

입술을 잘근잘근 깨물었다. 오랫동안 알고 지낸, 멘토이기도 했던 사람이다. 그를 너무 차갑게 끊어낸 것은 아닐까.

하지만 그가 실수를 한 것이 아닌 부정에 관련되었을 가능성이 1퍼센트라도 있다면 그를 용서할 수 없다. 시스테람, 개발 3팀 그리고 회사 자체를 그가 위험에 밀어 넣은 꼴이었다. 고개를 세차게 흔들어 그를 기억에서 지워버렸다. 이럴 때가 아니었다. 이것 말고도 생각해야 할 일이 한두 가지가 아닌데…. 집중력이 자꾸만 흐트러졌다.

그날 저녁, 야근이 길어져 피곤한 몸을 이끌고 회사를 나섰다. 병원에 다녀온 이후로, 이한이 그녀에게 기사를 붙여주겠다고 했지만 거절했다. 어차피 이한의 집까지는 대중교통 수단을 타더라도 15분 정도면 갈 수 있었다. 굳이 사람들의 시선을 끌고 싶지 않았다. 결혼하기로 한 이상, 언젠가는 밝혀질 일이었지만 최소한 시스테람의 임상시험 설계가 다 끝나고 실험이 시작될 때까지는 비밀에 붙여두고 싶었다.

지하철을 향해 재게 걸어가는데, 뒤에서 낯익은 목소리가 들렸다.

"함나현 씨!"

어깨가 움찔, 흔들렸다. 어떻게 하지…. 그 목소리는 매일 나현에게 메일을 보내고 있는 장본인인 팀장의 목소리였다. 아무도 없는 퇴근길. 그냥 그를 무시하고 갈 수는 없었다. 입술을 깨물며 몸을 살짝 돌렸다.

"어… 팀장님!"

고개를 돌려보니 팀장이 굳은 얼굴로 서 있었다. 위험한 상황인가? 마른 침을 삼켰다. 손이 바들바들 떨렸다. 한때는 매일 보던 같은 팀의 동료였다. 둘이서만 야근을 하기도 했고, 그에 대해서는 꽤 잘 알고 있다고 생각했다. 하지만 그게 얼마나 오만한 생각이었는지 깨달았다. 지금 눈앞에 있는 사람이 어떤 사람인지 이제는 아무것도 모르는 것과 마찬가지였다.

나현이 자신의 배를 가렸다. 본능적인 행동이었다.

"함나현 씨, 내가 보낸 메일 봤어요?"

"어, 저…."

어떻게 대답을 해야 할지 판단이 서지 않았다. 긴장 때문에 입술이 바짝 마르고 주변에 다른 사람들이 지나가지는 않는지 눈으로 살폈다.

"저… 사실은 보지 않았습니다."

솔직하게 대답했다. 거짓말을 하고 싶지 않았다.

"회사에서 팀장님과 연락하지 말라는 지시가 와서, 연락을 못 드렸어요."

팀장이 한숨을 푹 쉬었다.

"나현 씨 입장이 곤란한 거 알지만 내가 할 말이 있다고. 그 정도도 못 들어줘?"

그의 말대로 곤란했다. 그의 입장이 이해 가지 않는 것도 아니지만, 그렇다고 동의해줄 수도 없었다.

"죄송…."

"내가 혼자서만 떨어질 것 같아?"

늘 온화하던 그의 말투에 가시가 돋쳐 있었다. 나현이 움찔, 몸을 떨며 뒤로 물러섰다.

"내가 혼자서만 망할 줄 알았어? 다 준비한 게 있지. 요즘 함나현 씨 기획부로 자리 옮기고 승승장구 잘 나간다고 들었어. 그렇게 윗사람들 눈에 들면 평생 잘 나갈 줄 알았나?"

모르는 사람처럼 협박을 하는 그의 얼굴에 두려움이 엄습했다. 왜 나에게 이렇게 화를 내는 것인지 나현으로서는 이해할 수 없었다. 부정을 저지른 것도, 실수를 저지른 것도 나현이 아니었다. 나현이 한 것은 그가 감춘 문제를 밝혀낸 것일 뿐. 회사의 직원으로서 해야 할 일을 한 것뿐이었다.

그가 가방을 뒤졌다. 뭘 하려고 저러는 거지? 잔뜩 긴장한 얼굴로 쳐다보는데, 가방 안에서 꺼낸 것은 서류다발이었다.

"이거 가져가서 보라고. 그리고 회사 임원들 앞으로도 보낼 거야. 나만 죽진 않을 거야, 함나현 씨. 내가 키워주고 보살펴 줬는데 이런 식으로 뒤통수를 쳐? 절대 용서 못해."

나현이 엉겁결에 그가 내민 서류를 받아 들었다. 혹시라도 해코지를 당할까 두려웠다. 긴장이 풀려 자세가 흐트러진 나현의 눈에 서류의 내용이 들어왔다. 뭐지? 넘겨보니 '함나현'이라는 이름이 눈에 띄었다. 이건… 나현이 숨을 들이켰다. 나현의 손이 덜덜 떨렸다. 이 서류는 무엇인가, 이걸 내게 왜 준 것인가.

"공식 문서에 기록되어 있지는 않았지만, 3차 임상시험 참고자들 목록에 함나현 씨, 당신 이름이 들어가 있어. 사실 말이야 바른 말이지, 함나현 씨도 하려면 실험 기록에 손 댈 수 있었잖아? 아니, 함나현 씨뿐만 아니라 우리 팀 사람들 모두가 할 수 있지. 왜 나만 이렇게 고난에 빠져야 해? 책임지려면 당신들도 다 책임져야 하는 것 아닌가?"

그의 말에 나현이 잠시 입술을 달싹였다. 말도 안 돼. 임상 시험 중에는 그의 말대로 다른 팀원들도 기록에 접근이 가능은 했지만, 로그기록이 남아 있었을 것이다. 로그기록을 남기지 않고, 의심받지 않고 기록을 만질 수 있는 유일한 사람, 최종 확인자는 바로 지금 눈앞에 서 있는 개발 3팀의 팀장이었던 저 남자다. 모든 것이 그의 감시 하에 있었는데, 누군가가 조작했다 하더라도 그의 눈을 속일 순 없었을 것이다.

"팀장님이 최종 승인자인데 무슨 말씀을 하시는 거예요? 팀장님이 못 보셨을 리 없잖아요."

"물론 내가 직무유기를 했을 수도 있지. 하지만 다른 사람들이 실제로 비리를 저지르고, 내가 못 본 걸 수도 있잖아."

그의 말투가 점점 거칠어졌다.

"만약 그렇다면 조사 결과에 다 나올 거예요! 팀장님, 진정하시고…."

무서웠다. 그가 갑자기 어떻게 돌변할지 예상할 수가 없었다. 나현이 당황했다는 것을 눈치 챈 그의 입술에 비릿한 미소가 걸렸다.

"함나현 씨만 혼자 살려고 그러는 거 알아. 기획팀으로 바로 자리까지 옮기고, 지금은 새 임상시험 계획자로 이름까지 올리고…. 뒷배가 있는 거지?"

"뒷배라뇨?"

그의 말이 이해가 가지 않았다.

"유독 좋은 직책 맡은 거 처음부터 이상하다고 생각했어. 시스테람 때문에 문제가 있었던 우리 팀 출신인 함나현 씨가 기획팀으로 올라간 것 말이 많았어. 몰랐어?"

고개를 저었다. 그런 소문이 있는 줄은 전혀 예상도 못했다. 이한과의 사이를 들키지 않으려 안간힘을 썼을 뿐이었다.

"그런 소문에 발목 안 잡힐 것 같아? 내가 이 자료, 너한테만 보여줄 것 같아? 이미 내사하는 사람들한테 넘겼어."

그가 싸늘하게 으르렁거리며 나현을 노려보았다.

"당신 뒤에 누가 있는지 몰라도, 나 혼자만 죽진 않을 거란 거 잊지 말라고."

***

　내가 뭘 잘못한 것일까. 위에서 내려온 지시대로 그의 연락을 받지 않은 것이 전부였다. 그를 일부러 나락으로 빠뜨린 것도 아니었고, 그를 괴롭히기 위해서 그런 것도 아니었다. 왜 하필이면 자신에게 불만을 가진 것인지 몰라 절로 한숨이 나왔다. 집에 돌아와서도 내내 마음이 무거웠다.

　나현은 결백했다. 자신이 한 일은 실수 없이 끝냈다는 것을 재검토 때 본인의 눈으로 확인한 것뿐이다. 결코 잘못된 일은 하지 않았다. 무슨 일이 터져도 고개를 들고 증명할 자신이 있었다. 다만 이한과의 관계가 마음에 걸렸다. 기획팀에 올라간 것은 단순 이동일 뿐이고, 직책상 승진은 없었지만, 그와의 관계가 세상에 드러날 경우 사람들은 분명 나현이 혜택을 받았다고 생각할 것이다.

　이한에게로 화살이 돌아가는 것이 두려웠다. 이제는 결혼을 약속한 사이다. 뱃속의 아이가 있으니 시스테람 프로젝트가 끝나기 전에 사람들에게 공표하는 날이 올 것이다. 그때까지 별일이 없어야 할 텐데….

　침대에 누워 멍하니 천장만 바라보았다. 입덧 때문에 입맛도 없고, 더군다나 팀장을 만나 협박 아닌 협박을 당한 상태였다. 밥이 넘어갈 리 없었다.

　딸각, 하고 현관 문 열리는 소리가 들렸다. 이한이었다. 그의 얼굴을 어떻게 봐야 할지 몰라 몸을 돌리고 살짝 눈을 감았다. 자는 척을 할 생각은 없었지만, 팀장에 관한 얘기를 어떻게 해야 할지 몰라 엉겁결에 그렇게 되고 말았다.

방문을 여는 소리에 나현의 어깨가 굳어졌다. 그의 향기가 났다.

"자?"

나직한 물음에 살짝 어깨를 떨었다. 그러나 대답하지 않았다.

이한이 바닥에 가방을 던지며 한숨을 쉬었다.

천천히 옷을 벗는 소리가 들리고 곧 저벅저벅 욕실로 걸어가는 소리가 들리자 나현이 안도의 한숨을 내뱉었다. 자자, 자고 내일 그에게 뭐라고 할지 생각해보자.

한참이나 눈을 감고 있었는데도, 피곤한 몸은 잠들기는커녕 정신만 더 말똥말똥해졌다.

욕실 문이 열리는 소리에 나현이 긴장했다. 이한에게 거짓말을 하기 싫었다. 자는 척하면서 누워 있고 싶지 않은데, 이제 와서 몸을 일으키기가 뭐했다. 그의 발소리가 점점 다가왔다. 마침내 숨소리까지 들릴 정도로 지척에 다가오자, 나현은 질끈 눈을 감았다.

"함나현."

낮게 울리는 그의 목소리.

"안 자는 거 알아."

그의 손가락 끝이 굳은 나현의 어깨에 닿았다. 살짝 손끝을 매만지던 그의 손길이 점점 아래로 내려오며 몸에 열기를 불어넣었다. 점점 발갛게 달아오르는 피부 위로 그의 시선이 느껴졌다.

이길 수가 없다. 고개를 살짝 들어 그를 바라보았다. 어둠 속에서 드러난 그의 모습을 보고 나현은 숨을 들이켰다.

완벽한 나신이 밖에서 들어온 빛을 받아 은은하게 빛났다. 떡 벌어진 어깨, 단단한 가슴, 그 밑으로 이어지는 갈라진 복근과…

나현이 침을 꿀꺽 삼켰다. 이미 몇 번이고 본 몸이지만, 당황해서 눈을 돌렸다.

"왜… 옷을 안 입었어요?"

"왜 그래? 처음 본 것처럼."

그가 피식 웃으며 나현의 가슴골 사이로 손을 밀어 넣었다.

"무슨 일이야?"

"네?"

"왜 자는 척했어."

이한이 다가와 몸을 감싸 안았다. 그의 맨가슴이 바로 뒤에 닿자 몸이 뜨거워졌다. 나현이 숨을 들이키며 고개를 저었다.

"아니….'

"함나현, 거짓말하지 마. 당신이 얼마나 거짓말을 못하는 줄 알아?"

그가 귓불을 잘근잘근 씹었다.

"내 눈을 봐. 당신은 나한테 거짓말 못 해."

끈적거리는 혀가 나현의 귓바퀴를 쓸었다. 질척이는 소리에 다리에 절로 힘이 들어가며 신음이 흘러나왔다.

"훗….'

"왜 그래? 몸이 안 좋아? 의사 불러?"

나현이 힘없이 고개를 저었다.

"괜찮아요."

"말해봐, 왜 그런 표정인 건데? 다 죽어가는 얼굴을 하고 괜찮다고 하면 내가 믿어줄 줄 알았어?"

그의 입술이 천천히 귀에서부터 목으로 내려왔다. 입술로 그녀의 쇄골을 지분거리다가 훅, 뜨거운 바람을 불어넣었다.

"함나현."

다시 그가 이름을 부르자, 결국 이실직고 할 수밖에 없었다.

"전 개발 3팀장님이 오늘 회사에 또 찾아오셔서…"

이한이 나현의 몸을 돌려 자신을 보게 했다.

"해코지라도 당한 거야?"

그의 말에 조용히 고개를 흔들었다. 해코지… 그런 류의 것은 아니었다.

"아니요, 그건 아니고…. 제가 회사에서 혜택을 받은 거 안다고, 뒷배가 있다는 걸 밝혀내겠다고 그랬어요."

"당신이 무슨 혜택을 받았는데."

이한의 다그침에 나현이 작게 한숨을 내쉬며 대답했다.

"기획팀에 들어간 거나, 임상시험에 참여하게 된 거…"

"그게 왜 기회야?"

말없이 이한을 바라보았다. 나현 역시 그가 아니었으면 기획팀에 가는 게 불가능했을지도 모른다는 생각을 하기는 했다.

"당신이 기획팀에 올라간 게 기회야?"

"사장님이 저랑 그렇고 그런 사이라서… 기획팀에 올려준 게 아닌가 하고 저도 가끔 생각하곤 해요. 그래서 만약 그런 사실을 팀장님이 아시게 되면 사장님 입장이 난처해질 것 같아서…"

그가 못마땅하다는 듯 눈썹을 꿈틀거렸다.

"함나현 씨, 내가 내 맘대로 할 수 있었으면… 당신을 내 맘대로 조종할 수 있었다면, 지금 당장 회사 그만두게 하고 이 방에 가둔 채 단 한 발짝도 못 나가게 할 거야. 당신이 기획팀에 들어간 건, 당신이 시스테람에 대해 집착하고 그 약에 대해 누구보다 잘 알기 때문이야. 그 이상도 이하도 아니야."

그가 인상을 찌푸렸다. 무언가 맘에 들지 않는 듯, 잠시 눈을 굴리다가 툭 말을 내뱉었다.

"그 남자, 안 되겠군. 당신을 심란하게 만들다니. 손끝이라도 해칠 가능성이 있다면 가만 두지 않을 거야."

그의 눈동자가 번뜩거렸다. 여태 본 적 없는 섬뜩한 눈빛이었다.

"무슨 일을 하려는 거…."

"당신은 알 필요 없어."

순간 소름이 돋았다. 이한에게서 지금까지 한 번도 느껴본 적 없었던 낯선 느낌을 받았다. 무슨 일이 터질 것만 같은 느낌….

"알려주세요."

"누굴 해치거나 그러지 않을 거니 안심해."

물리적으로 해치지 않을지는 모르지만, 기저에는 무언가 심상치 않은 일을 꾸밀 것이라는 뜻이 깔려 있었다. 흔들리는 나현의 눈동자를 이한은 담담히 바라보았다.

"피곤하지 않아?"

나현이 순간 굳은 표정을 지었다. 무슨 말이지?

"그렇게 모든 일에 신경 쓰고, 당신이 책임지려고 하는 거."

이한이 나현의 머리카락 끝을 매만졌다.

"당신 하나만 생각하고 살면 돼. 엄마, 동생, 주변 사람들, 회사일… 그리고 찾아와서 협박하는 남자까지 걱정하면서 어떻게 그렇게 살아?"

그래도 한때 상사였고, 믿었던 사람이다. 그의 말처럼 되면 좋은데 칼로 무 자르듯 그냥 그 인연을 잘라버리면 되는데… 나현에게는 그게 너무 어려운 일이었다.

"그 사람이 회사에 어떤 영향을 끼쳤는지 알잖아. 지금 와서 그가 당신에게 협박하는 꼴 좀 봐. 충분히 비리 저지를 수 있는 남자야. 백 배 양보해 비리에 관련이 없다 해도, 그 사람이 책임을 져야하는 자리에 있었어. 그런데 그 남자가 어떻게 될지 왜 당신이 걱정하는 거지?"

그의 말은 틀린 게 없었다. 어떻게 보면 자신의 오만이었다. 팀장이 그런 일을 했을 리 없다고 믿고 싶은, 그래서 어쩌면 그냥 회피하면 이 모든 문제가 잘 풀릴지도 모른다는 착각….

이한의 손이 다가와 나현의 뺨을 쓸었다. 천천히 부드러운 살을 만지작거리다가 목선을 따라 손가락이 미끄러져 내렸다.

"이제 제발 그러지 마."

그가 속삭이면서 고개를 숙였다. 입술이 목선에 닿아 천천히 내려왔다. 찌르르, 그가 자신을 만질 때면 솟는 짜릿한 감각이 다시 한 번 목을 스쳤다.

"마지막으로 당신 자신만 생각했던 때가 언제지?"

"전…."

"오롯이 본인의 즐거움만을 위해서 산 게 언제냐고."

기억이 나지 않는다. 눈을 감고 그의 입술이 가슴께를 떠도는 것을 느꼈다. 벌어진 셔츠 사이로 그의 숨결이 닿았다.

자신을 위해 산 것은… 스페인 여행을 갔을 때다. 따사로운 햇살 아래 1유로짜리 커피를 홀짝이며 당신의 손에 끌려 돌계단을 올라갔던 바로 그때, 나현의 인생에서 기억할 만한 순간은 그때뿐이었다.

그 외에는 늘 고통의 연속이었다. 아버지가 없는 가난한 집에서, 사실상 어린 나이부터 가장의 짐을 짊어진 팍팍한 삶. 회사에 들어오고 나서도 많은 풍파들이 그녀를 스쳐 지나갔다. 자신을 오롯이 느낄 수 있는 것은 이한, 그의 품뿐이었다.

그는 늘 나현, 자신을 보고 있었다. 속을 알 수 없는 그 검고 빛나는 눈동자에 비치는 건 자신뿐이었다. 그의 시선 안에 있을 때는, 다른 것을 모두 잊어버릴 수 있었다. 함나현, 자신과 그밖에 느껴지지 않았다.

"당신은 그냥 내 안에서 쉬면 돼."

이한의 입술이 봉긋하게 솟은 가슴, 부드러운 피부 위를 활주했다. 짜릿한 감각에 나현의 투명한 피부가 떨렸다. 이제 망설일 것은 없었다. 그녀는 그의 입술에 적극적으로 반응했다.

"당신은 지금도…."

그가 말을 하다 말고 이빨로 그녀의 속옷을 끌어 내렸다. 툭, 브래지어 안에 숨겨놓았던 가슴이 튕겨 나왔다.

"앞으로도…."

그가 한 손으로 가슴의 첨단을 문지르며 불꽃을 지폈다. 그의 손길이 지나가는 곳마다 마치 화상을 입은 것처럼 붉게 달아올랐다. 뜨거웠다.

"당신만 생각해."

그의 손이 부드럽게 가슴을 주물렀다. 붉게 달아오른 유두가 그의 손에 스치자 신음이 터져 나왔다.

"읏…."

그의 목소리가 마치 최면을 걸듯 나현을 취하게 했다.

"아이가 생기더라도…."

그의 손이 아직 부풀지 않은 그녀의 배를 부드럽게 쓰다듬었다.

"아이가 태어나더라도 당신 자신을 제일 소중하게 여기면 좋겠어."

"그래도 엄마가 되면…."

"아니."

그의 손이 옆구리로 옮겨가 엉덩이로 흘러내렸다.

"그렇게 되더라도 당신 자신만 생각해, 당신은 너무 지쳤어."

그가 조용히 그녀의 입술에 입을 맞췄다. 폭풍 같은 평소의 키스가 아닌 다정한 키스였다. 그 사이로 뭉툭하고 부드러운 혀가 흘러들어온다. 그녀의 촉촉한 혀와 얽히면서 나현의 입술에서 신음 소리가 흘러나왔다.

"으음…."

그의 손가락이 속옷을 제치고 연약한 속살을 헤친다. 마치 그녀를 놀리듯 살짝살짝 건드리면서 안으로 들어왔다. 점점 더 점점 더. 그의 손가락에 뜨거운 숨을 내뱉었다.

"하면 안 돼요!"

"왜?"

"아기가…."

그러나 나현의 뒷말은 이어지지 못했다. 그의 손가락이 예민한 살점을 집었기 때문이다.

"읏!"

그가 까슬까슬한 턱을 부드러운 나현의 가슴 피부에 문지르며 중얼거렸다.

"안 할게."

그렇게 말하면서도 그의 손가락은 계속 지분거리고 있었다. 나현은 몸을 떨며 그의 어깨를 손으로 쥐었다. 찌릿찌릿한 감각에 고개를 숙이고 입술을 깨무는 수밖에 없었다.

"넣진 않을 테니까."

넣지 않는다 해도 이렇게 흥분하는 것이 과연 아이에게 괜찮을까.

그렇게 생각한 나현의 생각을 읽기라도 한 듯 이한이 쿡쿡 웃었다.

"안 그래도 의사에게 물어봤지. 지금은 초기라 삽입은 삼가는 게 좋지만, 다른 사랑의 행동이라면 괜찮다고 하던데? 조금 더 지나면 삽입도 괜찮다고 그러더군."

그의 혀가 끈적하게 나현의 가슴 끝을 훑었다.

"하지만…."

"못 믿겠으면 연락해줄까? 지금이라도 전화해볼게."

그의 목소리에 장난기가 서려 있었다. 그가 손을 뻗어 핸드폰을 쥐었다.

"의사에게 전화해서…."

"그만, 알겠어요. 믿을 테니까… 흐읏."

그의 손에 자극받은 속살들이 아플 정도로 흥분해 있었다. 안에서 울컥 물들이 쏟아져 나오고, 그가 그 끈적한 액체들을 손끝으로 넓게 펴며 서서히 내려갔다. 그가 속옷을 끌어내리자, 나현의 연약한 곳에 조금 전까지만 해도 입술을 핥던 붉은 혀를 가져다 댔다.

그의 혀가 스칠 때마다 나현의 허벅지가 격렬하게 요동쳤다. 눈앞이 흐려지며 머릿속이 하얗게 변했다. 자신을 괴롭히던 모든 것을 잊어버렸다. 그와 함께할 때면 동생 유현의 일도, 회사일도 아무것도 생각나지 않았다.

정말 그래도 되는 걸까? 지금처럼 그의 안에서, 그의 품속에서 나만 생각해도 되는 것일까. 그가 그녀의 다리 사이에 자리 잡자, 나현은 눈을 감고 모든 것을 잊기로 했다.

***

"들었어요?"

"뭘요?"

"팀장님 이야기…."

그로부터 며칠 뒤, 휴직 처리된 채 조사를 받고 있던 전 개발 3팀 팀장이 회사를 퇴직했다는 이야기를 들었다. 그 뒤, 사법 조치도 함께 진행될 것이라는 이야기가 이어졌다.

"절대 회사 그만두지 않겠다고 그러시지 않았어요?"

며칠 전만 해도 나현에게 찾아와 다시 복직을 위해 도와달라며 협박까지 하던 그였다. 그랬던 사람이 왜 갑자기 자기 발로 회사를 나갔을까?

"몰라…. 근데 어제 사직서 제출했다고 그랬어. 사법 조치 때문에 뭐라고 상부에서 말 들은 게 아닐까."

상부, 그 이야기를 듣자 갑자기 이한이 나현에게 했던 이야기가 떠올랐다.

"그 남자, 안 되겠군. …당신 손끝이라도 해칠 가능성이 있다면 가만 두지 않을 거야."

여태 본 적 없는 섬뜩한 눈빛. 분명 그가 손을 쓴 게 틀림없었다. 원하는 것을 위해서라면 불도저처럼 밀고 나가는 남자였다. 이걸로 팀장님이 내게 손을 떼주면 좋겠는데.

그렇게 중얼거리던 나현의 전화기가 울렸다. 무슨 일이지? 핸드폰에는 모르는 번호가 떠 있었다. 대체 누가 나에게 이 시간에 전화를 한 걸까?

"여보세요?"

"안녕, 함나현 씨. 저 지금 인천공항에 왔어요. 혹시 마중 좀 와줄 수 있나요?"

들어본 적 있는 쾌활한 목소리… 제임스 교수였다.

"버마 교수? 어쩐 일이세요?"

"급하게 말하고 싶은 일이 있어서 왔습니다."

그 말에 정신이 번쩍 들었다. 상사에게 잠시 자리를 비우겠다고 보고한 뒤 정신없이 인천공항으로 향했다. 교수가 알려준 출구 쪽으로 가자 그가 한가로운 얼굴로 벤치에 앉아 있었다.

"버마 교수님."

"아아!"

교수가 나현을 발견하고는 밝게 웃었다. 그를 쳐다보던 나현은 의문이 들었다. 정말 미국에서 온 게 맞나 싶을 정도로 단출한 차림이었다. 손에는 서류가방만 덜렁 들려 있을 뿐이었다.

"함나현 씨, 반가워요."

"네, 반갑습니다. 그런데…."

온다는 이야기를 들은 적이 없었다. 왜 갑자기 그가 한국에 왔는지 궁금했다. 무슨 일이지?

"우선 시내로 나가실까요?"

나현의 말에 버마 교수는 고개를 저었다.

"시간이 별로 없습니다. 일본에서 열리는 학회에 가는 길에 함나현 씨와 이야기하고 싶어서 왔어요."

"저랑요?"

교수가 가방에서 USB와 서류를 꺼내 건넸다.

"진솔제약에서 의뢰한 임상실험을 본격적으로 진행하기 전에 소규모로 자체적으로 실험을 조금 해봤습니다. 결과가 놀라워요. 당장 말해주고 싶어서 왔습니다."

나현이 그가 건넨 것을 받아들었다.

"보시면 알겠지만 시스테람의 효과가 뚜렷합니다. 면역제어 수준이 놀라울 정도예요. 아예 억제하는 것도 아니고, 투약 양만 섬세하게 조절하면 일상생활이 가능한 수준으로 나왔습니다. 물론 소규모 실험이긴 하지만…."

그런데 임상시험 조건이 진솔제약에서 설정한 것과 조금 달랐다.

"이미 진행된 임상시험과 조건이 조금 다르네요?"

나현의 지적에 버마 교수가 작게 웃었다.

"조건 설정을 여러 가지로 해서 진행해봤습니다."

그가 새롭게 설정한 조건들에 대해서 설명해주었다. 아무리 소규모라고 해도 이렇게 많은 시험을 진행하다니….

"제멋대로여서 미안합니다, 그쪽에서 지정해준 조건에서는 시험이 제대로 진행되지 않을 것 같았거든요."

교수가 미안하다고 말하면서도 생긋 웃었다.

"지금 진솔제약이 이 시스테람에 대한 스캔들 때문에 힘든 건 잘 알고 있습니다. 내부에서 정보 유출자가 나왔다는 이야기도 들었고요. 꼭 말해주고 싶어서 왔어요, 직접."

"감사합니다."

믿을 수 없을 정도로 시험결과가 좋았다. 이대로만 진행된다면, 한국에서의 출시는 물론 FDA(미국식품의약국)의 허가를 받을 수 있을지 몰랐다. 섣부른 예측이었지만, 그래도 나현의 마음을 설레게 하기엔 충분했다.

공항 카페에 앉아 그가 다음 비행기를 탈 때까지 시험에 대한 이야기를 나누었다. 그가 특히 주목한 사항들 그리고 시험 결과에서 지금까지 예측하지 못했던 일들에 대해 얘기를 나누고서야 작별인사를 건넸다.

"이렇게 진솔제약이랑 계속 일을 할 수 있어서 좋네요."

버마 교수의 말에 나현이 잠시 망설이다가 입을 열었다.

"솔직히 저희 측에서는 교수님이 응해주실 거라 생각도 못했습니다. 다시 한 번 깊이 감사드려요."

"아니요, 마침 스케줄도 맞았고, 무엇보다…."

버마 교수가 살짝 웃었다. 그의 얼굴에 근사한 미소가 걸리자 옆 자리에 있던 여자들이 수군거리는 소리가 들렸다.

"저 사람, 멋있다."

수수하면서도 매력적인 사람이었다. 처음에는 너무 무례한 남자라 생각했는데, 너무 연구에만 몰두한 나머지 다른 것에는 신경을 쓰지 않는 스타일인 것 같았다. 처음 그를 보고 당황했던 것이 괜히 미안해졌다.

버마 교수가 말을 이었다.

"이러면 안 되는 걸 알지만, 제가 함나현 씨에게 굉장히 호감을 가지고 있거든요."

응? 이건 또 무슨 소리지? 서류를 살펴보던 나현이 놀라 그를 쳐다봤다.

"처음 논문을 본 순간부터… 아, 이건 미안합니다. 나는 논문을 읽고 그 사람을 상상하는 것을 좋아해서요. 논문을 읽고 나서 부터 당신에게 흥미를 느꼈어요."

전혀 상상도 못했다.

"와서 이야기해보고 더 깊은 흥미를 가지게 되었죠."

이건 그러니까 나를 연구자로서 좋아한다는 그런 의미일까?

나현이 여전히 이해하지 못하겠다는 눈으로 쳐다보자, 그가 살짝 웃었다.

"연구자로서도 함나현 씨에게 관심이 있지만, 남자로서도 당신에게 관심이 생겼다는 말이죠."

당혹스러웠다. 나현 역시 그를 인간적으로 좋아하게 되었지만, 연애감정으로는 생각해본 적이 없었다.

"아아, 너무 당황해하지 마세요."

버마 교수가 손을 들며 살짝 나현과 거리를 두었다.

"저도 상대를 볼 줄 압니다. 라이벌이 진이한 씨면 어렵겠군요."

그가 잠시 무언가를 생각하는 듯하더니, 곧 말을 이었다.

"당신에게 내가 다가갔을 때, 그 남자가 나를 쳐다보던 눈빛···. 사실 알고 있었어요. 그래서 일부러 더 짓궂게 굴기도 했지만, 질투가 정말 대단하더군요."

미국 출장 때, 버마 교수가 가까이 올 때마다 이한이 불타는 눈길로 자신을 바라보기는 했다. 하지만 당시에는 착각이라고 생각했는데, 버마 교수도 느낄 정도였다니 새삼 놀라웠다.

뭔가 가슴이 간질거리면서 좋기도 하고, 쑥스럽기도 했다.

"그것 만이었다면 포기하지 않았겠지만, 당신도 늘 그 남자를 쫓고 있더군요. 사실 좀 빈틈이 있을 줄 알았습니다만···."

"빈틈이요?"

버마 교수가 앞에 놓인 커피를 살짝 마시고 한숨을 쉬었다.

"함나현 씨 표정이 무언가 불안해 보였거든요. 그래서 둘 사이가 완벽하지 않다는 느낌을 받았습니다. 오해였다면 미안합니다."

아니, 오해가 아니다. 그가 본 대로, 나현은 당시 흔들리고 있었다. 불안한 미래, 아픈 동생 그리고··· 이루어질 수 없는 사랑에 대한 불안감.

"그래서 오늘 온 겁니다. 그런데 안 될 것 같군요."

그가 자리를 일어나며 가방을 잡았다.

"좋은 일이 있었나 봐요, 표정이 편안하고 행복해 보입니다. 진이한 씨와 관계된 일인거죠?"

예리한 질문에 나현은 잠시 멈칫했다. 이한과 자신을 제외하면 그와 사귀는 이야기는 아무에게도 한 적 없었기에 잠시 망설였다. 하지만 묻는 데 거짓말을 할 수도 없었고, 그가 다른 사람에게 이야기할 사람 같지도 않았다. 무엇보다, 곧 밝혀질 일이다.

살짝 미소 지은 채 고개를 끄덕이자, 교수가 대충 이해가 간다는 듯 손을 들었다.

"어쩔 수 없군요, 완패입니다. 하지만 시스테람에 대해서는 기대가 큽니다. 잘 부탁드려요."

교수가 손을 내밀었다. 나현이 기쁜 표정으로 손을 마주잡았다.

"저야말로 잘 부탁드립니다."

"좋은 약을 개발하는 것은 늘 기쁜 일이죠."

나현이 살짝 미소를 지었다.

"가져가서 검토하고 연락드리겠습니다."

교수가 작별인사를 하고 떠났다. 나현은 그가 준 자료를 꼭 쥐었다.

09
그 후로 오랫동안

그날 밤, 이한이 집에 돌아오자마자, 나현이 급하게 현관으로 뛰어나갔다. 시스테람의 개발 결과에 누구보다 기대를 걸고 있을 그에게 당장 이 소식을 알려주고 싶었다.

"왔어요?"

들떠 있는 나현의 표정을 보자 이한이 손을 들어 그녀의 뺨을 쓸었다.

"무슨 일이야?"

"네?"

"좋은 일이 있나 보네. 표정이 전혀 달라."

참으려고 했지만, 티가 많이 난 모양이었다. 나현은 결국 참지 못하고 입을 열었다.

"사실 오늘 버마 교수를 만났는데…."

"버마 교수?"

"네, 제임스 버마 교수요."

이한의 미간이 살짝 일그러졌다.

"버마 교수를 어떻게 만났지?"

"한국에 잠깐 들러서… 어맛!"

그가 나현의 허리를 잡고 자신의 품안으로 끌어당겼다.

"말도 없이, 다른 남자를 만나?"

나현이 고개를 들어 이한의 얼굴을 바라보자, 입가에 웃음기가 어려 있었다. 그가 손가락으로 귓불을 만지며 속삭였다.

"그래서, 무슨 이야기를 들었길래 그렇게 들뜬 거야?"

"버마 교수가 시스테람 임상시험을 했는데, 그 결과가 매우 좋다는 이야기를 들었어요."

"그 이야기를 하러 한국까지 왔다는 건가?"

그 이야기만은 아니었지만….

나현이 살짝 시선을 회피하자, 위화감을 느낀 이한이 입술이 닿는 정도까지 바싹 다가와 속삭였다.

"그 이야기 말고, 교수가 뭐라고 했는지 말해봐."

"아무것도… 아무것도 말 안 했어요."

나현의 말에 이한이 귓불을 잡고 부드럽게 만지작거렸다.

"거짓말."

"거짓말… 아니에요."

그의 눈길은 살짝 다문 나현의 입을 향해 있었다.

"버마 교수가 한국 올 일이 뭐가 있다고 여기까지 왔겠어? 회사에 연락하지 않은 것도 그렇고, 개인적으로 만난 거지?"

날카로운 이한의 질문에 결국 나현이 입을 열었다. 쓸데없이 거짓말을 했다. 누구보다 사람을 잘 꿰뚫어보는 남자인데….

"일 때문에 온 건 맞아요. 하지만…."

나현이 잠시 머뭇거렸다. 괜한 불씨를 피우는 건 아닌지 모르겠다. 이런 말을 할까 봐, 그가 오해를 하거나 화를 낼까 봐 두려웠다. 하지만 딱히 변명도 생각나지 않았다. 자신조차 이상하게 생각했던 버마 교수의 행동을 눈치 빠른 이한이 모를 리 없었다.

"당신과 내가 사귀는 게 맞는지 물어봤어요."

이한의 입술이 약간 일그러졌다. 놀라움보다는 그럴 줄 알았다는 표정이었다.

"그래서? 뭐라고 답했지?"

"…사귀고 있다고 했어요."

"그게 다야?"

나현이 고개를 끄덕였다. 그가 자신을 좋게 보고 있다는 이야기까지 할 필요는 없었다.

"그가 당신을 좋아한다는 이야기는 안 하던가?"

예상치 못한 말에 나현의 눈이 조금 커졌다. 그녀의 표정을 보며 이한의 입술이 살짝 비틀렸다.

"그럴 줄 알았지. 그 남자가 당신을 보는 눈빛…. 출장 때 못 느꼈어?"

나현은 그가 보이는 호의와 관심이 그냥 연구자로서의 흥미라고 생각했다. 이한이 손을 떨어뜨리며 한숨을 내쉬었다.

"당신은 너무 둔해. 지금까지 당신을 스쳐 지나갔던 사람 중에 몇 명이나 더 당신에게 호감을 가졌을까?"

"날 좋아하는 이상한 사람은… 이한 씨밖에 없었어요."

나현의 말에 이한이 살짝 웃었다.

"본인이 얼마나 매력적인지 모르는 게 당신 매력 중 하나지."

"말도 안 돼…."

그의 달콤한 말이 농담인지 아니면 칭찬인지 알 수가 없다.

"당신 몸 안에 내 아이가 자리 잡고 있는 데도…."

그의 입술이 나현의 뺨을 스쳤다. 뜨거워지는 숨결이 느껴져 자신도 모르게 등에 힘이 들어갔다.

"안심이 안 돼. 얼른 식을 올려야겠어."

"하지만 시스테람이…."

프러포즈를 받아들이기는 했지만, 결혼은 아주 먼 미래처럼 느껴졌다. 뱃속의 아이는 너무 작아 피로감 외에는 다른 변화가 느껴지지 않았고, 결혼식 날짜도 잡지 않은 이상 언젠가 하게 될 수도 있겠다, 그저 그렇게 막연하게 생각될 뿐이었다.

"오늘 버마 교수에게서 결과물을 받았잖아, 아주 긍정적이라며."

"네…."

"본격적인 임상시험에서도 이런 결과를 기대할 수 있다는 거 아니야?"

소규모로 진행된 사전 시험에서는 좋은 결과가 나왔다. 대규모에서 과연 똑같이 유의미한 결과가 나올지 확신할 수는 없었지만, 세계 최고의 버마 교수 팀이다. 실제 임상시험에서도 좋은 결과가 나올 가능성이 높았다.

"네, 그렇긴 한데…."

"뭐가 그렇게 걱정이지?"

걱정은 없었다. 걱정이 너무 없는 것이 불안했다. 이렇게 인생이 순탄한 적이 있었던가, 모든 것이 완벽했다. 그래서 어그러질 것만 같았다.

"얼른 식 올리자."

복잡한 나현의 마음을 읽기라도 한 듯 그가 입을 열었다.

"당신이 원할 때, 당신이 정말 하고 싶다 할 때 결혼식을 올리려 했어. 하지만 당신은 생각이 너무 많아."

그의 말이 맞을지도 몰라.

"당신이 원하는 곳에서 하고 싶지만…."

그가 말을 끊고 나현의 드러난 어깨를 살짝 잡았다.

"혹시 생각해본 적 있어? 어떤 결혼식을 하고 싶다거나…."

나현이 고개를 흔들었다. 어려운 가정환경, 연애도 제대로 못하고, 스스로에게 충실하지도 못한 삶이었다. 결혼을 하게 될 것이라고, 아이를 가질 것이라고 생각해본 적이 없었다.

"저…."

늘 마음에 걸렸던 이야기를 꺼냈다.

"가족들의 반대는 없을까요?"

이한이 작게 웃었다.

"나현 씨 어머님께서 반대하실 것 같아?"

우리 엄마? 좋아하지는 않겠지. 이한 씨 같은 재벌가의 아들과 결혼하는 걸 반기진 않을 터였다. 하지만….

"그게 아니라, 이한 씨 집이 문제죠."

왜 우리 엄마 얘기를 하는 거지? 상식적으로 그의 집이 더 문제지 않을까….

사생아인 것은 숨긴다고 해도 일반인에다, 홀어머니, 아픈 동생… 내세울 것 하나 없다. 이런 나를 받아줄까? 보통의 집안도 홀어머니라고 하면 꺼려할 텐데, 아버지가 누군지도 모른다고 하면 싫어하는 게 분명한데… 이한의 집은 재벌가다. 유영이 했던 말이 다시금 떠올랐다.

'안 될 사이죠.'

상상 속 그녀의 입술에는 비릿한 미소가 걸려 있었다.

'진솔그룹을 이끌어나갈 사람인데, 어지간한 여자로 되겠어요?'

그의 아이를 임신하고 있는 것이 유일한 장점일 정도로 나현은 스스로가 가진 것이 너무 없다는 생각에 헛웃음이 났다. 드라마에서 보면 돈을 주고 애를 지우라든지, 애만 놔두고 가라고 하는 장면이 자주 나오던데….

나현의 눈빛이 흔들리는 것을 본 이한이 인상을 찌푸렸다.

"또 무슨 생각을 하는 거야? 자꾸 이러면 곤란해."

"하지만…."

"우리 집이 반대할지도 모르지."

나현이 그럴 줄 알았다는 듯 시선을 떨어뜨렸다. 그러자 이한이 천천히 말을 이었다.

"환영할지도 모르는 일이고. 사실 그런 건 상관없어."

그가 흐트러진 머리카락을 쓸어 올리며 느릿하게 말했다.

"나 벌써 30대야. 부모가 하라는 대로 이래라 저래라 할 나이는 지났어."

"하지만 진솔그룹을 이어받아야 하잖아요."

그가 큭, 하고 작게 소리를 내며 웃었다.

"내가 그룹을 이어 받고 싶다고 이야기한 적 있었나?"

나현이 고개를 천천히 저었다.

"내가 하고 싶은 게 아니야. 내 결혼을 손에 쥐고 흔들면서 자리를 내놓으라고 한다면, 기꺼이 그렇게 할 거야."

나 때문에 기업 경영권을 포기한다고? 생각지 못한 말에 당황한 나현이 손을 뻗어 그의 팔을 잡았다.

"서, 설마… 저랑 결혼을 하기 위해 진솔그룹을 포기한다는 말인가요?"

이한이 살짝 인상을 찌푸리고 입술을 일그러뜨렸다.

"반드시 그렇다는 건 아니야. 하지만 만약 당신과 결혼하기 때문에 진솔에서 나가야 한다면, 기꺼이 그렇게 하겠다는 거지."

나현이 입술을 깨물었다. 고개를 흔들며 이한의 팔을 잡은 손에 힘을 주었다.

"그건… 그건 안 돼요."

"왜지?"

그가 되묻자 나현은 입을 다물었다.

"내 인생이야, 부모가 마음대로 흔들 권리는 없어. 진솔그룹 회장이 되고 싶다는 열망도 없고, 지금까지는 그저 그래야 했기 때문에, 다른 꿈이 없기 때문에 그저 흘러왔을 뿐이야."

그가 손을 올려 나현의 이마를 쓸었다.

"아니면…."

그의 입꼬리가 살짝 올라갔다.

"진솔그룹의 진이한이 아니면 싫어할 건가?"

"그럴 리가요…."

차라리 그가 진솔그룹의 진이한이 아니라 코르도바에서 만났던 자유로운 영혼 진이한이었다면 좋았을 것이다. 그냥 우리가 똑같이 평범한 사람이었다면….

"전, 그냥… 나 때문에 당신이 조금이라도 손해 보는 게 싫어요. 당신 앞길을 막고 싶지 않아요."

이한이 나현의 코를 살짝 잡았다.

"내가 원하는 건, 당신이야."

빨개진 그녀의 코를 놓아주며, 이한이 말을 이었다.

"당신과 함께 이렇게 평화로운 삶을 유지하는 게 내 꿈이고, 목표야. 예전엔 몰랐어. 내가 뭘 원하는지…. 당신이 코르도바에서 날 버리고 도망간 이후, 혼자 침대에 누워 가슴이 뻥 뚫린 것 같은 감정을 느끼기 전까진."

이한이 나현을 끌어안고 속삭였다.

"불안해하지 말고, 그냥 나와 함께 있어 줘. 그거면 족해. 그런 슬픈 얼굴 하지 마. 결혼식은 내가 알아서 준비할게."

그가 속삭이는 말이 너무나 달콤해서, 나현은 정신을 차릴 수가 없었다.

"함나현이 원하는 건, 내가 더 잘 알거든."

***

그로부터 2주 뒤, 진솔제약 진이한 사장의 결혼에 대한 기사가 쏟아져 나왔다.

진솔제약 진이한(30) 사장의 예비 아내 함나현(29) 씨에 재계의 관심이 집중되고 있다. 결혼 상대자인 함 씨는 진솔제약의 직원으로, 진솔그룹의 후계자인 진이한 사장의 갑작스러운 결혼발표에 의구심을 품는 사람들이….

기사를 읽던 나현의 손가락이 떨렸다. 얼마나 힘이 들어갔는지, 손 마디마디가 하얗게 질릴 정도였다. 폭풍이 몰려오고 있었다.

나현은 기사가 실린 신문을 보고 입술을 꽉 깨물었다.

언젠가 사람들에게 밝히게 될 줄은 알았지만, 이렇게 갑자기 타의에 의해 드러날 줄은 몰랐다. 가슴이 턱턱 막혔다. 내일 어떤 얼굴로 회사에 나가야 할지 막막했다.

"신경 쓰지 마."

기사를 확인한 이한이 테이블 위에 신문을 툭 던졌다.

"회사에서 막지 못한 모양인데, 어차피 언젠가 알려질 일이니까…."

어두운 나현의 얼굴을 보자 이한이 한숨을 내쉬었다.

"나 때문에 당신이 어려운 일 겪게 해서 너무 미안해…."

회사의 모든 책임은 이한이 진다. 그렇기에 그는 사과하지 않았다. 먼저 사과를 하는 것은 책임을 인정하는 행위이기 때문에, 나현에게 자신은 절대 먼저 사과하지 않는다고 말한 적도 있었다. 그런 그가 미안하다고 말하는 상대는 오직 나현뿐이었다. 그 사실이 가슴 아팠다.

"아니, 아니에요…."

그의 잘못이 아니다. 기사가 난 것도, 그가 재벌의 아들인 것도, 결혼하기로 한 것도 모두 둘이 함께 한 선택이었다. 그를 사랑하기로 한 자신의 선택이기도 했다. 이런 날이 올 줄 알고 각오했어야 했다. 임신을 하지 않았으면 모를까, 임신을 해서 배가 곧 부를 텐데 언제까지 숨길 수도 없는 일이었다.

나현은 어깨를 폈다. 당당하게 맞서고 싶었다. 의지를 다지며 신문을 가방에 밀어 넣고, 회사로 향했다.

각오를 단단히 다지며 출근을 하긴 했지만, 직원들이 뭐라고 할지 걱정됐다. 혹시 사장 뒷배로 기획팀으로 올라온 것이 아니냐며 비난하지는 않을까…. 무엇보다 시스테람 프로젝트에 해를 끼치지는 않을지….

천천히 회전문을 돌아 경비에게 인사를 하고 들어갔다. 사람들의 시선이 느껴지자 마음이 불안해졌다. 착각이야, 괜찮을 거야.

사무실 문이 열리자마자 사람들의 시선이 쏟아졌다. 휙, 직원들이 외면하는 소리가 들리는 것만 같았다.

"좋은…."

꿀꺽, 나현은 마른 침을 삼켰다.

"아침입니다."

"응, 나현 씨. 좋은 아침."

말을 채 마치기도 전에 김 대리가 활짝 웃으며 인사를 했다. 다들 기사를 봤을 게 뻔한데, 누구도 그 일에 대해서 말하지 않았다. 나현이 일부러 평소처럼 걸어가 자리에 앉았다.

후…. 컴퓨터를 켜고 눈가를 문질렀다. 메일 알람 버튼이 반짝였다. 제임스 버마 교수의 연구소에서 온 메일이었다.

'1단계 시험에서 시스테람의 유효성이 판정되어 2단계 시험을 진행하고 싶습니다.'

메일을 본 나현이 자리에서 벌떡 일어났다.

사람들 눈에 티 나지 않게 조심하려고 했지만, 도저히 참을 수가 없었다.

시스테람의 1단계 시험에서 유효성이 증명되었다는 것, 그리고 2단계로 넘어간다는 건… 약을 출시하는 데 점점 더 가까워지고 있다는 뜻이었다.

"무슨 일이야?"

"버마 교수 연구실에서 메일이 왔는데. 시스테람의 유효성이 밝혀져서…."

"어머, 잘 됐다."

사람들의 축하가 이어졌다. 결혼 소식을 접한 후, 부담스러워 말을 걸지 않았던 사람들도 시스테람의 유효성이 밝혀졌다는 사실에 같이 환호해주었다.

"나현 씨가 잘해줘서 그래."

"제가 한 게 뭐 있다구요…."

주변 사람들의 칭찬에 입술을 깨물었다. 실제로 자신이 한 것은 아무것도 없었다. 시스테람이 다시 세상의 빛을 볼 수 있게 해준 이는 다름 아닌 이한이었다. 자신의 이름을 걸고, 자신의 명예를 걸고 시스테람을 믿어주었다. 자신과 개발해온 개발팀들 그리고 회사를 믿어주었다. 만약 이한이 아니라 다른 사람이 진솔제약에 왔더라면 어떻게 됐을까?

이한이 오지 않았다면 아마 지금 회사는 산산조각 나고, 시스테람 역시 그대로 사라져버렸을 것이다.

다음날, 긴급 미팅이 잡혔다. 시스테람의 시험 성과 발표였다. 버마 교수의 연구실에서 온 내용을 바탕으로 나현이 브리핑을 하기로 했다. 눈코 뜰 새가 없었다. 당장 다음날에 임원급에게 보고해야 하는 상황이라 정신없이 브리핑 자료를 준비했다.

결혼 기사가 터진 다음 날인데도 회사 사람들은 거의 그 이야기를 하지 않았고, 나현 역시 그 건에 대해서는 거의 잊어버렸다. 퇴근할 때, 한 직원이 살짝 웃으며 나현의 팔꿈치를 잡았다.

"축하해, 결혼."

그 말을 듣고 나서야, 결혼기사가 났다는 사실을 기억해낼 정도였다.

정신없이 하루를 보내고 현관에 섰다. 신발을 벗으려는데, 그제야 한숨이 나왔다. 힘이 풀려 바닥에 쪼그리고 앉았다. 괜찮았다고 생각했는데, 사실 잔뜩 긴장하고 있었던 모양이었다. 어깨가 딱딱했다.

"잘했어, 함나현."

사람들이 아무렇지 않게 대해주는데, 자신도 모르게 눈치를 보고 있었나 보다. 집에 오니 긴장이 풀려 어지러웠다.

달칵, 하고 뒤에서 현관문이 열리는 소리가 났다. 발소리가 들려 돌아보니, 이한이었다. 몸에 딱 맞는 정장에 서류가방을 든 그가 쪼그려 앉은 나현을 보고 바닥에 가방을 떨어뜨렸다.

"무슨 일이지?"

나현이 웃으면서 고개를 저었다.

"그냥…."

"어디 아픈 거 아니야?"

그의 크고 따뜻한 손이 나현의 이마에 닿았다. 싸늘하게 식어 있던 피부에 이한의 손이 닿자 온기가 퍼졌다.

"안 아파요."

나현이 손을 뻗어 그의 단단한 팔을 잡았다. 일어서면서 약간 비틀거리자, 이한이 그녀의 몸을 안았다. 그의 너른 가슴에 몸을 대고 숨을 탁 뱉었다.

"많이 어지러워?"

"아니에요, 어제 일 때문에 신경 썼더니 조금 피곤해서…."

이한이 창백한 나현의 뺨을 어루만졌다.

"의사 안 불러도 되겠어?"

나현이 애써 웃으며 대답했다.

"과보호예요, 그거…."

이한이 나현의 몸을 번쩍 들어올렸다.

"꺅!"

놀란 나현이 그의 목을 꽉 끌어안았다.

"노, 놀랐잖아요!"

"그럼 내 약혼녀가 현관에 그러고 있는데, 가만 놔두란 말이야?"

약혼녀…. 그의 입에서 나온 생소한 단어에 나현의 눈이 커졌다.

"왜 그래?"

이한이 나현을 안고 저벅저벅 걸어가, 침대 위에 조심스럽게 내려놓았다.

"약혼녀라는 단어가 낯설어서…."

그가 피식 웃었다.

"당연한 소린데, 뭐가 낯설어. 그래서 몸은 괜찮아? 의사 불러야겠다."

그가 중얼거리며 핸드폰을 꺼내자 나현이 급하게 손목을 잡았다.

"그러지 말아요, 종일 긴장했다가 집에 오자마자 풀려서 그래요."

이한의 눈이 그 말이 사실인지 가늠하듯 나현의 몸을 샅샅이 훑었다. 그 모습이 자못 귀여워 웃음이 났다.

"왜 그렇게 보는 거야?"

"가지 말아요."

이한의 질문에 나른하게 대답했다.

"오늘 너무 긴장해서 힘들어요…."

한 번도 나현은 이한에게 약한 모습을 보이려 하지 않았다. 하지만 오늘만큼은 그에게 기대고 싶었다.

"시스테람 때문에?"

나현이 작게 고개를 끄덕였다.

"결혼이 걱정돼서?"

"그런 것도 있구요."

말을 끝내고 느리게 눈을 깜빡이자, 이한이 한숨을 내쉬었다.

"지금 유혹하는 건가?"

그런 건 아닌데, 그가 자신을 걱정해주는 이 상황이 달콤하게 느껴졌다.

"그럴지도…."

소심하게 속삭여봤다. 늘 그가 자신에게 다가왔지, 자신이 먼저 그에게 다가간 적은 거의 없었다.

"당신이란 여자는…."

그가 나현의 입술에 살짝 입을 맞췄다. 곧 둘의 혀가 부드럽게 엉키며 격렬하게 서로를 탐하기 시작했다.

뜨거운 이한의 혀가 입술을 비집고 들어와 치열을 훑었다.

격정적인 키스에 달아오른 나현이 손을 뻗어 그의 머리를 감싸 안았다. 입술이 천천히 떨어지자, 두 사람이 뜨거운 숨을 뱉었다.

"그래서, 나와 결혼할 함나현 씨."

나현은 괜히 쑥스러워 눈을 깜박였다.

"네…."

"어디서 어떻게 결혼식을 올리고 싶지?"

"결혼식이요?"

"그래, 식을 올리려면 식장을 정해야지."

이한의 입술이 창백한 나현의 뺨에 살짝 닿았다가 떨어졌다.

"지금 와서 안 하겠다고 해도 취소 못해. 이미 늦었어."

"그런 의미가 아니라⋯."

그의 입술이 뺨에서 턱, 목으로 천천히 미끄러졌다.

"그런 게 아니라니까요."

"그럼?"

쇄골 위에서 속삭이는 그의 숨결이 나현의 몸에 열기를 불어넣어 생각에 집중하기가 힘들었다.

"그냥 결혼식에 대해서 생각을 해본 적이 없어서⋯."

"이제 우리가 어떤 사이인지 만천하에 공표됐으니, 결혼식을 준비해야 하지 않겠어?"

그가 이를 세워 나현의 부드러운 피부를 살짝 물었다 놓았다. 하얗고 매끄러운 피부에 붉은 흔적이 남았다.

"어떤 결혼식이 좋아?"

"당신과 함께라면 뭐든 좋아요."

"뭐든?"

나현이 고개를 끄덕였다. 그 말에는 한 점 거짓이 없었다. 그냥 그와 함께할 수만 있다면 좋았다. 뱃속에 있는 아기와 셋이 함께 행복하게 살 수 있다면⋯.

"그럼 그냥 내일 아침 구청에 가서 신고해버릴까?"

그의 말에 나현이 작게 웃었다.

"그래도 좋고요."

그녀가 진심이라는 것을 안 이한이 졌다는 듯, 호탕하게 웃었다.

"하하, 못 말릴 여자군."

"아니, 사실은….

나현이 그의 입술을 엄지손가락으로 쓱 훑었다. 야릇한 감촉에 몸이 달아올랐다.

"그게 더 좋을지도 모르겠어요."

"왜?"

"다른 사람의 시선이 무서워서… 라고 하면 바보 같다고 말할 건가요?"

이한이 고개를 저었다. 그의 입가에서 웃음기가 사라졌다.

"아니, 나도….

이한의 머리가 흘러내려 나현의 이마에 닿았다. 그의 눈빛이 너무 강렬해 숨을 들이켰다.

"당신이 드레스 입은 모습을 남들한테 보이기 싫어. 이런 내가 바보 같아?"

나현이 씩, 웃으며 고개를 저었다.

"아뇨, 사랑스러워요."

그녀의 말에 이한이 툭 웃음을 터트렸다. 다시 그의 입가에 미소가 맺혔다.

"처음 들어, 그런 이야기는."

"사랑스러워서 어떻게 해야 할지 모르겠어요."

나현의 고백에 이한의 미소가 짙어졌다.

"사랑한다고 말해줘."

그의 입술이 나현의 입술을 꾹 눌렀다가 뗐다.

"그냥 사랑한다고 말해줘, 그거면 돼."

"사랑해요."

나현이 온 힘을 다해 그를 끌어안았다.

"사랑해요, 정말 사랑해."

"그럼…."

이한이 그녀의 가슴에 얼굴을 묻으며 말을 이었다.

"내일 혼인신고 하러 가는 건가?"

나현은 눈을 꼭 감은 채로 대답했다.

"당신이 원한다면…."

"원해."

"그럼…."

부드러운 손길로 이한의 단단한 등을 쓸어내렸다. 옷 너머로 불거진 그의 근육을 손으로 훑었다.

"좋아요…."

이한의 손이 다리를 쓸고 올라가 스커트 안으로 들어오는 것을 느끼면서 눈을 감았다.

행복했다, 이보다 더한 행복은 없을 거라는 생각이 들었다.

***

이한은 혼인신고만 하겠다더니, 서울 근교의 별장을 사들여 세상에 하나뿐인 결혼식장으로 꾸몄다.

"마음 같아서는 코르도바로 당신을 데려가주고 싶어."

코르도바, 스페인의 뜨거운 남부도시. 그곳에서 나현은 태양보다 뜨거운 이 남자와 만났다.

"우리가 만나 뜨거운 사랑을 나눈 호텔에 들어가 다시 첫날밤을 치르고…"

그의 얼굴은 담담했지만, 입에서 나오는 말은 뜨거웠다.

"계속해서 밤을 보내는 거지."

이한의 시선이 천천히 나현의 부풀어 오른 배로 향했다. 벌써 5개월에 접어들었다.

"하지만… 아이가 우리를 내버려두지를 않으니까…"

"그래서?"

"그래서 어쩔 수 없이 이렇게 하는 거야."

결혼식 아침, 나현은 이한이 꾸민 별장으로 발을 옮겼다.

결혼식에 초대된 사람은 가족과 몇 명의 친구들 그리고 회사 동료 몇 명이 전부였다.

"이렇게 화려하게…"

눈앞에 펼쳐진 아름다운 풍경에 나현은 입을 다물지 못했다.

"우리만 보고 만다는 게 아쉬울 정도예요."

나현이 연신 감탄하며 별장을 둘러보았다. 마치 꿈처럼 아름다운 곳이었다. 그러다가 작은 벤치를 발견했다. 이 벤치는….

"이 벤치… 본 적이 있어요."

이한이 벤치에 앉아 다리를 꼬았다.

그는 지금 근사한 턱시도 차림이었다. 아직 나현은 드레스를 입지 못했지만, 그는 이미 완벽하게 준비가 되어 있었다. 하지만 나현의 눈에는 그때 그 스페인의 코르도바에서 만난 이한의 모습이 보였다. 청바지에 하얀 셔츠를 입고 근사한 미소를 짓고 있던 그 모습이….

소매치기를 당한 후 당황해서 울던 나현에게 다가와 300유로를 건네던 그 남자.

'이거면 됐나요? 잊고 밥이나 먹으러 가죠.'

그렇게 오만했던 남자…. 그가 앉아 있는 벤치는 둘이 처음으로 데이트 했던 코르도바의 골목길에서 가져온 것이었다.

"그 벤치 어디서 구했어요?"

이한이 나현의 손목을 잡아끌었다.

"가져왔지."

"코르도바에서?"

그가 살짝 웃었다. 긍정의 뜻이었다.

"왜 그렇게까지 했어요?"

"나에게는 정말 특별했던 추억이니까."

그러고 보니 주변의 모든 것들이 눈에 익었다. 전등과 바닥에 깔린 타일까지… 알록달록하고 독특한 무늬, 분명 코르도바의 타일이었다.

"그중에서도 가장 아름다운…."

그의 손이 천천히 나현의 배를 쓸어내렸다.

"당신이 여기 있지."

이한이 자리에서 일어나 나현을 부드럽게 끌어안았다.

"옷 구겨져요."

"상관없어."

따뜻한 체온이 나현을 감싸 안았다. 이한은 천천히 머리카락을 쓸어내리며 그녀의 귀를 살짝 물었다.

"상관없어, 당신만 이곳에 있다면."

그는 더 이상 오만한 남자가 아니었다. 여전히 관능적이고 매력적이었지만, 그의 오만한 얼굴 아래 누구보다 자상하고 뜨거운 모습이 있다는 것을 이제는 안다.

"아이가 태어나면, 셋이서 스페인에 가자."

나현이 살짝 웃었다.

"좋아요, 하지만 그 전에 해야 할 일이 있어요."

"아아…."

그가 천천히 나현의 등을 쓸어내렸다.

"잠깐 둘만의 시간을 가질까?"

"아니요!"

나현이 몸을 떼고 그를 올려다봤다. 그의 손가락이 몸을 부드럽게 쓸어내렸으나, 그녀는 단호하게 밀어냈다.

"가족들 맞이할 준비를 해야죠."

이한의 가족은 큰 반대 없이 그녀를 받아들였다. 특히, 이한의 어머니는 결혼은 절대 하지 않겠다고 선언했던 아들이 아이까지 생겼다고 하자 매우 기뻐했다.

나현의 단호한 말에 이한이 아쉽다는 듯 미소를 지었다.

"아아, 그래야지."

그의 입술이 천천히 나현의 뺨을 스치며 떨어졌다.

"어머니와 유현 씨는 언제쯤 도착하신댔지?"

"거의 다 왔대요."

유현을 위해 꼭 개발하고 싶었던 시스테람은 현재 2차 시험이 끝난 상황이었다. 나현은 잠시 임신 때문에 회사를 휴직한 상태지만, 이한에게서 듣기로 2차 시험의 결과가 좋다고 했다.

다행히 유현은 이한 덕분에 집중케어를 받게 되었고, 상태가 크게 호전되어서 오늘 결혼식에도 올 수 있게 되었다.

나현이 이한의 얼굴을 바라보았다. 그를 만날 수 있었던 건 어쩌면 유현 덕분인지도 몰랐다.

"언니, 언니라도 가. 꼭 가서 재미있게 놀고, 나한테 말해줘."

한 번도 외국에 가본 적 없는 나현의 등을 밀었던 건 유현이었다. 꼭 건강을 되찾았으면 좋겠다, 완벽하게 건강해져서 그녀도 사랑을 할 수 있기를, 하고 싶은 일을 할 수 있기를…. 나현은 마음 깊이 기도했다.

생각이 끝나기가 무섭게, 입구에서 낯익은 목소리가 들렸다.

"나현아, 여기 맞니?"

"아닌 것 같아. 여긴 너무 화려한데…."

가족들이었다. 나현이 미소 지으며 이한의 팔을 끌었다.

"어서 가요."

이제 자신의 가족이 될 남자의 손을 잡고 앞을 향해 걸었다. 맞잡은 손을 통해 느껴지는 체온이 뜨거웠다. 그의 사랑만큼이나.

〈끝〉